徳間文庫

白鳥異伝 上

荻原規子

徳間書店

カバー・本文イラスト　佐竹美保
カバー・口絵・目次・扉デザイン　百足屋ユウコ（ムシカゴグラフィクス）

目次

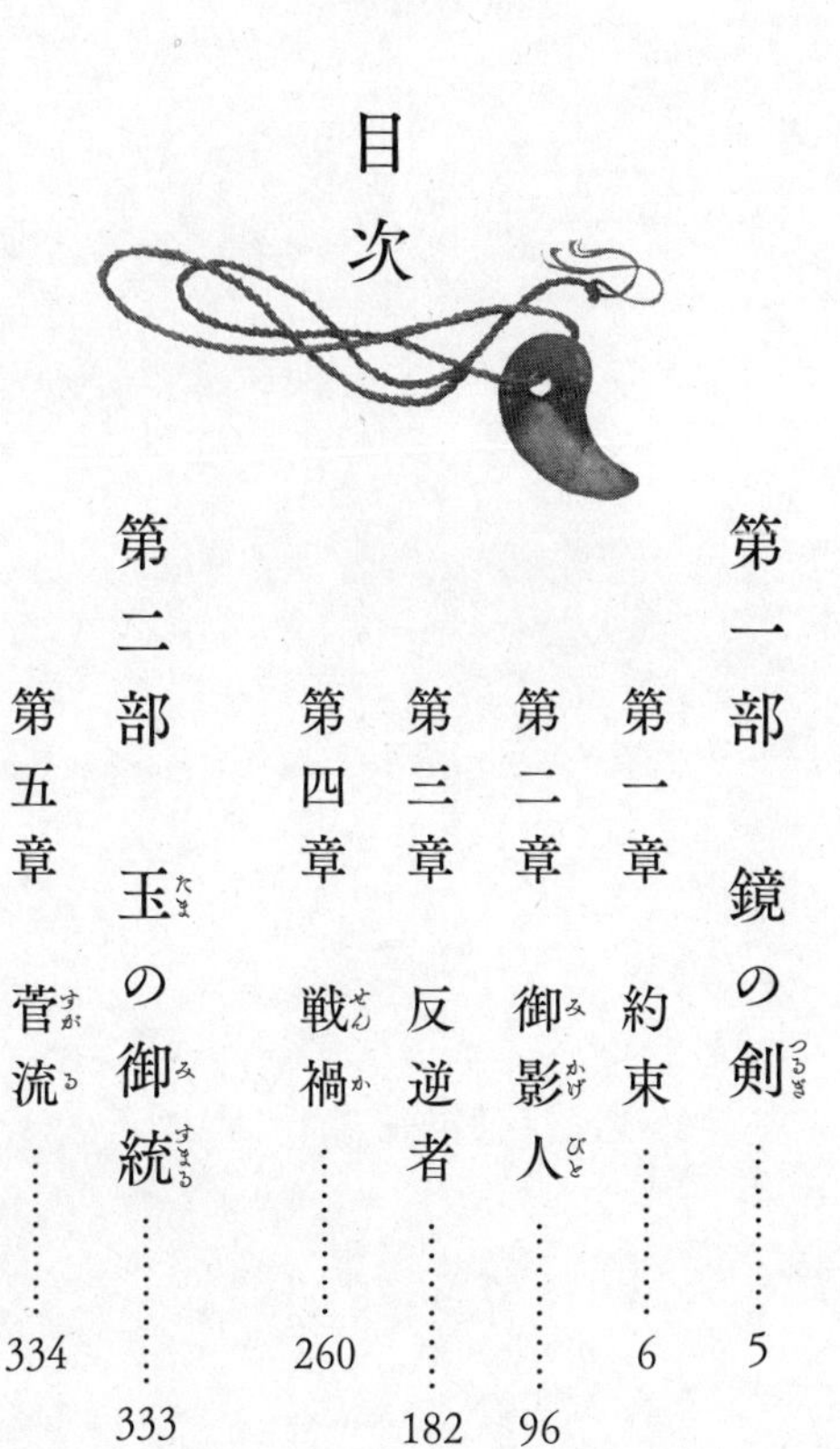

第一部 鏡の剣(つるぎ)
嬢子(をとめ)の 床(とこ)の辺(べ)に
我が置きし つるぎの大刀(たち)
その大刀はや
『古事記』

第一章　約束

1

遠子の顔ときたら、ふくれっ面のお手本といってよかった。ほおをふくらませ、口をへの字にひきむすび、かわいげのかけらもない。年に一度の晴れ着にと、新しい朱色の衣に若草の帯をしめ、色糸の髪飾りを蝶むすびにゆった上でのご面相なので、徹底ぶりがいっそうひきたっていた。

楽しいときには思いきり笑い、悲しいときには思いきり泣くのがこの少女の本分で、乳母の多々女が願っている体裁というものは遠子のおよびではなかった。こまり果てた多々女は言った。

「だだをこねても、どうしようもないことというのはあるんです。姫ももう十二にもおなりなのだから、そのくらいはおわかりでしょう。何度言っても、だめなものはだめです。小倶那がお宮へ行くことは許されませんよ」

あごをそびやかして遠子は言った。

「だから、そうは言ってはいないでしょ。小倶那を連れて行ってくれないなら、今年からあたしも行くのをよす、って言っているの」

「お願いですから……」

部屋の前の廊下に軽い足音がし、絹の領巾を肩にまとった母の真刀野が現れた。

「まあ、遠子は何をぐずぐずしているの。もう出かけますよ。本家のかたがたもそこまでいらしているのだから」

遠子は母を見て一瞬たじろいだが、がんこにふくれっ面はひっこめなかった。

「かあさま、小倶那はどうしてお山のお宮へいっしょに行ってはいけないの？　小倶那はうちの子でしょう？　とうさまもかあさまもそう言ったのに、なぜ小倶那だけ、大巫女様に会いに行かないの。そんなのおかしい。へんじゃない」

真刀野は多々女と具合の悪そうな視線をちらと交わした。

「あたしは小倶那とおんなじにしたいの。うちの子だって言ったことを嘘にしたくないの。だから遠子は今年はうちに残ります」

「遠子、守の大巫女様のもとで新年を迎えることは、わたしたち橘の一族の者にとって、なにより大事な儀式ですよ。おまえも三野の長一族の家に生まれたからには、これを拒むわけにはいきませんよ」

「だって……」

「そこにお座りなさい、遠子」

真刀野は部屋へ入ると自分もひざを折って座り、さとしきかせる体勢になった。はっきりさせなくてはならない、子どものうやむやですませていい時期はもうすぎてしまったのだ、と真刀野は思った。

「小倶那は一族ではありません。これは秘密ではないから、おまえも承知していることでしょう。小倶那は橘の血をうけてはいないのです」

遠子のへの字のくちびるが少しふるえだした。

「かあさま、だって、言ったじゃない……」

「小倶那はうちの子ですよ、とうさまもかあさまも心からそう思っていますよ。でもね、そういう問題ではないの。長の一族に生まれるということは、三野の国を守るためのきびしい責任を負っているということです。橘の血のもつ義務を、小倶那はひきうけることはないの。おまえと小倶那とはちがうのよ。おまえは女の子で、大巫女様の力をうけ伝えるべき橘の者ですからね。そろそろおまえも、そのことをわきまえなくてはいけませんよ」

「……橘の血のもつ義務って、なに？」

「今にわかります。おまえが女になったときにね」

そう言って真刀野はふとため息をついた。無邪気でいられる幸福なときを、娘にはできるだけ長く味わわせてやりたいものだ……

「今はお宮参りに行くこと、それが義務です。わがままは言わせませんよ。わかったら、早く草履をはきなさい。おとうさまはもう外にいらっしゃいますよ」

きぜんとした口調になると、母にはどこか父以上に強いものがあった。さすがは大巫女の姪にあたる女性である。遠子も、不承不承でも従わないわけにはいかなかった。ついに「はあい」と言って立ち上がり、袖をひるがえしてぱたぱたと部屋を出て行った。

その後ろ姿を見送った真刀野は、遠子がいつもふた言めには小倶那と言い、一日も離れていられないようなのは、将来いいことではない、と考えた。

当人の小倶那は、言い争いの聞こえる部屋の中へは入るに入れず、遠くへ行くこともかなわないで、暗い渡り廊下のあたりでうろうろしていた。大みそかの夜はふけて、さえわたった寒気の中、かがりの炎がいきおいよくはぜる。明るく照らされた前庭に集まった隊列の衆が、馬具を鳴らしたり、ふるまわれた一杯の酒に陽気にしゃべったりしている物音が聞こえる。毎年の年末の風物だ。

小倶那は別に、一行について行きたいと遠子にたのんだわけではなかった。彼は根っから争いや我（が）を通すことが苦手な性分で、わけてもこの家の中で波風をたてることは、なんとしてでも避けたかった。なのに、遠子はその正反対の台風の目なものだから、小倶那はつねづね自分を遠子のおもり役だと思っているのだが、遠子は遠子で、おとなしい小倶那の代弁者を買って出るつもりでいるので、けっこうごたごたがおきてしまう。そういうわけでひたすらよわっていた小倶那は、部屋を出てきた遠子を見ると、その顔が失意に沈んでいるにもかかわらず、ほっとなって駆け寄った。

「だめだったの」

肩をおとして遠子は言った。

並んだ二人は、背の高さも肩幅も、髪の長さもだいたい同じくらいだった。同じ型のひな人形に、着物の色だけちがえて男（お）びな女（め）びなの区別をつけた一対のようだ。だが、顔だちはまったく似てはおらず、よく見れば二人を双子とまちがえる人はいなかった。遠子は一族特有の陽気な眉と、あごの小さなまるい顔をしており、それはだれの目にもあきらかだったが、小倶那に似た容貌をもつ者を知っている人間はこの界隈（かいわい）にいなかった。

小倶那は遠子の顔を見て言った。

「だめに決まっているじゃないか、一族の中でさえ本家筋にしか許されないお宮参りなのに。だいたいぼくは、大巫女様のようなおっかない人に会いに行くのはいやだよ。居残りのほうがずっといい」

「ばかを言わないでよ」

遠子は蝶むすびの髪飾りをふりたてた。

「本当に大人ってずるいわ。うちの子をわけへだてはしないなんて言っておきながら、都合のいいときだけ。おこごとのときだけなんだから。一度言ったことは必ず守らなくちゃだめよ。そう思うでしょう?」

「ぼくが養い子だってことをかくしていたら、それが本当にずるいことだよ。ぼくが拾われた子どもなのは事実なんだから」

あっさり言う小倶那を、遠子はうらめしそうに上目づかいで見た。

「あんたはこの日がくると、そのことを考えるんでしょう。あたしやとうさまかあさまがお山に行っているあいだに、いろいろ——ぼくの本当のかあさまはどこにいるんだろう、とか考えるんでしょう。わかっているわよ。あたし、いやなの、それが」

「そんなことないよ」

小倶那は言ったが、声が少し小さかった。

「あたしは思うの、小倶那がだれの子どもかわかってしまえば、もっとすっきりするだろうって。大巫女様は新年に占(うら)をなさるのよ。夢占や、星占や……骨を焼いてお告げをなさるときもあるわ。大巫女様にお願いすれば、小倶那の生まれだってきっとわかると思うのに、行ってはいけないなんて頭にきちゃう」

小倶那は短い笑い声をたてた。

「お願いなんてどうしてできる？　一族の者でなければお会いできない人なのに。遠子の言うことは筋がめちゃくちゃだなあ」

「どうでもいいでしょう、筋なんて」

ぷんとした遠子は、大変彼女らしいせりふをはいた。小倶那は気が晴れたようすで、明るく言った。

「なんであっても、ぼくのかあさまは真刀野のかあさま一人だよ。そう思ってる、嘘じゃないよ。母っていうのは、お乳をくれた人のことだ。それにどうせ、ぼくを産んだのは鳥なんだろうし」

この家で言い古された冗談のひとつが、小倶那は川を流れてきた鳥の巣の大きなタマゴからかえったという説だった。つられて遠子も表情をゆるめた。

「それならいい。今の言葉、忘れないでね」

「お宮参りに行っておいでよ。ぼくは去年みたいにひと足先に、国の長のおやしきに行って待っているから。あの里では今、都（みやこ）の工人が来て川をせきとめて池をつくる、すごい工事をしているって聞いただろう。見てみたいと前から思っていたんだ」

今はまだ無心な少年の興味ではあったが、小倶那は建築するものごとに関心をもっており、どこかで家を建てるなどというと、必ず見に行きたがっていた。なんでも小倶那といっしょにしたい遠子は、すぐさま共鳴した。

「あ、あたしも見てみたい。お山から帰ってきたらいっしょに行こうね。一人で見てきてしまったら、怒るわよ。いい？」

「はいはい」

さからう気もなく小倶那は答えた。この呼吸が、二人がいつもいっしょにいる理由だった。


「さてもさても、わが家の姫ぎみはもったいぶっておでましだな」

すでにたいまつを手にした行列がととのい、馬に乗って待っていた上つ里の長、大根津彦は、遠子が出てきたのを見て大声で言った。

「たんとおめかしをしていたのかね？　とうさまによくお見せ。うむうむ、美人さんだ。どうだね遠子、とうさまの馬にいっしょに乗らんか」

遠子はつんとして父の軽口を聞きながすと、自分の馬のほうへ行ってしまった。一人娘にどうしようもなくあまいこの父親は、最近娘から少々なめられ気味なのだが、本人ばかりはよくわかっていない。里長は妻にたずねた。

「つれないやつだな。あれはいったい、何を怒っているのだ？」

「さっきまで、小倶那が行かないなら行かないと強情をはっていましたの」

「子どもの考えでそう思うのは、無理もないか。しかし急ごう、国長どのを待たせては失礼になる」

　大根津彦は従者に出発を告げ、彼らは馬のはづなをひいて夜の中へと歩きだした。月のないみそかの夜に、隊列はたいまつを先頭に低く歌いながら進む。馬を並べた真刀野は夫に話しかけた。

「小倶那の身のふり方も、そろそろ考えてやらねばなりませんわね。まだまだだと思っていたのに、あの子たち、もう十二になるんですわ」

「十二か。うむ、だがまだ子どもだよ」

「今は子どもでも、子の成長は、いつのときも親の思いより早いものです」

「そうだな、小倶那か……」

　里長にとって、小倶那はやや存在感のうすい子どもだった。遠子が騒ぎをおこすとき、いつも影のようにそばにはいるが、彼が一人で面倒をおこすことはほとんどなかったのだ。里長の考えでは、男の子とはそういうものではなかった。

「あれはおとなしいから、武人のようなものには向かんだろう。よい人について学問でも身につけるとよいかもしれんな」

真刀野はそうですわね、と答えてから、しみじみと言った。

「いい子ですよ、わたしには産んだ子のようにかわいいですわ。あの子は、だれに何も言ってきかせられない赤子のうちから、人に手を焼かせない、まるで身の上をさとってしまっているかのような子どもでした。かしこげな、がまん強い目をして……。だからこそ、あの子には幸せになってほしいんです。人の下につくようなものには終わらずに……この里ではなかなかそれも望めませんから、できれば都に出してでも」

「国長どのの里には最近、都人がしげく出入りしているから、何か伝手が得られるかもしれんな。たずねてみよう」

小倶那をよそへやることとなれば、遠子がどんなに怒りたけり、泣き騒ぐかを真刀野は思ってみた。想像してあまりあるものがある。悲しげにほほえんで彼女は言った。

「ええ、あの二人の仲を裂くのは胸の痛むことですけれど、本人たちのためにはずっといいのですわ。今は子犬がじゃれているようなものも、あと数年でそうはいかなくなりますもの。橘の女のさだめが、自由な恋とは無縁であることを遠子が知るとき……すでに心にかかる人がいれば、身を切るよりつらい思いをすることになってしまいますもの」

はっと口をつぐんだ真刀野は、夫が今の言葉をどう受けとったかをうかがった。微妙なことを言ってしまったことに気づいたのだ。ところが大根津彦は都の大王と三野とのあいだにある政治問題をあれこれ考えはじめており、ほとんど上の空でいつもの返事をしていた。

「そうとも、おまえの言うとおりだよ……」

真刀野は腹立ちをおさえてため息をつき、しばらくは夫と口をきくまい、と考えた。


橘は、守の大巫女を中心とする女系の一族である。そのあり方は、輝の大御神の末子が大王の祖となり、豊葦原のまほろばにて国を治める以前からの、古い古いものだった。三野の国長として都の台帳に名を記されている神骨彦も、入婿としてその地位におさまったのであり、あととりとなるのはその娘である。そして三野の真の支配者はいつの日も、守山に氏神を祀る大巫女だった。

だが、守の大巫女は山深い宮から出ることはなく、ごく限られた者にしかその声を聞かせることはない。大巫女はいつも神とともにあり、神の声を聞き、神託を告げるからであった。この大みそかから新年にかけての宮参りは、大巫女がもっとも多くの者に顔を見せる儀式である。その場で行われる占は、来たる一年のもっとも重要な指標となった。

上つ里の一行はやがて国長の一行と合流し、さらに長い隊列となって北東の山道をめざした。今年は雪こそ見えないが、晴れ渡った空の星も凍てつくような夜であり、つづらおりの道なりに点々と赤くたいまつの炎を浮かばせて登って行く人々の息は、夜目にも白く立ちのぼった。

火明(ほあ)かりに照らされて、黒々とおおいかぶさる樹々の影や、幻想的に見える人の顔など、きりりと寒い大気のせいでいっそう常(つね)ならないものに見える。遠子は、宮はまだかと念じつつ、大巫女はいつも暗い夜の果て、凍てつく冬のさなかに住んでいる人のように思える、と考えた。たんに遠子が毎回大みそかにしか行くことがないだけなのだが……。だが、大巫女も人間のように暮らすとは考えられない気がした。人の形をしているが人ではなく、霜の精か何かのように思えた。なぜなら、やっとの思いでたどりついた宮もまた火の気の少ない、いっこうにあたたかくない場所なのであった。

大巫女は、両わきに若い巫女（といってもいい中年であるが）の介添えを従えて、いつもの壇に座っていた。小柄な人だが、白く輝く長い髪を下ろしているせいで、光をまとっているように大きく見える。遠子に霜を連想させたこの髪は、遠子のおぼえあるかぎり昔からずっと白く、恐るべき年寄りであることはたしかだった。単調な声(こわ)音(ね)で祝詞(のりと)をあげるその声の響きは、木のうろか岩屋で風がかなでる音のようである。見つめていると冷えびえとしてきて、遠子は落ちつかなかった。

隣に小倶那がいれば、こっそりこづきあうくらいのことはできるのに、そういう心のなぐさめもない。そこで顔を上げて、神妙に聞き入っている一族の人々を見わたしていった。すると、本家の上の姫、明姫（あかるひめ）がちょうど火影（ほかげ）を片ほおに受け、美しい目もとを伏せているのが目に入った。つやのある紅（くれない）の濃淡の衣の上にゆたかな黒髪をこぼしたその姿は、一族の中でもぬきん出ている。あまり容姿にとんちゃくしたことのない遠子の目をもひきつけるものを、この姫はもっていた。

（また一段ときれいになったみたいだなあ……）

明けて十七になる明姫は、三野一の評判をとる美人だった。だが、それだからではなく、いつもおだやかでやさしい人柄によって、遠子はこの人が大好きだった。明姫の美も、その清らかな心根が自然と表れたもののように思える。美人といっても姫の美しさは、冴えて鋭いものではなく、ただ花のようにかぐわしく、人を笑（え）ませるものなのである。そのなにげないしぐさのたおやかさには、逆立ちしてもああはなれない、といつも思わせられた。従姉だとはとても信じられない。

遠子があまり見つめていたため、明姫は視線に気づいて驚いたように目をあげた。しかし遠子をみとめると、とがめる顔はせず、おうように目で笑ってみせた。（しんぼうしてね、もうすぐ日の出よ）とその目は言っていた。これだから明（あかる）ねえさまって好きだな、と思いながら遠子はうつむいて、ほほえみをおしかくした。

待ちに待った夜が明けはじめた。頭上の雲はまだ暗く、星も光っているが、東の山並みのかなたに美しい彩りが見えている。まるでかなたに人の手のとどかない喜びの国があり、闇（やみ）の中に立ってそれをかいま見させられているかのようだ。それはいつまでもそのままのようだったが、やがてある一瞬がすぎると、空はみるみる白みはじめ、ついに、投げ上げた朱金（しゅきん）のまりのような太陽が雲をおしわけて現れた。常世（とこよ）の国の果実のようでもある。ふりそそぐ光をおがんで、人々は晴ればれとお互いの顔を見て笑いあった。

　遠子は、去年もそうだったのだが、初日の出を見とどけたとたん、眠くなってきてしまった。ここでおなかをあたためるよう飲ませてもらう甘酒もきくのである。これから人々は殿（との）に入り、大巫女の占（うら）をたまわるのだが、遠子は歩くも座るも、ほとんどおぼえのないままに従っていた。どのくらい時がたってからだろうか、はっと気がつき、座りなおしたときには、国長はすでにうかがいをたて終わり、骨を焼く炉のもとに座る大巫女のそばに進み出ているのは、娘の明姫だった。どうしたんだろう、と遠子は不思議に思った。わきを見ると、父も母もひどく真剣な顔をし、ひと言も聞きもらすまいと息をつめている。

　大巫女が口を開き、例の風（かぜ）の声で言った。

「……ではもうひとつ。そなたの夢を語りなさい。最近見た夢に、気になるものがおありか？」

　明姫は少し間（ま）をおいて、うなずいた。

「ございます。あまりにはっきりと見て、忘れがたい夢です。わたくしは西に向いて、太陽を見つめておりました。すると光の中に大きな鳥が一羽現れて、まっすぐわたくしのもとへ飛んでまいりました。輝く白い鳥でした。その鳥が空から舞い降りて、わたくしのひざにとまったと思うと目がさめました……これは何を告げるものでしょうか」

大巫女は手もとの鹿の骨をまさぐっていたが、ふいに声を強めて言った。

「さだめじゃ。そなたはさだめを受けとった」

国長がはっと腰をうかせ気味にし、大巫女はそちらに目をやって言葉を続けた。

「まほろばの大王はこの乙女を妃にのぞみ、まもなく正規の使者もつかわされるだろう。姫のさだめは、かの輝の神の末裔とちぎりをむすぶことにある。おこたりなく用意をしなさい。それはなるべきことなのだから」

一族の人々のあいだに動揺が走り、つぶやきがおこった。明姫の顔はさっと桃の花のように赤くなったが、姫はひと言も発しなかった。国長がかわりに、あきらかにうろたえた口ぶりで言った。

「この娘は長女として、三野のうちに、になうべきものを多くもっております。そのようなことがあってよろしいのでしょうか。さらには大王の縁戚となることは、三野の支配に、かの朝廷の介入を許すことになりますぞ」

「三野の守以上に重いつとめがわしらにはある」

大巫女の返事は平然としたものだった。

「そもそも橘の一族は、大王の子々孫々を見守るために存続し続けてきたものなのじゃ。輝の神の末裔の守こそが、わしらの最大のつとめである。なぜならわしらは、遠いその上代に輝の末子にとついだ水の乙女と同じ、闇の氏族の一系なのじゃ。わしらには、水の乙女がそうしたように、輝の神のもたらした烈しい血を鎮める役目がある。大王の血の中にある天空の烈しさは十数代経た今も残り、彼らの魂は根をもたない」

「根をもたない、と申しますと？」

国長が面くらってたずねた。

「彼らのふるまいを見れば瞭然であろう？」

にべもなく、大巫女は答えた。

「彼らはどこにも安住することができない。都を造り、造っては壊す。新たな土地に新たな征服欲を燃やして、とどまるところを知らない。豊葦原をかけめぐろうと、彼らに安らぎはないのだが、そのことに気づかない。輝の血じゃ。彼らを土に属させるためには、長い時と世代をかけて血を和していくほかはない。そのために、わしらのような者がいる。明姫よ、そなたにはわかるであろう？　そなたのつとめは、この守の大巫女より重いのじゃ」

明姫は目をいっぱいに開いて聞き入っていたが、大巫女から静かに言われたとき、ひとつ大きくうなずいた。

今年の作柄に関する二、三の占がそれに続くと、人々は大巫女に寿ぎをのべて宮を退出した。だれの心もまだ、明姫のさだめとされたお告げの驚きでいっぱいであり、それとなく帰りを急いでいた。早くはばかりのない場所で存分に思いを口にしたかったのである。

遠子もまた驚いていた。遠子には言葉のはしばしまではよく理解できなかったのだが、それでも、大巫女の言ったことが父親たちの予想を大きく超えるものであることくらいはわかった。長の家に生まれている以上、遊んでいても政治談義は耳に入ってくる。そんな中で都の大王の名は始終聞いていたが、どうもうな鷲のように言った人はいても、まるで大王がおむつのとれない赤ん坊であるかのように、守をしろと言った人はいなかった。また、『三野の守以上に重いつとめがある』といったことも聞いたことがなかった。

すなおに感心して遠子は思った。

(まあ、なんて大きなかたなのだろう。うちの大巫女様は、輝の神を先祖にもつという大王よりもえらいにちがいないわ。小俱那に聞かせてあげたかった……)

そう考えたとたん、遠子は衝動的に動いていた。きびすを返して、みんなとは反対に殿の中へ駆けもどる。大巫女は年寄りらしいゆっくりした動作で席を立ち、介添えの巫女の手をかりながら奥へ引きとろうとするところだった。

「守のおんかた」遠子は呼びかけた。

大巫女はふりむき、朱色の衣を着て悪びれずに立っている、瞳とほおを輝かせた少女を見て目を細めた。

「そなた、真刀野（まとの）の娘の……遠子といったね。儀式はもう終わったが、なんの用だね」

大巫女に直接話しかけることなど、はじめてだった。面と向かってもやはり、どこか人でない人のように感じる。だが、声をはげまして遠子は言った。

「お願いがございます。来年は小倶那もこの宮へ来ることをお許しください。小倶那を一族に加えてください」

「童男（おぐな）？　男の子かね」

「あたしのきょうだいです。ずっといっしょに育ったんです。歳も同じで……あ、でも小倶那のほうが、頭がいいです。少しだけ」

「ほ、そなた、いくつにおなりじゃ？」

「十二になりました」

ここで真刀野があわてふためいて駆けつけてきた。

「これ、遠子」

真刀野は遠子を自分の後ろにおしやり、ひたすらにわびた。

「ぶしつけな子どもで、本当に申しわけありません。お耳にさわることを口にしましたでしょうか?」

大巫女はしかし、機嫌をそんじたようすはなく、ゆったりと言った。

「そなたの娘がもうこんなに大きくなるとは、時のたつのは早いものじゃな。しかしこの子は、だれのことを言っておるのだね?」

真刀野はいくらか顔を赤らめた。

「養い子が一人、おりますの。お話ししませんでしたでしょうか?」

「聞いてはおらぬな。で、どういう素姓の子なのかね。橘の家は養い子をいれるほど、子に不自由はしておらぬだろうに」

真刀野の顔は、また少し赤くなった。

「実は、素姓はどこのものともわかりませんの。川を流れてきた赤ん坊を、侍女といっしょに安野(やすの)の河原で見つけたのです。遠子を産んでまもなくのころでした」

「川を流れてきたとな。赤ん坊がか?」

「葦(あし)の葉をたくさんつめた、小舟のようなものに乗っておりました。上流のどこかで、捨てられたようでした。あまりに哀れで……」

大巫女は感心できないという調子で言った。

「そなたを軽率な女とは思わぬが、少なくともそれは、わしに話しておくべきだったよ。なぜそのような見ず知らずの子を、自分でひきとることにしたのかね。養い親くらい、いくらでも見つかるものを」

真刀野はしばらく口をつぐんでいたが、顔を上げて言った。

「……お乳をやりましたの。わたくしの乳を。あれは十五夜の日で、わたくしは産後はじめて外へ出て、ススキを折りに河原へまいったのでした。空耳かと思うような細い泣き声が聞こえると、急にお乳がはって……。さがしあてたときには、思わずふくませてしまいましたの。飢えて死にそうになっておりました。一度乳を吸ったものを、もう一度捨てることなどできやしません。うちには乳母もおりましたし、そのまま連れ帰ったのでございます」

「運の強い赤子であったな」

なにやら考えこんでいるようすで大巫女は言った。

「葦の小舟に乗っておったか……」

「親がだれかはわかりませんが、育てたことに悔いのない子どもですわ。遠子の言葉ではありませんが、利発な子です」

遠子は母と大巫女とを交互に見ながら、話がどういう結果に落ちつくかをわくわくしながら待っていた。やがて、ついに大巫女が言った。

「真刀野、わしはその養い子の顔が見てみとうなった。この次にはともに連れてくるがよい」

心の中でばんざいを上げた遠子は、大巫女様もそれほど木や岩には見えない、と考え直すことにした。

外へ出た遠子は得意で母にささやいた。

「やったね、かあさま。お話ししてみるものだね」

「おまえにはあきれます。まったく、もう」

真刀野はぷりぷりしていた。

「なんだね、おそかったが、中で何をしていたんだね」

二人が来ないのを不思議に思っていた大根津彦がよってきた。

「遠子ったら、小倶那のことをじかに大巫女様にお願いしましたの。こちらは立場がありませんわ。まったく、何もわからないくせに度胸ばかりいいんだから」

「とうさま、大巫女様がね、来年は小倶那も連れてきなさいって」

「それはそれは、だな」

　真刀野がまだなげかわしげな口調で言った。

「本家の上の姫のさだめが下りたばかりで、こんなに深刻なことはないというのに、少しはおとなしくしていてほしいものだわ。おまえは本当にちゃんと聞いていたの？」

「聞いていたよ」

　片足ずつ飛びはねながら遠子は答えた。

「でも、小倶那のことだって同じくらい大事でしょう？」

「だから、わかっていないというのよ、おまえは。明姫が橘の家もつがず、大巫女様の位もつがないということになれば、そのさだめは、おまえや中の姫にまわってくることになるのよ。もしかしたら、大巫女様がおまえを跡継ぎにすることもあるかもしれない。その日が来るまで、わからないのよ」

　ぽかんとして遠子は立ちつくした。

「あたし……？」

　暗い調子で真刀野は言った。

「おまえたちは、宮で修行を積むことになるわ。大巫女様はあのようにお歳なのですもの。おまえたちの代からは、新しい大巫女を出さないわけにはいかないのよ」

2

小倶那(おぐな)は冬木立のこずえにかかる太陽を見上げた。午後になって雲が出てきており、太陽は骨のようにむきだしの枝先で寒々しい黄色をしていた。国長(くにおさ)のやしきの裏の雑木林を、彼はあてもなくぶらぶらしているのだった。

やしきの中にはすでに大勢の縁故の者が集まり、あたたかく炭をたき、旧交をあたためあいながら主(あるじ)の帰還を待っている。だが、その中には小倶那を見ると始終いやがらせにかかる連中がいて、彼らは目上の者の手のとどかないところでは平気でかなりひどいことをした。だから、小倶那は、それよりはましと考えて一人で裏手に逃れていたのだった。

自分がいじめられやすい原因を、小倶那はだいたい承知していた。捨て子だったということ。顔が土地の者とちがう、ということ。小柄なこと。おとなしいこと。遠子(とおこ)がいつも彼をかばうこと、などなど……。それらいろいろなことが、橘(たちばな)の一族の末端でいながら彼ほど優遇されていない者たちのカンにさわるのだ。

だが承知した上で、それほど深く気にやんだことはなかった。境遇の一部くらいに考えて、受け入れていたのである。いじめっ子の顔ぶれは前から決まっており、彼らをうまく避けさえすれば、それほど不愉快な目にあうことはなかった。

しかし、その一部の連中にかぎっては、年を追うごとに人目にかくれての乱暴ぶりがひどくなってきており、さすがに小倶那もこれを笑ってすませてはいられなかった。なぜ彼らの憎悪をそそるばかりなのかは、考えてみてもわからなかった。自分自身が年ごとに目立つ存在になりつつあり、彼らをあおるのだということまでは、気づいていなかったのである。

宮参りの一行も、下山して民家で休息した後、夕方前にはやしきに到着するはずだった。小倶那はじっと時を計っていたが、そろそろ表門に出迎えの人々が並んでもいいころだと考え、足をそちらに向けた。

だが、まだ林を出ないうちのことだった。人影にふりむくと、あざけるような声が響いた。

「ははん、ちびの弱虫が、こんなところにかくれていやがったぞ。おいみんな、来いよ、逃がすな」

小倶那は駆け出し、一刻も早く林をぬけ出そうとした。しかしうまくいかなかった。先まわりして行く手をふさぐ者がいたのだ。やしきの中にいるよりもっとまずいことになったのに気づき、小倶那はくちびるをかんだ。ここではだれ一人、見とがめる人がいない。

にきびをつくった少年たち四人、いつもの顔ぶれが、鹿狩りの猟師のようにうれしがりながら小倶那をとりかこんできた。一族中のすね者で、長も手を焼く連中だ。この日も朝から祝い酒をくすねていたにちがいなく、どの顔もまっ赤で目がほとんどすわっていた。

「おい、なぜ逃げるんだよ。え、つきあえと言っているだろうが。おれたち下っぱの者じゃ相手に不足かよ。捨て子のくせに図にのりやがって」

四方からこづかれ、小倶那は後ずさることもできなくなってしまった。最初はこまったとしか考えなかったが、えものをからめとったように楽しまれていることにだんだん腹が立ってきて、声を鋭くして言った。

「こんなことをしていていいんですか。宮参りの人たちは、もうまもなく帰ってくるんですよ」

「うるせえや。こいつ、遠子がいないと何ひとつ満足にできないんだぜ。いつだって袖の下にかくしてもらってよ。どっちが女かわからねえってもんだ」

「こっちが女だ。そうに決まってる。そんな面をしているようだぞ」

けたたましい笑い声が静かな林にこだました。

「女なら、おれたちの酌をしてみろ。しなをつくってどうぞと言ってみろ」

小倶那がだまりこんでいると、一人に胸ぐらをつかまれ、引きずり寄せられた。

「おれたちをなめるんじゃないぞ。さからったやつの中には無事で帰れなかったやつもいるんだぜ」

なぐられることを恐れてはいなかった。小倶那は本気でそう思っていたので、言った。

「なぐりたければなぐればいい。元旦から人をなぐるようなふるまいを、ほかの人にどう思われるか、ぼくは知らない」

「たいそうな口をききやがって」

小倶那の落ちつきが彼らに火をつけた。少年たちはそのことを主にこぶしと足げりで教えた。

「弱虫には、言っていいことと悪いことがあるんだ」

くちびるが切れたが、ひどくではなかった。しかし、腹をしたたかにけられてはすぐに起きあがれず、小倶那は枯れ葉の積もった地面にうずくまってあえいだ。

「こいつは女以下のやつだ」

一番残忍な、押熊（おしくま）という名の少年が言った。彼が小倶那をいじめる仲間の音頭取りである。

「よく見てろよ、今から証明してやる」

押熊は腰に下げた袋から黒っぽい細長いものを取りだすと、小倶那の髪をつかんであおむかせ、その顔に突きつけた。

たちまち小倶那は悲鳴を上げはじめた。蛇だった。押熊は念の入ったことに冬眠中の蛇をわざわざ掘りだしてきたのである。その蛇はさして大きくない上、寒さに身動きもできずこちこちになっていたが、小倶那にわれを忘れさせるには充分だった。押熊は蛇を振りまわして何度も小倶那を打ちながら、頭をかかえる姿に笑いころげた。

「見ろ見ろ、おもしれえ。女だってこんなにこわがるものかよ、なあ?」

なぜか異常なほどに小倶那は蛇がきらいだった。これはおぼえのないほど昔からのことで、どうしようもなかった。見ればふるえるし、さわれば気絶もしかねない。小さいころはそのせいで、多々女（たため）に病気とまちがえられたことさえあった。小倶那がどうにもだめなものは実はもうひとつあり、それはカミナリだった。蛇とカミナリ、この月並みな二つがこわいため、その他の場面ではそれほど恐怖することがないにもかかわらず、彼は弱虫と呼ばれてしまうのである。

今もこうなると、手も足も出ず、見栄も誇りもなかった。なんでもするからやめてくれと懇願してすすり泣いた。押熊はようやく腕を休めると、うれしくてたまらないように口もとをゆがめた。

「ようし、なんでもすると言ったな、必ずやれよ。それならな、おれの——」

聞くにたえないようなことを彼は言った。小倶那が一瞬青ざめ、それからかっと顔に血をのぼらせたときだった。怒りに燃える高い声が、よく透って林に響きわたった。

「あんたたち四人！　顔も名前もおぼえたわよ。伯父上にぜんぶ言ってさしあげるわ。お正月だというのに、こんなところで悪どいことをして！」

遠子が林の一段高い土手から見下ろしていた。灰色の木立に朱の色は目にもあざやかに映え、眉を逆立ててすっくと立ったそのようすといい、口調といい、十二の少女とも思えぬ迫力である。少年たちが動けずにいると、遠子はさらに言った。

「さっさと消えたらどうなの。それとも本当にあたしに告げ口してほしいの？　ただではすまなくなるわよ。いい、二度と小倶那に手を出さないで。こんどあったら、一族から追い出されると思いなさい」

彼らはひどく毒づいたが、遠子に手だしはできなかった。高飛車であっても遠子の言葉には裏うちするものがある。大巫女の姪の娘なのだ。

「大笑いだぜ。女が男を助けに駆けつけてくるのかよ」

押熊は捨てぜりふで蛇をたたきつけ、四人の少年はややかっこうのつかないようすで引きあげていった。

遠子はその姿が見えなくなるまでにらみすえていたが、それからいっきに土手を飛び下り、小倶那のもとへ駆けよった。

「立てない？　けがはどこ？」

「……その蛇、どけてくれる？」

かすれ声で小倶那は言った。

「まったく、どこからこんなもの」

遠子は気味悪そうに蛇をつまむと、笹やぶに放りすて、その手を木の幹にこすりつけた。

「ありがとう、来てくれてよかった」

蛇が見えなくなるとたんにけろりとなる小倶那は、体を起こして手とひざの土をはらいはじめた。その変わりようが、いつも唐突なのだった。

「口のところ、血が出ている」

「痛くないよ」

舌でなめて小倶那は言った。

「冷やしたほうがいいわ。あとではれてくるかもしれない」

「いいよ、それより、約束した池の工事を見に行こうよ。遠子が日のあるうちにもどってくるといいなと思っていたんだ」

「あんたって人は、もう！」

遠子は思わずどなった。

「どうしてそんなにすぐ立ち直るのよ。あたしはまだ怒っているのよ。むかつくわ。

腹が立ってたまらない。もしあたしが来なかったら、いったいどうなっていたと思うの」

　小倶那はかすかに肩をすくめた。

「……気にしなくていいよ。起こらなかったことだから」

「これを気にしないでどうするのよ。あいつら、下劣だわ。ひどいことを言った。くやしくないの？　小倶那も、くやしいと思わなくちゃだめよ」

「そりゃ、くやしいけど……」

　確信なさそうに彼は口ごもった。

「蛇がこわいのは、ぼくがいけないんだし……」

　遠子はじれったそうに足を踏みならした。

「ああいやだ。これだからあたし、あんたを一人にするのが心配になっちゃうのよ。どうしたらいいの。あたしももう、いつまでも……」

　突然言葉を切ると、遠子はだまりこんだ。小倶那は目をぱちくりして待ったが、遠子は語らない。急にしんとなった林に、館の方角から遠子を呼んでいる侍女の声が聞こえてくる。馬を降りるなり遠子は小倶那を捜して駆けめぐったのである。

　ふいに遠子は侍女の声に背を向けると、小倶那の手をひっぱって歩きだした。

「行こう、池を見に。あたし、今はとってもみんなの前で笑ってあいさつできる気分じゃないわ」

遠子は先に立って小倶那の手をひきながら、やみくもに歩き続けた。小倶那は首をひねりひねり、それでもすなおについて行った。だが、遠子のほおがいつのまにかぬれていることに気づいたときには、口をつぐんでいられなくなった。彼女は今まで決してそんなふうに静かに泣くことはなかったのだ。

「どうしたっていうんだい。今日はへんだよ、すごく」

遠子は答えず、流れる涙をぬぐおうともしない。

「ぼくのことを怒っているのかい？」

首を横にふった遠子は、せきを切ったように言いだした。

「……あたしたち、大きくなんかならないといいのに。ずっと今のままでいられたらいいのに。なのに、小倶那は男だから、これからはあたしよりずっと大きくなるだろうし、あたしはある日急に女になる、ってかあさまが言うの。おかしいわよね、ある日急にって。それじゃ今のあたしはなんなの？　あたしは自分が女だと思っていたからこそ、女のくせにあれをするな、これをするなと言われていちいちがまんしていたというのに、それじゃサギじゃない。これ以上どう女になれっていうのかしら。あんたにはわかる？（小倶那は正直にわからないと答えた。）それでね、あたしは女になったらお山のお宮で暮らさなくてはならないんですって。修行をしなくてはならないんですって。だから、こうしていられるのはあと少しだって、今日かあさまが……」

「巫女様になるの？」

信じられないという表情で小倶那はたずね、恐る恐るつけ加えた。

「――遠子が？」

「あたし、お宮へなんて行きたくない。あんな寒くてさみしいところ。それにあたしがいなかったら、小倶那ったらいじめられてばかりなんだもの」

遠子の涙声は、だんだんむせび泣きに変わりはじめた。小倶那はとほうにくれ、なぐさめようがなくてこまった。

「泣いたらだめだよ、遠子。ねえ、お正月なんだし。それにほら、前を見ないとあぶないよ……」

遠子はあやうく松の木に衝突しそうになり、根っこにつまずいてようやくとどまった。小倶那は立ちどまった遠子をこちらへ向かせると、向かいあって言った。

「ぼくはそんなにいじめられてるとは思っていないよ。弱い者いじめが好きな連中はどこにだっているんだ。気にしなければいいんだよ。どうってことないんだ、あんなやつらは」

「あたしは小倶那が『弱い者』なのはいやなの。小倶那がばかにされていると、あたしがばかにされている気がする。あたしは自分をばかにしたやつはぜったい許さないけれど、あんたのかわりをあたしがすると、女が男を助けると言って、またばかにされるんだわ」

小倶那はおぼつかない調子でたずねた。

「遠子はぼくに仕返しをしてほしいのかい？　あいつらに？」

「なんでもいいの。あたしは、小倶那があんなやつらには手だしができないくらい強かったらいいのにって思うだけ。あたしが安心できるくらいに」

「うーん……」考えこんだ小倶那は、何を思ったか言いだした。

「遠子がそんなに心配だって言うなら、今度からは強くなる方法を考えてみるよ。ぼくはね、本当はそんなに弱虫じゃないと思うんだ。あいつらなんてこわくないし、その気になれば、こわいものはあんまりないんだよ――蛇とカミナリだけぬかせば」

「でも蛇はどこにだっているし、カミナリはいつだって鳴るわ」

「……そうだね」

「あーあ」

遠子はため息をつくと、あきらめたようにはなをかんだ。

しばらく行くと木立がとぎれ、きらめく水が見えてきた。できたばかりの池が水をたたえている。ただそれだけのことだが、遠子の機嫌はいっきになおった。まだそれができるありがたい年齢なのだ。遠子たちにもおぼえのある、小川の流れていた谷が、今は広々とした水面になっていた。深い色のみどりの水に、やや西に傾いた陽射しが金のうろこのようなさざ波をつくっている。目を見はる変わりようだった。都の工人は、風景を自分たちの思うさまに造りかえるのだ。

「すごいねえ」

二人は口々に言い、はしゃいで岸辺を駆けだした。遠子がいつもの陽気さをとりもどせば、小倶那も元気にならないはずはなかった。

「川下で水をせきとめたんだよ。行って堤を見てみようよ」

岸づたいに行くと、工事の場所が見えてきた。材木や石材で水をせきとめた外側に、分厚く頑丈な土塁と水門ができかけているのがわかった。その周到な手順に、小倶那はすっかり感心してしまった。人間の建造物でこれだけのものを、彼はまだ見たことがなかった。さすがに正月の一日から立ち働く人の姿はない。それをよいことに、二人はだれにも見られずに工人の足場をよじのぼり、存分に好奇心を満足させた。

「ねえ、ここを渡っていけば、簡単に向こうの岸まで行けるね」

ふといたずら心をおこした遠子が、水をせきとめた丸太のくいが一歩間隔で堤を横切っているのを指さして言った。

「ここを？」

小倶那はあまり気のりせずに言った。くいの柱は水面からは大した高さに見えないが、反対側を見れば相当に高く、しかも下には大きな石がごろごろしている。

「この向こうに、都の大王が行宮を建てるという噂があるのよ。三野はどうなっちゃうのかしらね。ねえ、偵察してみたくない？」

「行宮」

犬だったら耳をぴんと立てるように小倶那は反応した。また、遠子がにやにやしてこう言ったのも彼をあとにひけなくさせた。

「こわいの？　蛇とカミナリだけぬかせば、何もこわくないんじゃなかったの」

「こわいもんか。ただ、遠子にはどうかと思ってさ」

遠子は声を上げて笑った。

「あたしは小倶那よりもっとこわいもの知らずよ。蛇もカミナリもへいちゃらだもの」

「言ったな」

二人とも、少しむこうみずなことがしたくなっていたのはたしかだった。不愉快なことは、ちょっぴりはらはらして大笑いしてふきとばすにかぎる。遠子が先に立ち、彼らは笑いをこらえて渡りはじめた。

遠子たちのような身の軽いいたずらっ子にとっては、くいをつたって歩くのもそれほど危険な渡りではなかった。もっと高く細い場所を歩いたこともある。ただ、西にまっすぐ向かうため、雲の切れ目から射しいる太陽が正面にきてまぶしかった。まばたきをくりかえしていた遠子は、ふと視野の隅の白い鳥影に気がついた。余裕のあるところを見せようと、彼女は後ろの小俱那に言った。

「ほら見て、大きな鳥。あれは鵠（くぐい）じゃないかしら」

「本当だ。めずらしいね、たった一羽で飛んでいる。群れをはぐれたんだろうか」

小俱那ものんびり答えた。

『……わたくしは西に向いて、太陽を見つめておりました。すると光の中に大きな鳥が一羽現れて、まっすぐわたくしのもとへ飛んでまいりました。輝く白い鳥でした……』

突然よみがえった声に、遠子はぎくりとなった。あれはなんだったろう。明姫（あかるひめ）の夢語りだ。しびれるような驚きとともに、不安がおそってきた。

（どういうこと？　まるでこれは明（あかる）ねえさまの夢の光景。まさか、あたしは明ねえさまの夢の中にいるの？　そんなはずはない。でもこれ……この感じ……）

なぜそんな感じを受けたのかわからなかった。自分が実際は何を見たのかもわからなかった。だが、飛んでくる白い鳥の姿に、遠子が体を貫かれるようにして感じた感覚は、『不吉』だった。

不吉のさだめ――

頭の中がぐるぐるまわり、遠子は目が見えなくてよろめいた。だが彼女はまだくいを渡り終えてはいない。

「あぶない！」

小倶那の鋭い叫び声に、かろうじて身を引きもどした遠子は、石の上に落ちずによかったと思いながら、水しぶきをあげて池にころがりこんだ。実のところはそれほどよくなかった。池の水は息が止まりそうに冷たかったのである。

空気は二度と胸に入ってこないかと思えた。氷のような冷たさに縮みあがった体が、いうことをきかないのである。泳ぎは得意なほうだったが、これはまずいとさすがに思った。だれかが隣でえり首をつかみ、しきりに岸に寄せようとしている。もちろん小倶那だ。いっしょに悲惨さをわかちあってくれてうれしいが、そうするとだれに引き上げてもらったらいいのかしら、と遠子は気をめいらせて思った。

だが、救いの手はさしのべられた。ぬれそぼった遠子の重さをものともしない力強い腕が彼女をつかんで、軽々と岸にひっぱり上げた。うずくまったまましきりにせきこんでいると、せきの合間に、頭ごなしにしかりとばす人の声が聞こえてきた。

「なんてふとどきながきどもだ。われわれが心血そそいだ堤を遊び場にしおって。ここではあいびきはまかりならんぞ。心中（しんじゅう）はもってのほかだ。だいたいおまえらはどちらにも十年早い！　本当にいまいましい。おぼれて当然のむくいだぞ。このちびども」

都人（みやこびと）だろうということはすぐにわかった。口調もどこか、このあたりの人とはちがう。遠子がまつわる髪をかき上げて見上げると、風変わりな頭巾（ずきん）をかぶったすらりと背の高い男がいて、今は小倶那をひっぱり上げながらどなりつけていた。

「おぬしはばかか。いっしょに飛びこんでどうするんだ。そういうときは、その子に浮きになるものを投げてやって、助けを呼びにいくのが筋だ。そんなことも知らないのか、このボケ！」

小倶那は何か答えようとしたらしかったが、激しく歯が鳴るばかりで言葉にならなかった。頭巾の男は舌打ちして言った。

「二人とも、つららにならないうちに早くついてこい。火にだけはあたらせてやる。まったく、好きこのんでこの寒空に水浴びしたがるんだからな。正月元旦から現場を見まわりにくる者など、普通はいないんだぞ。よくもまあ、うまく行きあったものだよ」

池からいくらも離れない木立の陰には、目立たないようすに工人たちの仮小屋がいくつか建ててあり、男が入っていったのはそのひと棟だった。屋根の低い、質素な土間の小屋だが、よけいなものが何もないのでせまくはない。炉はまん中に大きく切ってあり、都人はものおしみせずにまきを豪快に放りこんだ。火は勢いよく燃え上がったが、煙も相当出た。彼はそれから二人にぬれた着物をぬがせ、乾かすあいだ、自分たちの大きな衣服にミノムシのようにくるまらせた。火にあたらせるだけだと言っていたくせに、なにやら鍋まで持ちだしている。遠子は、長い足でどんどん歩きまわる彼を見ながら、口は悪いが根はいい人なのだ、と思った。

彼がたてる物音をのぞけば、まわりはしんとして人の気配がなかった。あたたまって気もちのほぐれてきた遠子はたずねた。

「あなたのほかには人はいないんですか？」

「正月くらい、妻や子のもとですごして当然だろう。みんな今ごろ、故郷でうまいものを食わせてもらっているだろうさ」彼は答えた。

「……あなたは？」

「わたしは独身者だからな」

都人は言い、ようやく二人のそばへ来て腰を下ろした。そうしてしばらくあたたまってから、思い出したように頭巾をぬいだ。

はじめてあらわになったその顔は、口調から察せられるよりはよほど若かった。青年になったばかりというところだ。分別ありげに遠子たちをしかったわりには、自分もいたずらに共謀しかねない瞳をしている。だが遠子が驚いたのは、そのことばかりではなかった。見たとたん、前からよく知っている人のように思えたのだ。小倶那をふりかえって、遠子はいきなり叫び声を上げていた。

「あ、あああっ」

都人は眉をしかめて遠子を見た。

「今度はなんだ？　おぬしはどうも落ちつきがないな。嫁にいけぬぞ」

「だって、あなた、小倶那と似ている。小倶那に似た人をはじめて見るわ。ねえ、見て、小倶那、そっくりよ」

「嘘だよ」

小倶那は体をすくめたまま鼻声で言った。

だが、遠子には確信があった。見れば見るほどよく似ていた。髪のはえぎわも、眉つきも、あごの形も通じるものがある。都人の顔は、小倶那があと六、七年たって、青年らしくなればなるだろうというものだった。

「ねえ小倶那、あんたは都の人だったのかもしれないわ……」

「こらこら、わたしの顔を都の大路（おおじ）にころがっているものにしてもらってはこまる。それに、そんなはなをたらした坊主と似ているなどとは、侮辱だぞ」

都人は言ったが、それでも少し気になったとみえて小倶那の顔をのぞきこんだ。それから、小倶那が頭の上までひきかぶっていた着物をとりのけ、改めてまじまじと見つめはじめた。

「ね、似ているでしょう」

かなりしばらくしてから彼は言った。

「わかった。認めよう」

腕組みした都人は声に驚きをこめた。

「わたしの子どものころを知っている者がなんと言うか、会わせてみたいものだ。これはまったく不思議なことがあるものだな。わたしのきょうだいは十人をくだらないが、これだけ似ている者はいないぞ。おぬし、名は？」

「小倶那」

「童男（おぐな）？『男の子』というのが名前なのか。それはまた、ずいぶん安易な命名だな。ちゃんと親に愛されているのか？」

遠子がむっとして口をはさんだ。

「変なことを言わないでくれます？うちではたった一人の男の子だから小倶那なのよ、いいじゃないの」

「わかったわかった、そんなにむきになって怒るなよ。けれど、おぬしたちはきょうだいではなさそうじゃないか。小倶那はなにか、親を知らないのか？」

　小倶那はひと言でいった。

「捨て子です」

「そうか」都人は笑い声を上げた。

「簡潔だな。気に入ったぞ、おぬし。くどくど言うのは女の言いぐさだ。しかし聞きたいな、わたしに似た顔をしたおぬしが、どうして捨て子になったのか」

「知りません。葦の舟に乗って流れてきたそうです。安野(やすの)の河原で見つけられて、上(かみ)の里長(さとおさ)の家が引きとってくれました」

　都人は面くらったようにまばたきした。

「それでは、おぬしらは橘(たちばな)の家の子どもなのか。そいつは……道理でやけによい着物を着ていると思った。さっきは失礼なことを言いすぎたかな？」

　彼はそう言いながらもおもしろそうに笑うばかりで、態度を改める気はなさそうだった。都の人はやはりちがう、と遠子は思った。ひどく自信にあふれていて、人を人とも思わないようだ。彼は今度は遠子の顔をしきりに見つめはじめ、遠子はなんだか居心地が悪くなった。彼が小倶那と似かよっているだけに、妙な気分になる。だれのことであっても、小倶那がこんなふうに臆面(おくめん)もなくながめるのは見たことがない。

「……あたしの顔がどうかしました？」

青年はぱっと笑った。

「いやいや」

「橘の明姫は絶世の美女だという噂を聞いてきたものだからね。血縁のおぬしには少しはその面影があるのかな……と」

「残念ですね、ありませんよ」

「安心した。まだ望みがある」

このひと言はひとしきりの口論の種となった。遠子は腹を立てたが、都人はどうやら、からかって楽しんでいた。

「明ねえさまは本物の美女よ。あなたは見たことがないから勝手なことが言えるんだわ。明ねえさまを間近に見て美人でないと言えるものなら、言ってごらんなさい」

「そうだな、そうしたいよ。しかしよそ者にはなかなか深窓の姫ぎみをおがむ機会がなくてね」

小倶那は最初のうちはにこりともせずにだまっていたが、青年と遠子の会話が活発になるにつれて少しずつ引きこまれていった。彼とて、自分とそっくりな都の青年を気にしないでいられるはずはなかったのだ。ためらいがちにだが自分から、青年に生まれや父母のことをたずねた。

「父は都の人間だ。母はちがう。だがわたしも都で生まれ、都で育っている」

「父ぎみも、堤などの工事をする仕事をしておられるのですか？」

「いつも堤ばかり造っているとは限らないが、大きな普請があるとき指揮をとるのはわたしの父だよ。わたしはその嫡子なので、少しずつ父の代理を任されている。そのひとつがここの工事の監督だ」

「監督、すごいなあ」

　小倶那は思わずむきだしの声で言った。都人はにっこりして言った。

「土木が好きか？　それはいいことだ。ものを築きあげることは、やりがいのある仕事だぞ」

　それを聞いて小倶那もほほえんだ。この二人は笑顔になったとき一番よく似ていることに、遠子は気がついた。都人も、ひどく親しみを感じたらしく、冗談めかして言った。

「おぬしは気質もわたしの家系の者のようだな。本当に父のおとし子かもしれんな。そうであってもわたしは驚かんだろうよ。父は若いころから盛んなお人だったからな」

　小倶那は急に身を固くすると、くちびるの傷をなめた。血のめぐりがよくなってくると、忘れていたその傷もうずき出したのだった。

「……そういうことは、たやすく口にすることではないと思います」

「おや、わかったような口をきく」

青年は気軽に言って体をのり出すと、小倶那のあごをつかまえて傷を調べた。

「わたしに似た顔は、もっと大切にしてほしいものだな。塗り薬をつけてやろう。いいのがある」

小倶那がねばねばする薬を傷に塗られているときだった。外にだれかが馬で乗りつけてきたひづめの音がした。みんなが思わず耳をすましていると、おとずれた人物は勝手を知ったようすでまっすぐこの小屋へ向かい、やがて入り口の戸を勢いよく引き開けた。

「申しわけございません、おそくなりました。ご不便はございませんでしたでしょうか。やっと……」

入ってきた人物は言葉をとぎらせた。遠子たちを見て、よほど驚いたにちがいない。動作までがそのまま止まってしまった。

「やあ、七掬(ななつか)」

青年は苦笑いのように笑った。

「あの、これは?」

「先ほど池から釣ってきた魚だ。いやいや冗談、粗末には扱えんぞ。橘のお子様たちだからな。もう少ししたら長のやしきにとどける。大事はないよ」

「……肝心なときに留守をしまして」

七掬と呼ばれたひげの男は見上げるばかりの大男で、青年と同じ頭巾がちんまりして見えるほどの胸幅をもっていたが、屋根が低いせいもあって背をこごめ、それ以上にひどく恐縮していた。

「この鍋はなぜここに？」

「ああ、酒をわかすつもりだった。おまえ、やってくれないか」

「……平鍋でわかすものではございませんよ」

大男は鍋をもって出て行ってしまった。おかしな二人だ、と遠子は思った。工人とはどういう人たちなのかはわからないが、おかしなことはまちがいない。

だが、少しすると大男は熱い飲み物を作って三人にもってきてくれた。にごり酒にすりおろしたショウガとあめを混ぜたのだ、と彼は言った。遠子と小俱那は、これほど強烈に体が熱くなる飲み物を生まれてはじめて飲んだ。かっかとして、肌から湯気が立ちのぼりそうだ。青年は言った。

「さあ、衣も乾いたぞ、送って行こう。家の人はさぞ心配しているだろう」

外に出るとすでに星が輝いていた。青年は馬を出し、子どもたち二人を乗せて国長のやしきへ向かった。大気は冷えこんでいたはずなのだが、馬上の子どもたちはおかしいほど寒さを感じず、池に映る星影をかたてに見ながら舌のまわるかぎりしゃべっていた（あとから思い返せば、酔っていたのだった）。とくに、翌日行われる賭弓の会について遠子はしゃべった。青年が、弓は得意だと言ったためだ。

「国中の腕自慢がこの賭弓を目ざしているのよ。だからすごい騒ぎなの。見物席は毎年すしづめ、女の人だってぜったい見逃すまいとしているの。あたしなどは長の家の女の人用のさじき席に入れてもらえるけれど、ここだって大変よ。声援で耳がこわれちゃいそうよ。そうそう、優勝した人には国長からいろいろなごほうびが出るのだけれど、それを渡すのは明姫のお役目なの。だから出場する男の人たちは何がなんでも、ってはりきってしまうわけなの」

「なるほど、勝ちがいがあるわけだ」

馬のはづなを引きながら都人は静かに笑った。

やしきにもどると、ちょっとした騒ぎがもちあがったが、新年の宴が開かれている最中ではあり、お客の身でもあるということで、遠子たちがその夜にくらった罰は寝床に直行させられたことのみだった。食事はやしきの人がもってきてくれたので、二人は、ふとんに入ることには文句はなかった。ただ、二人を送りとどけた都人がそのあと長たちに何を言ったかが気になった。

「あの人、とうさまには名前を言ったかしら。ねえ、あれだけ話をしたのにあたしたちには名前すら言わなかったのよ。変な人だと思わない？」

「言いたくなかったのかもしれないね」

　小倶那は盆にあまり手をつけず、ねそべってほおづえをついていた。

「あたしはあの人のこと、小倶那のお兄さんかと思った。それくらい似ていたわ。なのにあの人、そういうことにもあまり真剣じゃないみたい。都の人ってあっさりしているのね」

「ぼくはね、思うんだ……」

　少しためらってから小倶那は言った。

「あの人は工人じゃないみたいだ」

「それじゃ、なんなの？」

「わからない」

　小倶那はぽつりと言った。

「ぼくはどうしてあの人に似ているんだろう」

　二人はそれきりだまった。二人とも、言葉にはならない変化の予感を感じていた。昨日までの日々が永久にもどってこなくなるような、何かの扉が、今日、新年とともに二人の前に開いたようだった。避けられない何かが起こる。近づいてくる――

　だが遠子も小倶那も、それが何なのかはわからず、妙に落ちつかないのはなぜだろうと考えるばかりだった。

3

うまく罰をまぬがれたと思っていた遠子たちは、翌朝とんだしっぺ返しをくわされることになった。真刀野は二人に、その日一日謹慎して反省するように言いわたしたのだ。部屋にとり残された遠子は泣かんばかりになって言った。

「あんまりだわ。今日は賭弓よ。これを見に行かない人がどこにいて？　今年一年、話題におくれちゃうじゃないの」

「たぶん一人残らず見に行くだろうね。使用人だって居残る人はいないと思うよ、きっと」

小倶那は言い、後ろめたいことを言い出すときにはいつもそうするように、顔をちょっとこすった。

「……と、いうことは、ぼくたちが反省しているかどうか見とどけるために残る人なんて、いるのかな」

「いないわよ」

答えてから遠子は、目を見はって相棒を見た。

「まあ、見なおしたわ、小倶那。そうよね、あたしたちが反省しながらちょっぴり外へ出たって、だれにもわからないわよ」

「だれにも見られずに帰ってくればね」

遠子は真剣な表情で思案した。

「目と鼻の先だもの、やってやれなくないと思う……。下の戸口は無理だから、屋根へ出るというのはどう？　伯母さまの家は煙出し窓が大きいから、うちより簡単よ」

小倶那はしばらく天井を見上げた。

「うん、できるよ。けれど、昨日みたいな思いはもうごめんだからね。遠子はぼんやりしちゃだめだよ」

「あたしがなんですって？」

ひと晩たっぷり眠って、もうけろりとしている遠子は聞き返した。

「池に落っこちたろう、あれは変だったよ。あのとき、何をぼうっとしていたんだい？」

ふと遠子は眉をしかめた。何かがあったはずなのだが、もやもやして今は思い出せない。

「忘れちゃった。なんでもないのよ、もう二度とあんなへまはしないわ」

国長の館は広場を見下ろす台地に設けられていたので、顔にすすをつけて屋根にはいのぼった二人からは、幕をはりめぐらした賭弓の会場が一望できた。百人を越えると思われる出場者が、里ごとにそろえた上羽織(うわばおり)をあざやかに着て愛用の弓を手にもち、三々五々につどっている。

綱を渡して区切った場外の見物席はぎっしり人でいっぱいだ。賭弓(のりゆみ)はもともと年のはじめに作物の豊饒を祈る橘(たちばな)家の神前の儀式だったものだが、競射が行われるようになってからは年々そちらを主にして大規模になり、今では国をあげての大会になっているのだった。そのため開会のはじめこそ古式にのっとり、厳粛に榊(さかき)をふってとり行うが、あとは人々が賭けをしてひたすら騒ぐ、無礼講のお正月の楽しみになっている。

「ああ、もう第一陣の的が立てられている」

身をのり出して遠子が叫んだ。

「あれは上(かみ)つ里の色よ、若草の上羽織。小倶那、見て!」

「夢中になって、落ちないように」

小倶那は水をさすように言った。

「いいから、見てってば。あそこにいるのはあの人よ」

遠子の声色(こわいろ)が変わっていた。この場所からでは競技者の顔まではたしかめられないものの、風変わりな頭巾を見まちがえるはずはないのだった。昨日の都人(みやこびと)である。

二人を池からひっぱり上げた青年が、なぜか上つ里の上羽織を着て平然と立っているのだ。弓を手に――

屋根の上にはらばったまま、二人はしばらく目をこらした。

「まちがいないよ、あの人だ。何を考えているんだろう」

小倶那が低い声で言った。

「きっと、とうさまに願いでたんだね……ぼくたちを助けたお礼に、上羽織をもらったんだよ」

「まあ、おもしろいじゃない。あの人、口で言うほど弓がひけるのかしら。これは見逃せないわ」

「見逃せない。あの人、注意したほうがいいよ。なんだかたくらんでいるみたいだ」

遠子はちょっととまどって小倶那を見た。

「悪気のある人には見えなかったけれど。だって小倶那にそっくりだし」

「ぼくは自分の顔をあんまり信用できないんだ」と小倶那は答えた。

二人は少し苦労して屋根からケヤキの木に移ると、人どおりのとだえた裏の道からうまくぬけ出した。会場につくと長（おさ）のさじきを避けて大まわりをし、一般の立ち見席へ行ってみたが、そこはすでに黒山の人だかりで、子どもは背のびをしても見えはしない。

「あれしかないわね」

いている。小倶那は頭をふった。

遠子は指さした。村の子どもたちが立ち木の枝に子猿のようにすずなりにしがみついている。小倶那は頭をふった。

「遠子が登ったら、真冬の桜より目立っちゃうよ。それなら変装しなきゃ」

村の子を呼んで衣服をとりかえてもらった結果、木に登るよりいい場所を教えてもらえることになった。長のさじきの床下である。本来は許されない場所だが、たれ幕にひそめば見つからないので、通の子どもたちは利用するのだそうだ。遠子はおかしくてたまらなかった。

「結局、いつもの場所から見られるのね。少し位置が低いけれど」

場内では競技が続いていた。頭巾の青年は順調に勝ち進んでいるようだった。順調なだけではない。ずいぶん注目を集めているようだった。かぶりものが目をひくのだろうか。彼が的の中央を射とめると、歓声が少しよけいにわきおこるのに遠子は気がついた。

「あいつ、強いよ。最後までいくだろうよ。あんなにねらいをしぼりもしないで的中させるやつって、はじめてだよ」

少年の一人が興奮気味にささやいた。

じっと見ていると、彼が本当に強いということが徐々に遠子にものみこめてきた。都人は会場のだれより落ちつきはらっており、自然で、楽しげにさえ見える。それが矢をつがえてひきしぼる瞬間にのみ、短いあいだだが、氷よりも鋼よりも固いまなざしになった。もし自分が標的だったらどんな気もちがすることか。そして矢が的中し、勝ちが決まれば、くったくなくほほえみ、あまりに当然のように歓声を受けているので、おごっているともいえないほどだった。遠子はずっと青年一人から目を離さず、彼が少年の予言どおり最後の二人に勝ち残ったときには、思わず知らず小倶那の腕をぎゅっとにぎりしめていた。

「応援しているの？」小倶那がたずねた。

「だって、あれが小倶那のような気がしてしまうんだもの。小倶那が強かったら、あんなふうなのかしらね」

もう一人の競争相手は昨年の優勝者であり、かなりの名人だった。歳も青年とは、十ほどちがう。それなのに、二人が並んで的場に立ったとき、堂々として見えたのは都人のほうだった。そのころには遠子にも、彼のもつ気が他者を圧するのだということがうすうすわかってきた。かたずをのんで見守る満場の人々を尻目に、青年は一人森の中にいるように弓をひく。そして勝った。歓声はわれんばかりだった。

「ああいう人を強いと言うんだわ。ねえ、小倶那もいつか、ああなって。だれもかなわない人になってね」

遠子はうっかりさじきの下だということも忘れて声を上げた。しかし、さじき席もまた騒いでいたので、その声は聞かれることはなかった。

勝者にほうびを与える段取りとなり、天幕をかざした長のさじきの前に、上位に入った射手（しゃしゅ）が一列に並んだ。見物席からは動く人の姿はない。だれもが、賞を授ける明姫（あかるひめ）の姿をちらとでも見てから帰ろうと思っているのである。賞品は順に渡され、一番最後に優勝者の青年が、このときばかりは頭巾をとって進み出た。だが、そのときである。どこからともなく声が飛んだ。

「そいつに賞の資格はない。そいつは三野（みの）の人間でないよそ者だぞ！」

遠子と小倶那は、床下で思わず身を固くした。会場にざわめきが走り、それが少しずつ大きくなった。

青年はすでに明姫の面前まで進んでいた。だが、彼はさしてうろたえず、壇の上の明姫を見上げておだやかに口を開いた。

「いかにもわたしはよそ者です。ですから、優勝のほうびはお返ししましょう。わたしはこうしてここに立てただけで満足なのですから」

明姫はすでに賞品を腕にかかえており、はたとこまったようだったが、そこは優雅な姫らしくうなずいて、かわりに言葉をさしむけた。

「では、どこのおかたでいらっしゃいますの？　三野の強豪をみなうち負かしてしまうとは、名もないおかたとは思えませんが。でも、こうして拝見すると、わたくしのよく知っている少年に、どこか似ていらっしゃいますのね」

「その少年ならわたしも知っております」

都人は重々しく答えた。

「ですが姫、こうして拝見いたしますと、姫に似たかたは、豊葦原のどこにもおられないようですね。わたしはかなり広く見ているつもりですが、姫のようにお美しいかたには生まれてこのかた会ったことがありません。噂とはいつも大げさなものと決めてかかっておったのですが、噂もおよばない佳人というのはおられるものなのですね。花の香や音楽は人づてには伝わらないように」

明姫の目もとにほんのり色がさした。たゆたうような、恥じらいをふくんだまなざしをして姫は言った。

「お口がお上手でいらっしゃる。それでわかりますわ。都からいらしたのではなくて？」

青年はほほえみ、さらにまなざしに熱をこめて明姫を見つめた。

「よくご存じですね。そのとおりです。あなたにお会いするため、それだけのために都からはるばるまいりました。わたしはまほろばの大王の命を受け三野へつかわされた一の皇子、大碓と申します。父から、身分をあかさずに橘の明姫を拝顔し、姫のご器量を見さだめてくるよう申しつかりました。ですが、姫以上に大王の妃にふさわしいかたはいないとお見受けした以上、はれて覆面をといて使者として名のることができます」

「……大碓皇子様？」

かすかな声で明姫がつぶやいた。ほかの人々は声を出すはおろか、身じろぎもできずにぼうぜんとしていた。

「改めてお願い申しあげます。どうか妃としてまほろばの父の宮へおいでいただきたい。あなたのようなかたを、われわれは長く求めていたのです」

明姫はすずやかなまつ毛をふせてささやいた。

「大胆なおかた。この三野へ一人来て、この場でそうおっしゃるのですか。大王の一族のかたは、みなそのように大胆なのですか？」

「時と場合によってはそうなります」

大碓皇子は答え、もうひとつつけ加えた。

「――そして出会った人によっては」

人々の最初の衝撃がすぎると、上を下への大騒ぎになった。無理もないことだった。さじきの下から出るに出られなくなった小倶那と遠子はそのままうずくまり、驚きの余韻でぼんやりしていた。

「上にいなくて本当に助かったよ。みんなこぞってぼくの顔を見たろうな」

小俱那はしみじみ言った。

「大変な人に似てしまったわね」

「でも、これで安心したよ。他人の空似だってはっきりしたもの。都の大王が三野に来たことはないものね」

「そうね……大王ね……」

遠子はひざにあごをのせて、つまらなそうにいった。

「ちょっとがっかりしちゃった。都の大王って、あんなに大きな皇子のいるおじさんだったのね。とうさまより歳上じゃないの。なのに、明ねえさまはお嫁にいくんだわ……大巫女様が、それがさだめだと言ったから。橘の女に生まれるってとってもわりがあわないと思う」

＊　＊　＊

「なにもわざわざ島までお造りにならなくても」と、明姫が言った。

「わたしは池を有用なばかりではなく、美しいものにしたいんです」と、大碓皇子が言った。

「本当に有用ですわ。この池のおかげで三野のいくつの田がうるおうかしれません」

「そしてね、新しくできる殿(との)からは、月が水に浮かぶすばらしいながめが得られるんですよ」

二人は馬と従者を池のはずれに残し、連れだってほとりを歩いていた。大碓皇子が姫に行宮(かりみや)の予定地を見せたがったのである。陽射しは明るく、すがすがしい春の気配があたりにいちだんと強まっていた。ウグイスの鳴く冴えた声が、木立をぬけて澄んだ水晶のようにころがる。やわらかくなった土の中から初々しい緑のフキノトウが顔を出す。皇子は、今は髪を高貴な下げ角髪(みずら)にゆい、太刀(たち)を腰にはいている。明姫は薄(うす)紅(べに)色の絹裳(きぬも)をすそびいて、岸辺の草をそよがせている。

若く美しい青年と乙女の歩む姿は絵のようであり、風景を調和させるにふさわしい一点のようだった。お互いもまたそれをどこかで知っており、見かわす顔は心から楽しげだった。

「ここは草が早く青みますのね。もう花をつけているスミレがありますわ」

「やあ、これは早咲きだな」

「だめだめ、お願い。摘まないで」

明姫はあわてて制止するあまり皇子の手をおさえこんでしまい、そのことに気づいてどぎまぎした。

「花をささげられるのはおきらいでしたか」

「ええ、そのようにけんめいに咲いているものを、心なく摘んではなりません」

「姫のような花だ」

大碓皇子はほほえんだ。

「わたしも摘まないほうがよかったかな。都へもどって父に『噂に似ずとんでもない醜女(しこめ)でありました』と言ってすませてしまったほうが、よかったのかもしれない」

頭をおこして明姫は言った。

「そうはまいりません。こうなるのがさだめだったのですから」

「そのことに関しては見上げるほどきぜんとしていらっしゃるのですね」

皇子は言い、あたりを見まわして調子を改めた。

「ごらんなさい。ここに宮を建てるつもりなのです。あなたが妃として里帰りなさった折には、それにふさわしい御殿がありますよ。池にのぞんだ釣殿(つりどの)も造るつもりです。父も行幸(みゆき)をかさねるでしょう――」

明姫は少しからかうようにほほえんだ。

「すばらしいですわ。でもね、わたくしを手に入れなさっても、それで三野を手に入れたと簡単にお考えになっては、目測をあやまってしまうと思いますよ」

「これはまいった」

すなおに驚いて皇子は言った。

「国長どのでもなかなか口にはされないことを、あなたはそのかわいらしいお口でおっしゃるのですね。お父上以上に力をおもちなのかな。そういえば聞きましたが、橘の姫は不思議な力をもっているというのは本当ですか？　かぐわしい橘、常世の国の果実を名にもつ姫ぎみは、その実の伝説のように、不死をさずける力をもつそうですが」

「どこからそのような話をお聞きになったの？　わたくしに不死をさずける力などありはしませんよ」

声をたてて笑った明姫は、やわらかな裳のすそをふわりとなびかせて、踊るようにまわった。

「わたくしはただの女、いなかの小娘です」

「あなたには、光や、風や、水が似あいますね。その中でこそ、とびきりお美しい。摘むのではなかった――父のために」

「どうぞ、そのようにはおっしゃらないで」

ふいにまじめな瞳になって姫は言った。

「わたくしにはわかっておりましたの、あなたが大王の妃にと申し出られることが。それをはじめから覚悟しておりましたのよ」

しばらく見つめあってから、ふりきるように皇子は言い出した。

「そうだ、島へ渡ってみましょうか。今の橋はまだ仮のものですが、渡ってみることができるんですよ」

土をもりあげて小山にした人工の島は、まだ草木がそろっておらず、ごつごつした岩や石ころが見えていた。足もとがそれほど整備されていなかったので、姫を気づかった皇子はその手をとった。

「まだきれいとは言いがたいものですが、そのうち四季折々の花もみじを加えて、宮の庭の一景にするつもりです。あなたは春と秋のどちらを愛(め)でられますか？」

明姫は問いには答えず、感嘆するように言った。

「あなたがたは風物を何もかも思いどおりに変えてしまわれるのね。こわくはならないのですか？」

「こわいとは、何がですか？」

「大地には神がおられますわ」

大碓皇子は不思議そうに姫を見つめた。

「さあ？　少なくともわたしは出会ったことがない」

「かわいそうなかた。女神に愛でられたおぼえがおありでないの？」

そう言ったとき、姫はうっかりとぐらつく石に足をかけた。石がころげ、踏みはずして倒れこみそうになる明姫を皇子は抱きとめた。

「あなたが女神なら、それもわかる気がします」

大碓皇子はささやき、腕に抱きしめた乙女にくちづけた。短いが火のようなくちづけだった。一瞬の間があって、皇子をおしやった明姫は叫んだ。

「なんということを！　あなたは、ご自分のつとめをお忘れなのですか」

「わたしは父には復命しない。あなた――あなたは、どこかよその女が召されればいい。あなたをだれにも渡したくないんだ。姫、ひと目見たときから、あなたのような人は二人といないと思った。その気もちは日ごとにつのるばかりだ。どうか聞き入れてください。わたしはこの池のふちにあなたの家をつくる。二人でここで暮らしましょう――三野を離れることなく」

明姫は涙をこぼしていた。涙ははらはらと姫のほおに衣にこぼれかかった。だが、皇子が一歩踏みだすと姫は頭をふって後ずさった。

「そうできたら、どんなにいいか。皇子様、わたくしもどんなにいいか。でも許されません、これはわたくしのさだめなのですもの。わたくしが魂を鎮めてさしあげるのは、父ぎみの大王なのですもの。あなたはとてもおやさしいかたです。わたくしなどがいなくても充分女神様に愛され、幸せにおなりでしょう。お願いですから、わたくしを試さないで。わたくしの強さを試さないでください」

明姫はきびすを返すと、一人であぶなっかしげに橋を渡り、あとも見ずに岸辺を駆けて行った。長い黒髪のうちなびくその後ろ姿に皇子は手をのばしたが、打撃が大きすぎてあとを追うことはできなかった。

岩かどに腰を下ろし、両手で顔を覆った大碓皇子は、しばらくは身じろぎもせずにそうしていた。鳥の声も彼の耳には入らなかった。だが、同じ島のうちのかすかな気配には、気づかずにいるわけにはいかなかった。腰の太刀に手をやり、皇子はいきなり叫んだ。

「そこにひそんでいるのは、どこのどいつだ。出てこい！」

しょんぼりとした小倶那が、皇子の目の前に現れた。

「ごめんなさい……」

「おぬしか」

大碓皇子はぬきかけた太刀をおさめると、少しあきれたように言った。

「また来ていたのか。よくよくわたしの池が好きなんだな。相棒はどうした、遠子姫は」

小倶那は首をふった。

「今日は一人です。おやしきへのおつかいの帰りなので……」

「こら、さては道草だな」

冗談めかして皇子は言った。

「よし、聞いたことがあっても話すなよ。わたしもおぬしのことは話さずにいてやるからな」

小倶那はうなずいた。この場にいたことをしんから後悔していた。

皇子はやれやれといったようすでひざを打って立ち上がった。

「そうだな。おぬしといっしょに行くことにするか。じつは上の里長には、何度も招かれているのだよ……しばらくそちらに滞在して頭を冷やしたほうがよさそうだ」

「あの、伴のかたは？」

「かまわん。わたしがいなけりゃ気をきかすだろう」

彼のふるまいのむこうみずさに気づかない小倶那は、ちょっぴりうれしく思った。再び大碓皇子と二人で歩くことがあるとは、思ってもみなかったのである。だが、皇子は身分が知れてからもあまり変わらず、前と同じに気さくでおおまかだった。彼らは並んで上つ里へぬける谷の道へ向かった。

小倶那は遠子以外の人間にはだいたい無口なのだが、この日はなりゆきもあってよくしゃべった。皇子が聞き役にまわったからである。小倶那が賭弓の日、遠子と二人で村の子の服を着こみ、さじき席の床下で観戦したことを話すと、それまでむっつりしていた皇子が、大きな口をあけて何度も笑った。

「おぬしたちは、ものごとを退屈にはこぶということをしないのだな。遠子姫も大した女の子だ。明姫のお小さいころはそうはおてんばではなかったろうな……案外そうだったりするかな」

「明姫はいつもおしとやかでしたよ」

小倶那は言ってからつけ加えた。

「外から見たかぎりでは」

「うん、風にもたえぬように見えながら、しんは気丈な女性だ」

ひとり言のようにいってから、皇子は小倶那を見た。

「しかし、あのときはああ言ったが、遠子姫にはやはり顔だちに明姫と同じものがあるよ。今はがさつでどうしようもない女の子でも、ああいう子がふいに美人になるのかもしれんぞ」

「遠子が美人に？」

小倶那はさんざん首をひねった。

「色気に縁のないやつらだ。心中(しんじゅう)までしかけたわりには」

「遠子はあなたにあこがれていますよ。あなたほど強い人はいないって。今は三野の女の人の大半がそうですけれど」

「まあな」否定もせずに大碓皇子は答えた。

「それで、ぼくは考えているんです。強くなるにはどうしたらいいかと」

「おぬしも強くなりたいか」

「ええ、遠子が言うんです。安心して一人にもできないって」

「そりゃあ、かなり情けない」

「強くなれなくもないと思うんです……蛇が出てきたり、カミナリが鳴ったりしなければ」

皇子は思わず吹きだした。

「……いや、すまん。おぬし、これほど愉快なやつとは思わなかったぞ。いっしょにいると、どんどん気が晴れる」

「やっぱり無理でしょうか」

「どうかな。強いということの根本は腕力ではないが……カミナリがこわいというとちょっとこまりものだな。強さとは動じない心なのだ。どんな事態の前でも気を乱さず最良の対処ができるとき、おぬしは強くなれる。武芸も同じだ。武芸は戦いにおいてむだな乱れを最小にする方法のことなのだ」

そう言ったあと、大碓皇子はしばらくだまった。それから、何気ないようにふところから懐剣を取りだし、小倶那に渡した。

「もってみろ。こういうものを使ったことがあるか？」

「木をけずる小刀なら少しは」

「これは防御の武器だ。これ一本で身を守るはめに陥ったら、刃をまっすぐ外に向けて、相手の動きを冷静に見るのだ。襲いかかるやつの体の流れにあわせて突く。目をつぶっていてはなんにもならんぞ」

「はあ？」

突然言われたことにとまどいながら小倶那が柄をにぎって見ていると、皇子は低い声で言った。

「すぐに試すことになりそうだな。少うしやっかいなことになってきた。矢に気をつけるのだ。耳をすましていろよ」

天然の切りどおしの上に松やカシが覆いかぶさり、隧道のようになっている場所に二人は来ていた。薄暗く、鳥の声もないが、言われてみれば何かの気配が感じられた。樹のようにおおらかでなく、固く凝った不穏なもの――

「なんなのです？」

小倶那は声を殺してたずねた。

「わたしを快く思わない者も、三野にはいるということだ」

「そんなこと！　国長どのがお許しになりませんよ」

大碓皇子はちらと笑った。

「そうだろうか。明姫を連れ去っていくのに？」

　ぶっそうな雰囲気はいよいよ強まり、息をこらして気をくばっていると窒息しそうな思いさえしてきた。小倶那の心はまだ半信半疑だったが、皮膚を走る感覚は皇子の言葉を肯定している。それにそれは、小倶那には初体験だが、皇子にとってはさして新しいことではないらしかった。突然、ものも言わずに皇子は動き、小倶那を乱暴にふせさせた。同時に空を切り裂いて矢がうなりながら数本かすめた。地面に突き立ってふるえる白い矢を見て、小倶那は目をまるくした。

「そこか」

　大碓皇子は崖を見上げると大声をはりあげた。

「隠れ場から襲うような腰のひけたまねをするな。三野者はそこまで臆病なのか。わたしを大王の皇子と知ってのふるまいなら、出てきてわけをのべてみろ！」

　木陰からわらわらと数人が現れ、土地の者しか知らない下り道を使ってまたたく間に降りてきた。六、七人はいる。みな黒や白の布で目もと以外の顔を隠し、刃物や棍棒を手にしている。しかし皇子が太刀を引きぬくと、すぐには襲いかからず、岩壁を背にした半円に二人をとりかこんだ。

　正面に立った男がくぐもった声で言った。

「問われたことに答えてやろう、山の向こうの大王の息子。われわれは土地神の使者である。三野へのこのこやってきた傲慢な若造に天罰を加えるのだ。明姫はよそへは渡さん。まほろばの輿はからのまま帰れ」

「神の使者にしては、ずいぶんけちないでたちだなあ、おぬしたち」

口もとをゆがめて皇子は言った。

「それに、このわたしに天罰を与えるのにその頭数とは、ちと、なめていやしないか？」

幾人かはその言葉にたじろいだ。残りは怒りのうなり声を上げた。

「言わせておけば！」

うちかかってきた一人を皇子はうけ、あっさりなぎはらいざま、小倶那をむちうつように叫んだ。

「走れ！」

脱兎のように小倶那は駆けだした。止めにかかった一人が皇子に斬られた。だがもう一人、執拗に小倶那を追う者がいた。足の速いやつで、なたをふり上げながらぐんぐん迫ってくる。なんであっても背中から斬られたくないと思った小倶那は、決死の覚悟で横に飛び、ふり下ろされてきたなたをかいくぐると、懐剣をにぎりしめて対峙した。

「へっ。弱虫やろう。おまえには無理だ」

覆面の襲撃者は言い、再びにぶく光る凶器をふり上げた。

(動きの流れを見るんだ。言われたとおり)

思ったときには小倶那は前に出て、相手のふところに飛びこんでいた。すれちがうよりも早く、自分の腕から胸に生あたたかいものが散ったのを感じた。

「おおおお!」

相手は獣のように絶叫してわき腹をかかえた。小倶那はその苦しみぶりに、自分のしたこととも思えずあぜんとなった。そのため、男が手負いの熊のようにもう一度なたをかざしたのに、体勢がとれなかった。

(やられる)

今度は自分が絶叫する番だと思ったそのときだった。男の胸に、矢がにぶい音をたてて突き刺さった。あっとふりかえったとき、見えたのは七掬(ななつか)だった。疾走する馬の腹を両ももではがいじめ、弓を手にとっていた。彼の馬はそのまま小倶那のわきを走りぬけて、皇子の救援に向かう。そのひづめの地響きの中で、こときれた男がゆっくりうつぶせに倒れていった。

小倶那は座りこみ、肩であえいでいる自分に気づきながら、動かなくなった相手を見つめた。覆面をはがなくても、小倶那には最初から彼がだれだかわかっていた。押熊(おしくま)。彼は口封じに小倶那を殺すことをいとわなかったのだ。ふりもぎるように視線をはなすと、小倶那は今度は血に染まった刃と自分の手を見つめた。

「やあ、七掬。よくここがわかったな」

皇子は七掬が馬を降りたときにはすでに一人で立っており、彼を見て陽気に声をかけた。三人が皇子のまわりに伏していた。残りはひづめの音にあわてふためいて逃げたのだった。

「明姫がお一人でもどられ、やしきへお帰りになったので、これはおかしいと思いました。ご無事でございましたか」

「ああ、大したことのないやつらだ。待ちぶせもへただったし、ただのちんぴらだな」

「あまり従者に足跡をかぐ猟犬のようなまねをさせないでくださいませ。ご身辺も安全ではありませんのに」

「わかった、わかった。それより小倶那だ。あの子は無事か？」

「はい、敵は七掬が射とめました」

小倶那はやさしく立ち上がらされて、はじめて皇子と七掬がそこにいるのに気がついた。大碓皇子は、彼がにぎりしめている懐剣を見て言った。

「かなりのひと太刀を浴びせたな。なかなかやるではないか。木をけずったことしかないはずなのに」

七掬が手をとって指を広げてやらないと、小倶那にはそれが離せなかった。

「この者を知っています。ぼくの知っている人間だったんです」

気を高ぶらせると泣くかもしれないと思い、小倶那は声を抑えて言った。

「そうか」

皇子はいとおしむように小倶那の髪に手をやった。

「だが、殺されそうなときには、だれでも身を守るものだ。死んだらおしまいだからな。おぬしはいい子だ。わたしの巻きぞえをくって殺されなくて本当によかった」

「都に報告せねばなりますまいな。皇子のお命を直接にねらうやつらがいるとは、ただではおけませぬ」七掬は憤った口ぶりで言った。

「その必要はない。おだやかに進んでいる三野との親交を失いたくないのだ。過激な反対者はごく一部だろう。じき治まるさ」

「ですがしかし……」

大碓皇子はきっぱりと言った。

「言うな、七掬。わたしはこの国が気に入っているし、人々も気に入っている。武力を使わず、人々の心を傾けてみせるよ。わたしは人気者なのだぞ。なんといっても賭弓の優勝者だからな」

「……ねたまれてもおいでのようですよ」

「放っとけ。ねじまがったやつらは、気にかけるにたらん」

もう一度小俱那の頭をなでて、皇子は言った。

「おぬしも放っとけ。このわたしが、よくやったと言うのだから気にするな。強くなりたかったら、かかずらわっていられないこともあるのだ」

それでもまだ小俱那が情けない顔つきをしていると、大碓皇子は背をかがめて彼の目をのぞきこみ、思いたったように言った。

「わたしはもうじき明姫をお送りして都へもどることになる。だが、おぬし、おぬしもいっしょに来ないか？　わたしのもとで、わたしと同じことを学ばせてやる。土木についてだろうが武芸についてだろうが、知識も技も第一級のものが得られるぞ。実際、おぬしはよい素質をもっているとみたよ。もう四、五年もすれば、顔の空似ばかりではない、最高の御影人(みかげびと)になっているにちがいない」

「……御影人……？」

「わたしの影となり、身がわりのつとまる裏の側近のことさ。おぬしはわたしの奥の手となるわけだ。このつとめ、なかなか悪いものではないぞ。わたしはいつかは父の座を継ぐ身だからな」

4

大碓皇子は小倶那とともに上の里長のやしきに着いた。使いが出され、けが人や遺体もまた運びこまれた。命びろいをした襲撃者が、いくじなくぺらぺらと残りの仲間の名をしゃべったので、すぐさま家の猛者が追手についた。そういう運びで、その日の夕暮には、血相を変えてとんできた国長も混じえて、早くも捕えた者たちを詰問していた。うなだれた彼らは、自分らのみでたくらんだと答えるばかりで、主謀者の存在については、はっきりしなかった。

皇子もそれほど片意地に追究しようとはしなかった——益もないと考えていたのである。国長は皇子のその態度に深く感服したようだった。そして人々に、事件についてむやみに口外しないよう言いわたしたが、そのときはすでに事の次第が里から里へとんでいた。

遠子ははじめ、血のついた衣を着て帰ってきた小倶那を見てまっ青になったが、彼に別状がないとわかると、今度は根ほり葉ほり聞きたがった。そして、小倶那がはかばかしく答えないのですねてしまった。知らないうちに小倶那が皇子たちと冒険してしまったのが、口おしかったのである——しかも、そのあいだ自分ときたら、きらいな舞のけいこをさせられてうんざりすごしたのだ。遠子は一人舞は好きだが、何人もで一糸乱さず踊るけいこが大の苦手だった。

「いいわよ、いいわよ。自分だけ皇子様とすごい思いをしてきたくせに、あたしには言えないのね。自分だけ皇子様と仲よしになって、仲間はずれにするのね。それなら、あたしだってかまわないわ。あんたとは口をきかない」

宣言してしまったため、さんざんこまったのは実は遠子だった。小倶那はいつものようにあやまりには来ないで、一人でぽつねんとしているのだ。その元気のないようすがひどく気になり、何ひとつ手につかなかったが、折れることもできない。寝る時間までは遠子も意地をはりとおしたが、床についていくら耳をすましても小倶那がもどってくる気配がないので、ついにがまんができなくなった。

（ばかばか、どうしてこんなに心配させるのよ）

小倶那は一人でどこか外にいるにちがいなかった。ほんのときたま、そういうことがあった。遠子は起きあがると上着をはおり、妻戸のかけがねをはずしてしのび出た。

寒さはかなりゆるみ、おぼろな月が空にかかっていた。南の母屋のほうには、賓客を迎えているということで、こうこうとかがり火がともされ、衛士をつとめる地元の青年たちがはりきって番をしている。だから遠子はそのまま北へまわり、低い屋根を連ねる納屋を見てまわった。小倶那は一番はじにいた。かやぶきの屋根に上がり、北斗星のかかる空を見上げるように座っていた。何も言わずに遠子はなれた手順で納屋の上へのぼり、小倶那の隣に腰を下ろした。小倶那は驚いたようすを見せず、それを受け入れた。

「ぼくはね……」

ずっと考えていたように小倶那は言った。

「押熊（おしくま）を刺したんだ。ぼくが殺したも同然なんだ。皇子は手加減をされていて、だれも殺したりはされなかった。押熊だけが死んだんだ」

「死んでもしかたのないことをしたのよ、あいつは」遠子は容赦なく言った。

「押熊もぼくを殺そうとした。ぼくはどうしてあいつに、あんなに憎まれていたんだろう。遠子にはわかるかい？」

「小倶那のせいじゃないわ。人を憎めば自分にかえる、ってかあさまなら言うわよ」

小倶那はひざをかかえこんだ。

「死なせるつもりじゃなかった。ぼくは、ただ……そう、うまくやりたかったんだ」

遠子ははじめて、ありったけの同情にあふれた声音（こわね）で言った。

「こわかったでしょう。思ってみたくもないわ、相手も本気で殺そうとかかってくるのだもの。何もかも、夢中でやってしまうにちがいないわ。そういうときのことは、くよくよしないほうがいいのよ」

「こわくなかったんだよ。だからいやになっているんだ」

小倶那は人を驚かすようなことを言いだした。

「ぼくは皇子に言われたことを試してみたかった……それで試したんだ。何をするか、わかっていてやった。押熊だということも知っていてやった。ぼくには自分がわからないよ」

「仕返しをしたって不思議ではないのよ。ねえ、元気を出してよ。小倶那がそんなことで悩んでいると、こちらまでつらくなるわ」

月明かりで見る小倶那の顔は、沈んでいるせいで大人びて見えた。大碓皇子よりは繊細で、思いを内にこめる若者の顔だった。

「ぼくはどうしてこういうやつなんだろう。蛇はこわいのに、人を刺すのはこわくないなんて、どうかしている。逆ならまだわかるのに。変だよ、ぼくはいったい、どういう生まれなんだろう」

「そんなふうに言わないでよ。あたしは、小倶那が小倶那でちっともかまわないと思うわ。あたしたち、こまったことなど一度もなかったでしょう」

「ぼく、強くなりたいよ」

小倶那は思いきったように言った。

「皇子のようにとびきり強かったら、細かいことなど、考えないんだ。手加減することもできるし、人を許すこともできるんだ。そうなりたい——大きくなるなら、そういう人に」

遠子はにっこりした。

「うん。それは、あたしもそう思う」

小倶那は遠子の顔をさぐるように見つめた。

「それじゃ、遠子も賛成してくれるよね。ぼくが皇子について都へ行くこと。ぼくは……皇子のお誘いを受けてみる。自分にどこまでのことができるか、やってみるよ」

フクロウのように、遠子は目をぱちくりした。

「ちょっと待ってよ……なんの話なの、それ」

「たぶん今ごろ、皇子がとうさまやかあさまに切りだしておられるよ。ぼくを正式にもらいうけたいって、おっしゃると思う」

「うそ！」

遠子は思いきり叫んだ。たじろぐ小倶那の前で、遠子はあっというまにかんかんになっていた。

「どうしてそんなこと、先に決めるの。どうしてあたしのいないところで決めるの。ひどいわ、なんだと思っているのよ。小倶那のばか、もう二度と口をきくものですか。勝手にどこへでも一人で行けば」

「遠子……」

聞く耳をもたない遠子は、荒々しく屋根をすべりおりた。そして小倶那が、あぶないよ、と続ける前に、積み上げた樽の上から、もののみごとに落っこちた。

大碓皇子の申し出を、大根津彦（おおねつひこ）と真刀野（まとの）が一も二もなく承諾したのは、いうまでもないことだった。夢にも思わぬ高貴の人に小倶那をあずけることになり、願ってもないことと、二人とも涙を浮かべて感謝するありさまだった。小倶那のためにと、大根津彦は、里の人を招いての盛大な宴を準備し、真刀野は心をこめて旅の支度を整えた。真刀野はまた小倶那を呼びよせ、今はめったにしないことだが胸に抱きしめて言った。

「親だからおまえを手離すのですよ。いい？　親だからですよ。この里にいても、おまえの将来に見あうものはないと思うからこそ……。でも、忘れないでちょうだいね。かあさまも、この家の人々も、ずっとおまえのことを思っていますよ。独りぼっちに思えることがあったら、まずそのことを考えてね」

遠子は丸二日たっても、小倶那と口をきこうとしなかった。そして、不気味なほど静かにしていた――もっとも、納屋から落ちたときに足をくじき、いやでも静かにしなくてはならなかったのだが。しかし、小倶那が部屋へ行って話そうとすると、遠子は頭からふとんをかぶってしまうのだった。何度もそうやって拒否され、二日めの夜ともなると、小倶那はかなり真剣な顔つきになっていった。

「ぼくが悪うございました。お許しください。どうか口をきいてください。ねえ……明日は国長どののおやしきへ行かなくてはならないし、あさってにはもう、輿が都へ出発するんだよ。今しか話はできないのに、お願いだよ。何か言ってよ……」

ふとんの山は沈黙したままである。

「怒るのはよくわかるけど、でも、逆のことだって、そのうちあるんだよ。遠子だって言っていたじゃないか。ぼくをおいて行ってしまうって。何年か後先になっただけのことなんだ」

遠子はまだ答えない。

「遠子がいないと、何もできない……ぼくは本当にそんなやつだったから、みんなの言うことはよくわかるんだ。かばってもらえなくても自分で何かができるか、試さなくちゃならないんだ。いやでもいつかは一人になるんだから、その前に。そうだろう?」

突然遠子は、ふとんの中ではげしく泣き出した。小さな子が言葉にならない抗議をするときのような手ばなしの大泣きで、その声の大きさに、宴の談笑の最中の人々がおや、と耳をすましたほどだった。そして小倶那がそれ以上何を言っても、泣きやむことはなかった。

しかたなげに広間にもどってきた小倶那に向かって、大碓皇子がたずねた。

「遠子姫か？」

小倶那はうなずいた。

「泣かすなよ。おぬしのもっていき方がまずいのだろう。女の子に理屈は通用しないぞ」

「遠子は特別です。ぼくが泣きたい」

「こら、しょげるな。おぬしの宴だぞ」

ため息をついて、小倶那はこぼした。

「蛇とカミナリの次に、遠子が泣くのがこわい」

「それはわかるな」

皇子はうなずいた。

翌朝、里を発つのもまぎわとなったときのことだった。小倶那が馬に自分の荷を積みに出てくると、馬屋の柱にもたれて遠子がいた。いいほうの足にだけ、はきものをはいている。片足で来るにはかなりの距離だったので、小倶那はびっくりした。彼がそばまでくると、遠子は手にしていたものを突きつけるようにさし出した。

「これ」

見ると、真新しい白い上着が包んであった。

「縫ったのよ……ほかにすることがなかったから。袖が上手についていないかもしれないけれど、持って行って」

遠子の目はまっ赤で、まるで祭りの日に紅をさした舞人のようだった。縫っていたにしろ、泣いていたにしろ、ひと晩中起きていたのはたしかだ。

「ありがとう。助かるよ」

針目が恐ろしく大きいようだったが、それを気にするほど小倶那はおろかではなかった。

「で、いつ帰ってくるの？」

小倶那はこまって遠子を見た。すぐ帰ると口先で言うことは簡単だったが、遠子にだけは、気休めの嘘をつきたくなかったのだ。彼が答えられずにいるうちに、遠子は言った。

「必ず帰ってきて。あたしはどこへも行かずに待っているから。小倶那にもう一度会えるときまで、お宮になんか行かない、女になんか絶対にならないわ。ここでずっと待っているから、帰ってきて」

大まじめに遠子は言っていた。遠子もまた口先の約束をきらうことを知っている小倶那は、その真剣さにおされて、うなずかずにはいられなかった。

「うん、帰ってくるよ……遠子に会いに帰ってくる」

言ってしまうと気もちがやわらぎ、小倶那はほほえみながら続けた。

「そのときには、きっと強くなっているよ。心配しなくていいことを見せてあげるよ」

どうかな、という表情を遠子はした。

「あたしはいつまでも安心なんてできない気がする。でも、きっとね。もし皇子様のところが思ったほどよくなかったら、すぐでもいいのよ、帰ってきてね」

小倶那はがっかりしたが、今は笑っていた。

「約束するよ、帰ってくる」

＊　＊　＊

旅立ちの支度をすべて終えた明姫（あかるひめ）は、静かに部屋を出た。生まれ育ち、慣れ親しんだこのやしきと庭を、もう一度目に刻みつけておこうと思ったのだ。正装をこらし、髪に首に、細い手首に、玉飾りを連ねた明姫が歩むと、ヒスイやメノウの小玉がふれあってさらさらと鳴る。その玉の音（ね）は姫を、はだしで駆けまわったこの場所から早くもへだてるように思われた。昨日、一人で宮に守（もり）の大巫女（おおみこ）をたずね、橘（たちばな）の女として最後の戒（かい）を受けた姫は、そのことを思い返し、自分がなんのかげりももたない少女だった身から、こんなにもかけ離れてしまったことに、かすかな胸の痛みをおぼえた。

思いにふけりながら足を運んでいた明姫が、廊（ろう）のかどまで来たときだった。顔を上げるとそこに、大碓皇子が立っていた。はっとなった姫は、そればかりでなく、手足の先々にまで衝撃が走るのを感じた。皇子の姿を間近に見るのは、行宮（かりみや）の地をめぐったとき以来のことだった。あれ以来、注意深く同席を避けていたのである。だが今は、あまりにふいで避けるわけにはいかなかった。皇子は庭をまわってそこへ来て、ずいぶん前から待ちうけていたようすだった。

一瞬立ちすくんだ姫だったが、すぐに自制心を取りもどしはした。もともと冷静でおだやかなのが明姫の持ちまえなのだ。失礼にならない程度にやさしく、ものごしよく頭を下げ、そのまますべるように行きすぎようとした。

「お声をかけてもくださらないのですか？」

口を開くと、大碓皇子は言った。

「輿（こし）に乗られたそのときから、あなたは大王（おおきみ）のものとなられる。このようにしてお目にかかれることは、二度とない。二度とない最後の時なのですよ」

声を聞くと、やはり動悸が高鳴った。帯をしめあげた胸が苦しくなるのを意識しながら、明姫はかすかにふるえる声で言った。

「何を申せとおっしゃるのですか。申しあげることなど、ございません」

「それならば、お手だけでも」

「いけません！」

皇子がふれるのを感じた姫は、火花にはじかれたように身を引いた。

「お役目に徹してくださいませ。許されないことです」

「父にはすでに三人の妃がおります。身分の低い妾妃の数は、わたしにもわかりかねるほどです。ご存じのことではありましょうが、父は地位の上からも、気性の上からも、ただ一人の女を愛しはしないのです。正妃であるわたしの母でさえそうでした。父に仕えたあなたが心傷つくごようすが、わたしには見えてしまう気がする。しのびない気がするのです」

明姫はかろうじてほほえんだ。

「そのようにおっしゃるあなた様も、同じではございませんの？　いずれは大王となられるおかた。皇子様も、後にはそういうお立場になられます。多くの妃をめとり、それによって広い国々に君臨なさいます」

大碓皇子はむっとしたようだった。

「だが、わたしはまだ若い。まだほかに女をもったこともないし、あなたにお会いした今では、そうするつもりはさらさらない。いいでしょう、姫、もしわたしがあなたのために日継の皇子の地位を捨てたら、わたしの気もちを信じてくださいますか？　わたしに従ってくださいますか？」

「そのようなことをおっしゃってはいけません。あなた様が次代の大王となられるお姿を、陰ながらお見守り申しあげようと思っておりますのに」

皇子は姫をけんめいに見つめた。希望のかけらを姫の目の中に捜し求めるまなざしだった。

「あなたは父の宮の現状をおわかりにならない。それぞれの妃は、他の妃やその子を目のかたきとするものです。あなたも妃になられたら、そのようにはおっしゃれないはずだ。もしも……もしもあなたが赤子でももうけられたら、わたしはあなたにとって、亡き者であればと願う存在となるでしょう」

明姫は悲しげに首をふった。

「どうして、そのようなことがありえますでしょう。どのようなことがあろうとも、わたくしが皇子様をお見忘れすることがあるはずはございません。決して」

「そのように心にかけてくださるならば、なぜ……」

思わず皇子が力をこめて言いだすのを、姫は口早にさえぎった。

「巫女は一生のうちに、一柱の神にしか仕えることができません。皇子様、わたくしをそのようなものと思ってくださいませ。女として嫁ぎますものの、わたくしは長く巫女の修養を受けた者です。大王のもとへ参ることは告げられたつとめ、わたくしの意志を超えたことなのです。あなた様にお会いできて大変うれしゅうございました。けれどもこの先は、わたくしに定められた道を静かに歩ませてくださいませ」

さしのべかけた腕を、大碓皇子は力なく落とした。これほどまでに望み、これほどまでに固く拒まれたものは、皇子の若い人生の中にひとつとしてなかった。失意のやり場のなさに怒りさえおぼえて、彼ははげしく言った。

「むごいかただ、あなたは。それならば最初から、わたしにほほえみかけてくださらなければよかったものを」

（……わたくし自身にとってもどんなにむごいことかは、おわかりにならないのね）

明姫は思ったが口にはせず、じっとうつむいて袖を握りしめていた。そのあいだに皇子は顔をそむけ、肩をいからせて去って行った。これでよかったのだ、と思いながらも、姫は涙が浮かぶのをとどめることができなかった。

数日前に降った春の雪はみな溶けて、土を黒々と香らせ、草をさらに青ませる役をはたしていた。木の芽も赤らんでふくらみ、今にもはじける勢いを見せている。桜咲く弥生（やよい）も間近のそんな日に、それぞれのつきない別れの思いを乗せ、明姫の輿（こし）は都へと発った。

三野の人々は道沿いに並び、なごりおしく見送った。めでたい門出だと口々には言いながら、みないくぶん複雑な思いを胸にしていた。

輿の後ろに従って馬を進める国長、そして前を行く大碓皇子からしてそうであり、二人ともいかめしい面持ちで、馬上高く揺られている。小俱那は国長のわきに馬を並べていたため、一人だけきょろきょろするわけにもいかず、やきもきしていた。もうひと目見ておこうと思っていた遠子の顔が、見つけられなかったのである。遠子は、一行の見送りに行くと言っていたくせに、その場にいなかった。またふとんをかぶってしまったのだろうか……

行列は進み、手をふる親族の人々は遠のいていく。最後のまがりにさしかかり、人々が、見えなくなる前にもう一度だけふりかえったときだった。見上げるやしきの屋根の上に、遠子がいた。彼女は賭弓（のりゆみ）の日と同じに、煙出し（けむだ）を上ったのだ。あの足でどうする気だろうと思うと、小俱那は背筋（せすじ）が寒くなった。

遠子は小俱那が見たのがわかると、母親の領巾（ひれ）だろうか、薄く長い布きれを思いきりふりはじめた。それはひらひらとなびいて美しかったが、彼女は今にもころげ落ちそうに見えた。受けとめられるわけもないのだが、小俱那はわれ知らず身をのり出していた。

「小俱那……」

国長が気をつけろ、と続ける前に、小倶那は馬から落っこち、長の従者に抱き上げてもらうはめになった。

第二章　御影人

1

「まあ、本当にそっくり」

「ふふっ、おかわいらしい。上様が、お小さいころにもどられたみたい」

「ちょっと、わたくしにも見せてったら……」

小倶那は気の休まるひまもなかった。ようやく旅の終点、皇子の館へ着いたかと思うと、三野ならば祭りの日にしか着ないような衣装をつけた女の人たちが、入れかわり立ちかわり来ては、彼のことをのぞいていくのである。

山また山を越えてここまで来た。大碓皇子によると、輿で五日の行程は、遠いというちに入らないそうである。駿馬ならその半分でこなせるそうだ。だがはじめて三野を出た小倶那にとっては、豊葦原の広さも漠然としたものでしかなく、とんでもなく遠くまで来た気がするのだった。そしてそう感じて無理ないほどに、都では何もかもが異なっていた。土地も、建物も、道も、人々も……。大碓皇子が父の寝所だと指さした殿も、目を見はるばかり豪壮だったが、そればかりでなく、周辺に木立を交じえて点在するいくつもの大きな殿を、すべてふくめて宮と呼ぶことを知った驚きは大きかった。その広大さを、三野だったら里と呼ぶことだろう。

「まったく、物見高い侍女どもだな。小倶那、気にするな」

着がえてさっぱりしたようすの皇子が現れ、居心地悪く座っていた小倶那はほっとして立ち上がった。

「旅のほこりは落とせたか？」

「はい……」湯殿は恐怖だった、と小倶那は思った。世話をしてくれる女の人が何人もいて、そのだれもが、小倶那の顔を見るとだまっていないのである。

ついてこい、と言ってから皇子は小倶那の表情を見、笑って肩をたたいた。

「安心しろ。だれも、おぬしをさらし者になどしやしない。このわたしだって、見くらべられて笑われるのはもうたくさんだからな。おぬしには、はなれの静かな部屋をやろう。うるさい女どもも近づけさせないから、ゆっくりここに慣れるといい。そのうちよい折をみて、わたしの母などにもひきあわせよう——父上にも、いずれな」

屋根に高々と金箔塗りの鰹木をのせた寝所の殿を思い浮かべ、小倶那はふとたずねた。

「明姫は、あちらの大きな御殿でおすごしになるのですか？」

同郷の人々はみな輿に続いて御寝殿の前の中門をくぐり、小倶那一人が別れたのだった。大碓皇子の館は大王の殿をずっと行きすぎた、東の山のすそ野に近いほうにあった。

「今はな」

皇子は興味もなさそうに答えたが、いくらか声がこわばっていた。

「そのうち殿をたまわることになるだろうが、それはもうわたしのあずかり知らぬことだ」

「国長どのの一行が三野へ帰るときには、ごあいさつできるでしょうか？」

少し考えてから、皇子は言った。

「できないな……気の毒かもしれんが、わたしはおぬしをしばらくは宮の多くの人々から隠しておきたいのだ。存在が知れわたっては、影が影である価値を薄める。おぬしが三野から来たことを公にしたくないのだ」

小倶那はうなずいた。

「いいです、気にしません。お別れはもう充分言ってありますから」

「ものわかりがいい」

大碓皇子はほほえみ、少し声音を改めた。

「おぬしはこれからいろいろ学ぶことになるが、まず知っておくことのひとつはな、ここではたえず身を守ることを念頭におかなくてはならないことだ。ぼんやり者には危険が迫る。父の宮は広く明るく、華やかに人が多いが、危険にかけては、夜中の森を一人で歩くも同じなのだ。信じられるか？」

「信じられません」驚きいって小倶那は答えた。

「だろうな。だが、大王の皇子であるということはそういうことだから、おぬしも覚えておくがいい。わたしとて、必要に迫られもせずに弓や剣が強くなったわけではないぞ。鍛えなくてはやられるから、鍛えたまでだ」

「いったいだれに……やられると……？」

「敵は、そうだな、大勢いる」

すごみのある調子で、皇子は楽しむように言った。

「心の内では支配を望んでいない、さまざまな国の族長は、すきあらば父や、日継のわたしの命を取りたいと思っているだろうし、父のほかの妃たちは、自分の子を日継の皇子にすえたくて、やっぱりわたしをねらっている。それぞれの皇子を支持する大臣たちも同じだ。これらのことは表面にはほとんど表れないが、権力争いというのは熾烈なものがあるぞ。宮の内ではみな、笑顔を使いわけている……。それから、父上ご自身が、わざと危険な命を下してわたしの技量を試すこともある。反乱の追討や、けんのんな使節や。うまくやってのければご信頼が増すが、うっかり命を落とせばそれまでだ」

小倶那が考えこんでしまったのを見て、皇子は顔をやわらげ、彼の頭に手を置いた。

「だが、聞くほど大したことではない。この生活に慣れてしまえば、それもそういうものになる。わたしはこれまでうまくやってきたし、これからもそうするつもりだからな」

はなれの部屋は、長い渡り廊下を渡った庭の隅にあった。庭は、松林に囲まれて閑静な上に小さな古池をもち、石と苔の落ちついたたたずまいを見せている。大碓皇子が戸を押し開くと、中はしばらく使われていなかったようにきちんと片づき、がらんとしていた。

「わたしがおぬしの年ごろに持っていたものを、みなここへ運ばせよう。わたしと同じにして学ぶがいい。立居ふるまいも何もかもな。教師には、わたしの選んだ最良の人間をつけてやる。わたしはいつもここにいられはしないが、まちがいはないはずだ」

「……皇子はここにいらっしゃらないのですか？」

小倶那は拾われたばかりの子犬のように皇子を見上げた。

「わたしはあちらこちら飛びまわっているからな。三野へもまだ何度か行かねばならない。行宮(かりみや)がある。しかし、できるかぎりの事をしてやろう。おぬしをわたしの影に選んだ、それはおぬしという人一人の将来をもらいうけたことも同然だ。悪いようにはしない。わたしらは兄弟以上のものになるのだから」

大碓皇子は、よいことを思いついたというように言った。

「そうだ、今度三野へ行ったときには、人を使っておぬしの両親についてもっとくわしく調べさせよう。手がかりがあるかもしれん」

「十二年前にもわからなかったことが、わかるものでしょうか」

小倶那はあまり期待のもてない顔をした。

「やってみるものさ。それはそうと、おぬしの名は、わたしの御影人(みかげびと)にはあまり似つかわしくないな。新しい呼び名をつけてやろう。小碓(おうす)——というのはどうだ。まるでわたしの実の弟の名だろう」

小倶那は皇子の心づかいがうれしかったが、遠子が『うちではたった一人の男の子』といった声音が耳によみがえると、やはり小倶那のほうがいいと思ったりした。

大碓皇子が人選した『最良の教師』のはじめの一人は七掬(ななつか)だった。彼にひきあわされて、小倶那は自分でもびっくりするほど喜んだ。見知った顔が一人もいなくなることは、思った以上にこたえていたのだった。

「野戦と狩りの知識において、この七掬の右に出る者は都にはいないぞ。もちろん弓の指導についてもだ」

皇子は小倶那に向かって、自分の自慢のように言った。

「このわたしに弓を教えた大した先生だ。夜昼離れずついて、たっぷり学べ。七掬は従者としても一級で、長くわたしのもとについている。彼から学べることは尽きずにあるぞ」

それから、七掬に向かって言った。

「そういうわけで、おぬしは今日から小碓の先生だ。わたしにしたように、みっちり仕込んでやってくれ。寝泊まりも今後はこのはなれで、小碓とともにするように、よいな？」

七掬は相変わらずかしこまっており、大きな体をそれと感じさせない人物だった。生まじめな顔でおじぎをして言った。

「お役目、喜んで受けさせていただきます……」

「おぬしほど長くわたしのそばにいて、くせも気心ものみこんでいる者はいない。小碓がわたしの御影人としてものになるかどうかは、おぬしの腕にかかっているぞ」

大碓皇子はほがらかな調子で言い、彼らを残して去りかけた。そのとき、七掬がためらいがちに声をかけた。

「皇子、はばかりながら、お願いが……」

「なんだ、なんなりと言ってみろ」

「かわりにお使いになる従者には、どうぞ宮戸彦をおあてくださいませ。若いわりに、信用のおけるやつでございます」

皇子はいくらか不興を見せて言った。

「従者の顔ぶれはわたしの決めることだ。おぬしに言われることではない」

「……失礼つかまつりました」

七掬がさらに頭を低くすると、皇子はすぐに顔をやわらげ、からかうように言った。

「宮戸彦だろうとだれだろうと、おぬしのような猟犬のまねはできまいよ。おぬしをしばらく小碓にあずけて、わたしは放たれたキツネになろう」

「御身は大切になされませ」

わかった、わかった、というように皇子は手をふり、今度こそ行ってしまった。小俱那は七掬が肩を落とすのを見てとった。それで、すまないことのような気がして、よろしくという言葉が言いだせなかった。だが、向きなおって小俱那の顔を見た七掬からは、もう失意は読みとれなかった。大きな肉厚の手で小俱那の肩をとらえて、七掬は言った。

「さあ、われわれはおめがねにかなってここにいるのだ。立派に皇子のお役に立つよう、身にあたうかぎりの力を尽くそう」

「よろしくお願いします」

あわてて小倶那は言った。

次の日から、七掬は毎日のように小倶那を連れて野山をめぐった。四方を山に囲まれたまほろばの地を小倶那に足でさとらせ、東西南北の尾根から都のたたずまいをながめさせた。山の上から見ると、宮は小箱に整然とつめた赤と灰色の細工物に見えた。七掬はそうやってまほろばの要所を教えるとともに、小倶那に足腰を鍛えさせたのだ。

七掬の健脚は恐るべきもので、彼の歩調についていけるようになるまで、小倶那は幾晩も痛む体をしのびつつ眠るはめになった。師匠としての七掬は甘くはなく、小倶那に容赦なく皇子と同じ能力を要求したのである。

山を歩きながらも学ぶことは実に多くあった。獣の足あとの見分け方、待ち場の選び方、わなのはり方、さらには、あとをくらます歩き方、薬草の見つけ方、それとわからぬ道しるべのつけ方、などなど……。そうして、弓がひけるようになることは絶対の条件だった。こうした訓練で小倶那の一日はほとんど明け暮れ、くたくたになって、夕餉も待たずに居眠りをはじめることもしばしばだった。

七掬はしかし、無能な教師ではなかったので、このように手ごころを加えないのも、小倶那にきびしく鍛えるにたる性質を見てとってのことだった。実際、小倶那はどんなに足が痛んでも一度も弱音(よわね)を吐かなかった。つらさにたえかねて家を恋しがることもなく、かんしゃくをおこすこともなかった。教えたことはよくのみこみ、機転をきかせて応用することもできた。七掬の基準から見ても、小倶那はできがよいほうに思えたが、同じ歳ごろの皇子にくらべたら、やはりまだまだだった。その大きなひとつが『蛇』の件だった。

春の野山を歩けば、蛇に出くわさないほうがおかしいのだった。だが、小倶那はそのたびに大騒ぎをして、教えたことのすべてを台なしにしてしまう。何度かそういうことがあり、飛び上がって逃げる小倶那のあまりの極端さに思わず吹きだしかけた七掬は、ことさらにこわい顔を作って言った。

「そんなことでは、故郷(くに)に帰してしまうぞ。皇子の身がわりをつとめるものが、蛇の一匹や二匹でうろたえてどうする。大碓皇子にいくじなしの評判が立ったとあっては、それこそ面汚しではないか。わかっているのか」

小倶那は口ごもった。

「が、がまんしようとは思っているんですけど……」

「今度見かけても、絶対に騒ぐな、こわいと思うからこわいのだ。胆をすえてよく見ろ、ただの長虫じゃないか。いいな、こんなものに動じるのは七掬が許さん」

身ぶるいして小倶那はうなずいた。

「はい。やってみます」

その結果、次にマムシが、えものを待つ二人のそばを通りすぎたとき、小倶那は非常に静かにしていた。しかし、七掬が「やればできるじゃないか」と声をかけたときにも、まだ静かだった。気絶していたのである。

七掬は考えた末、彼の蛇への恐怖も、日常に見慣れてしまえば薄らぐだろうと思いたった。そこで、苦労して蛇の卵を見つけてくると、小指に満たない小蛇をかめに入れて飼うことにした。そうして小倶那には、かめの小蛇にえさをやるよう命じた。自分で育てた蛇ならば、やみくもに恐れたりするまいと考えたのである。

小倶那はいいつけを守り、クモやカエルをとってはえさに与えた。そして、飼うことをいやがらないかわりに、自分の食欲をどんどんなくしていった。育ちざかりであるはずの彼があまりに椀(わん)に手をつけないのを見て、ある日七掬は、蛇が原因とも知らずに厳しくしかった。

「出されたものを残すな。ただ飯ではないのだぞ。いいか、おぬしの体はもう、おぬし一人のものではない。皇子の御影人として、七掬にあずけられたものだ。おぬしにとって、早く大きくなることも大事なつとめのひとつなのだぞ。そう思って飯を食べるのだ」

小倶那はすなおにうなずき、すなおに残りの食事をつめこんだ。むりやり食べたので、味も何も感じていないように見えたが、七掬は彼のためだと思って見て見ぬふりをした。

小倶那は毎日残さず食べるようになったが、顔色はなぜか冴えなかった。だが訓練は怠ることがなかったので、七掬は、つらい時期は乗り越えられると見て疑わなかった。ところがである。山道で、ふとつまずいたかに見えた小倶那は、そのまま起きあがらなくなってしまった。あわてて抱きおこしてみると、手にふれた小倶那の体はそれとわかるほどにやせており、七掬を仰天させた。

「どうしてだ。このごろはきちんと食べていたはずなのに」

その日は小倶那を背負って館に帰り、正気づいた彼に問いただしてみると、小倶那は蛇がもとで食べ物を受けつけず、無理に食べた食事も全部吐いていたことがわかった。七掬はあきれてしまった。

「なぜそれを今までだまっていたのだ。食うや食わずで歩けるとでも思っているのか」

「すみません……」

夜具の中で小倶那は身をすくめた。

「蛇ぎらいを直したかったんです……本当に」

おかしな子だ、と七掬はつくづく思った。意気地がないのか、あるのかわからない。倒れるまで七掬に気づかせもしなかったが、そこまで耐えるのは相当につらかったはずだ。十二やそこらの子どもがそれほどうわべに見せずに我慢を続けるとは思ってもみなかった七掬は、考え直すはめになった。

たまたまその日は大碓皇子が館にもどっており、七掬にようすをたずねたので、彼は一件を報告した。

「……どうも、皇子をお教えしたときのことが頭にありすぎて、判断を誤ったようです。思い返してみれば、皇子はなにごともまず口になさいましたな。疲れれば文句をおっしゃり、おできになることがあれば鼻高々になられた。あの子はそうではないようです。同じような顔立ちをしていても、人は異なるものですな」

皇子は笑いだした。

「そのいいぐさは、わたしに我慢が足りないと言っているように聞こえるな。だが、まあいい。小碓がそのような素質をもつのはよいことだ。ますますもって影にふさわしい人材ではないか。よくめんどうを見てやれ、先が楽しみだ」

「あの蛇ぎらいさえなくなれば、まことに、この上ない側近となれるのですが……」

「カミナリもきらいだと申しておったぞ。無理を言ってもはじまらない。完璧は求められぬものだ。小碓がわたしの歳になってもまだこわいというなら考えものだが、それには時間がある。あせらずに見てやるがいい。それでもどうしても、ということになったら、わたしがその二つをこわがって見せてもよいぞ。こちらから影に歩みよることもあってよいではないか」

大碓皇子は機嫌よく言い、深刻に受けとるようすを見せなかった。七掬は思い改まった気分ではなれにもどり、その足で蛇のかめを捨てた。そして、まだ床（とこ）に伏している小倶那のもとへ行って、告げて言った。

「蛇のことはもう気にするな。二、三日寝ていてよいから、たくさん食べることだ」

小倶那は夜具のはしをぎゅっとにぎり、大きな目で彼を見上げた。

「……故郷（くに）に帰されるのですか？」

「そんなことは言っておらん」

ふと、七掬はこの小さな子が哀れになった。都に来た日以来、彼は小倶那を御影人の卵とは見ても、親もとを離れたばかりの心細い少年とは見なかった。だからこの子も、けんめいに努力してそのような顔を見せなかったのではないだろうか……。枕もとに腰を下ろすと、七掬はたずねた。

「それとも、もう故郷へ帰りたくなったか？　おぬしは自分の気もちを言ったことがほとんどないな」

小倶那は少しのあいだ天井を見つめていたが、やがて首をふって小声で言った。

「このままでは、帰りたくありません……少しも強くなっていないもの。どんなことでもしようと思っていたのに、ちっともうまくいかない……」

「おぬしはなかなかよくやっているぞ」

　七掬は小倶那に向かってはじめてほめた。

「しかし、ものを言わなすぎるのだ。命令をきくのはいいが、ときにはいやなことはいや、つらいことはつらいと、はっきり言うことも必要だぞ。七掬などは無骨(ぶこつ)だから、言わねばわからぬこともある。いいか？」

（……今までは遠子がいたから、言わないですんでいたんだ。遠子は、いつも言葉にする前にわかってしまったんだ。でも、ここでは一人だから、ぼくは自分で言わなくてはいけない）

　小倶那はそう考えた。一瞬、息がつまるほど帰りたくなったが、こらえていると、胸の痛みはやがてひいた。七掬のひげ面を見つめ、小倶那は試すようにそっと言ってみた。

「七掬は、ぼくが帰ったほうがいいと思っているのではない？」

「なぜだ？　どうしてそう思う」

「本当は、ごめんなさいと言いたかったんだ、はじめの日に。よろしく、ではなく。ぼくが来たせいで、七掬は皇子の従者をはずされたから……だから……」

言いよどんでから、小倶那はさびしそうに言った。

「七掬は、皇子のおそばを、いっときも離れたくはなかったんでしょう」

七掬はまた小倶那に対する考えを改めることになった。この口数の少ない少年は、言わないだけで、実は大変鋭くまわりの状況を感じとるのだ。七掬は言われてはじめて、自分の中にくすぶっている不満に気がついた。しかし、皇子のもとに駆けつけられないもどかしさを、小倶那にまで伝えていたとは、さらに思いもよらないことだった。

「皇子の従者をはずされて、七掬が残念に思っているのはたしかだ。そうだ、おぬしは聡(さと)いな」

口調をやわらげて七掬は言った。

「だが、それはおぬしのせいではない。おぬしがいなくても、皇子は七掬を遠ざけられただろうよ。ときおり、皇子は七掬をうとんじなさる……鼻がききすぎる、とおっしゃってな」

彼はここでため息をひとつついた。

「七掬に知られたくないほどよからぬことを、考えておられるときのあのかたは、危険なのだ。だれにも歯止めがきかない。なぜこういうことになったかは察しがついている。三野からお連れしたあのおかたのせいだ。……やけになって、無茶をなさらねばよいが。皇子は簡単に恋に落ちられるかたではないし、簡単に思いきられるかたでもない。どこぞによい乙女が見つかればよいが……七掬はそれが心配なのだよ。ここで心配してもはじまらないが」

恋愛については今ひとつである小倶那は、池のほとりの場面を目撃してもいないのに承知している七掬を、すごいと考えた。

「おぬしは、だから、そのようなことを気づかわないでいいのだ。気づかわせた七掬も悪かったな。次からは、新たな気もちではじめよう。おぬしはなかなかの弟子だ。期待しているぞ」

にっこりして七掬は言った。久々の笑顔だった。小倶那もほほえみ返した。はじめての笑顔だった。

「七掬」

ふいに小倶那は言った。

「ぼく、おなかがへったみたいだよ」

二人のあいだにあった小さなわだかまりがとけさったのは、このときだった。

2

夏が来て、紺碧の空にかなとこ雲がわきあがる季節ともなると、夕立とそれにともなうカミナリは、蛇をうわまわって小倶那と七掬を悩ませるようになった。雷雲は蛇ほどしばしば現れないが、現れたからといって七掬が追いはらってやるわけにはいかないのである。遠雷のかすかな響きを耳にしただけで、小倶那は居ても立ってもいられなくなるのだった。

（なんて極端なやつなんだ……）

七掬は思わずにはいられなかった。いっしょにすごすうちに、七掬は小倶那が臆病な少年ではないことを見ぬいていた。それは弓のひき方にも表れている——小倶那は大碓皇子に負けずに弓の上手となる素質を秘めていた。おのれを律して、気を統一することのかなう性質だ。

小倶那はまた、暗闇や高所や苦痛を恐れることはほとんどなかった。性格から見て慎重かと思えば、身の危険などまったく考えてはおらず、ときどきぬけているのかと思えることさえある。その彼が、カミナリが鳴るといっては汗をかくほどおびえ、一人でいることもできずに、七掬の袖をつかんで離れないのだった。屋根の下にいても、小倶那のなぐさめにはならなかった。あまりのこわがり方に、そばにいる七掬まで、なんだか平静でいられなくなるのだった。

「七掬とて、カミナリはうれしくない。あれが落ちてくるのは恐ろしい。だが、おぬしのは少し異常だぞ。こわい経験をしたことでもあったのか。落雷をそばで見たとか？」

たずねられると、小倶那はかぶりをふった。

「七掬はあるぞ。目の前の一本杉が火柱になり、耳がつんざけるかと思った。あれはすさまじい思い出だが、おぬしのように遠くの雷鳴にまで飛び上がる気にはならんぞ」

怯えた顔で小倶那は見上げ、続いて軒先からしたたる雨だれを心配そうに見やった。

「いいか、稲光と雷鳴に間があるうちは、いかずちは落ちてこない。そんなことも知らないのか」

なんと言いきかせてもむだだった。カミナリの低いゴロゴロというとどろきが聞こえるたび、小倶那は七掬の腕を痛いほどにつかんだ。

あとになって、小倶那はうち明けた。

「あれを聞くと、目の前に浮かんでくるんだ……大きな、燃える、空の蛇が……」

晴れ渡った空の下だというのに、あたりをはばかるように小倶那は声をひそめていた。

「なんだ、それは」

七掬は首をひねった。

「つまり、おぬしにとって蛇がこわいのとカミナリがこわいのとは、根源が同じひとつのものなんだな。長虫とカミナリが同じに見えるのか？」

小倶那はけんめいに考えてから、そうかもしれない、と言った。

「さっぱりわからんやつだ」

七掬は言って、さじを投げた。

七掬は弓矢ばかりでなく、もりで魚を突く方法や魚釣りもまた教えた。彼は生きのびることの基本の師匠であり、野山に一人潜伏しても生きぬく手段を、知るかぎり伝授したのである。

そんなある日、二人でナマズ釣りに出かけたとき、小倶那が思わぬ大ウナギを釣りあげたことがあった。あばれまわるウナギを押さえることができず、二人して踊りまわったあげく、ウナギは沼に逃げのび、ぬるぬるになった七掬と小倶那があとに残った。このことが彼らにおよぼした効果は、笑って笑いぬくことだった。水面に響き渡るほど高らかに、声をあわせて笑ったのは、彼らにははじめてのことだったのである。

七掬は、小倶那の笑顔のよさに意外な感銘を受けていた。この少年はめったに声を立てて笑わないので、よけいに感じいったのかもしれない。小倶那がめずらしく見せたあけはなしの笑いには、不思議な透明さがあった。皇子が放つ輝きともちがう、清水のように澄んだ笑顔だった。

「おぬしはもっと笑ったほうがいい。若いのだからな。皇子がおぬしのお歳のときには、一日に一度はそんなふうに笑っていなさったものだ」

笑いやんでから、七掬はしみじみ言った。

「皇子は感情の激しいかたで、よくお笑いになったし、よくお怒りになった。今でこそ、しかるべきときには抑えておられるが、それを身につけなさるまでには、だいぶいろいろとご苦労なさったし、まわりもまた大変だったものだ。おぬしはその点に関してだけは、訓練の必要がないようだな」

「もう訓練したんだと思うよ」

小倶那はすまして言った。

「遠子(とおこ)がいっしょにいたからだよ」

「なるほど」

明るい空を映しだす沼のおもてを見ながら、小倶那は遠子を思った。ほんのささいなことにはじける遠子の笑い声は、小倶那の耳にあまりになじんでおり、思っただけで聞こえてきそうだった。七掬もまた、追憶にひたる目をして言った。

「皇子がお泣きになることはあまりなかったが、それでも何度かは、七掬もお見受けしたことがある。だれの手にも負えず、逃げだすほど大変だった。七掬も逃げた」

折にふれて七掬は、小倶那の御影人(みかげびと)としての教育のために大碓皇子の行いを話して聞かせたが、たいていの場合は、話したいから話しているように聞こえた。このときも、皇子の思い出を語るときにはいつもする優しい目をしていた。

「あれは、皇子がかわいがっておられた黒駒(くろこま)が死んだときだ、皇子がお泣きになるのをはじめてお見受けしたのは。皇子は悲しむあまり、同じ馬屋にいた馬を一頭残らず殺してしまわれた。しまいには馬屋そのものまで、壊してつぶしてしまわれたな……。いやはや、暴風のようだった。あのかたは芯から激しいかたなのだ。激しく愛し、激しく傷つきなさる」

「ほかの馬は、死なせることなかったのに」

小倶那は当然のことを言った。

「たしかに無茶だ。ときおりあのかたは、そういう無茶をなさる」

少しのあいだ口をつぐんでから、七掬は力をこめて続けた。

「だが、皇子のそういうところにひかれて、集まる配下の者は多い。あのかたには、人の上に立つ魅力がおありなのだ。われわれが心から忠誠を誓いたく思うのは、腹黒く冷たい力の権化(ごんげ)ではなく、皇子のような、熱い血の流れる情けをもったおかたなのだ」

　山々の木々が赤く染まる秋がめぐってきた。このころ、七掬は山歩きになべを背負っていくようになった。体に小さすぎる甲羅をしょったカメのようなそのいでたちを、小倶那はずっと妙だと思っていたが、ある日、小倶那がはじめて鹿を射とめたときに、その用途がわかった。七掬はその場で火をおこし、えものを切り分けはじめたのである。

　見ていてほれぼれするような手さばきのあざやかさだった。山道の途中でいつのまにか採り集めていたキノコや菜（な）が、肉とともに鍋に放りこまれ、醤（ひしお）や薬味が加減も見事に加えられる。石を配した急ごしらえのかまどで、あっというまに肉（しし）なべができあがったのだった。

「鹿をしとめられれば、狩人のはしくれにひっかかったと言っていい。その祝いだ。今日はたくさん食べろ」

　小倶那が目を丸くしていると七掬は笑い、実のところ彼が最も得意とするのは、野戦でも狩りでもなく、この野外での料理なのだ、と言った。実際、料理にかかってからの七掬はいつ見たときよりも楽しそうであり、味つけをみるときなど、猫のように満足気にほほえんだ。

「宮のまかない女のようなこぎれいな料理はできんが、出先のありあわせでうまい物をこしらえることにかけては、七掬が上をいくぞ。皇子が七掬を重宝がられたのも、ひとつにはこの特技があるせいだ。七掬さえそばにいれば、兵糧なしの情けない思いは決しておさせしないからな」

「すごい」

小倶那は笹竹を折りとった箸で、よく煮えた切り身を口にいっぱいつめこみ、新たな尊敬のまなざしで七掬を見た。

「おいしい」

七掬もこの日は最高に機嫌がよかった。小倶那は秋口に入ってから順調に腕をのばし、弟子として師匠を喜ばせることが多かったのである。蛇にもカミナリにも、季節的にあまり出合わなくなったせいもあった。二人は火をかこんでのんびりと腰を下ろし、深まる秋のもみじ葉の陰の、静かで清冽な山の気に身をひたした。

「故郷（くに）の醤（ひしお）は、どこのものよりうまかった。母者（ははじゃ）は醤造りの名人だったものだ」

思わず口をついて出たように七掬が言い、小倶那ははじめて彼に、自身のことをたずねる機会をもった。

「七掬はどこで生まれたの？　この近く？」

「いいや、三野よりもっと遠い、遠い東の国だ。ここから月のひとめぐりもかけて大きな河や険しい山を越えて行った、日高見という国が七掬の生まれ故郷だ」

「それはずいぶん遠くだね……どういうところ？」

「まほろばとはまったくちがうさ。どこまでも広い野が続き、どこまでも広い沼がある。おぬしなどには、どれだけ広いか見当がつくまいな。七掬たちはそういう場所で狩りを習ったのだ。鹿が群れ集うと、その枝角が林の茂みに見えるほど平らに見とおせる広野で」

小倶那はひざの上でほおづえをつき、鹿の林を想像しようとした。

「見てみたいなあ、そんな場所」

「七掬も二十年は見ていない。今も日高見の葦原の鹿があのように群れ集っているか、ときどきたしかめたくてならなくなるよ。まあ、このまま年老いて、皇子のお役目も果たせなくなるときがきたら、ひと目見てから死ぬことにするか」

淡々と言う七掬を小倶那は見つめた。七掬のとびぬけて大きい体、ひげの濃い、かぎ型の鼻をもつ顔……今にして思えば、このあたりの人からは異風だった。ふるさとを遠くあとにして、異郷の都に身をおいているのは、何も小倶那ばかりではないのだった。

「……帰りたいと、七掬でも思うことがあるんだね」

「生まれ育った土地は、簡単に忘れられるものではない。だが七掬は、皇子のおそばを離れる気はない。皇子にはご恩がある。命を救ってくださったかたなのだ」

　真剣に聞き入る小倶那にちらと笑いかけて、七掬は言った。

「七掬は罪人（ざいにん）だったのだよ。それを大碓皇子が命乞いをして、館にひきとってくださった。あのとき日高見の七掬は一度死に、皇子の僕（しもべ）として生まれ変わったのだ。今でもふるさとを夢には見るが、第一なのは皇子だ。この身は、皇子のおためにあるものなのだ」

　かじかんだ指に息を吹きかける白い冬が過ぎ、再び春の芽ぶきを見るころだった。大碓皇子は、急に気を変えたように、七掬を呼びもどすことにした。『よからぬこと』を考えるのをやめたのかどうか、以前のように、七掬に従者として、伴（とも）をするよう命じたのだった。

　七掬はやはりかしこまって拝命したが、内心喜び勇んでいることが、小倶那にだけは感じとれた。小倶那は気落ちせずにはいられなかったが、七掬にそれは言えなかった。

（七掬は皇子のためにいる人だもの……ぼくのためじゃない）

　一年間彼とともにいて、小倶那はずいぶん七掬を好きになっていたから、そう考えるのは悲しかった。だが、そのままだまってあきらめてしまうのが小倶那だった。だれかが自分以上に愛されていることには慣れている……捨て子だった身からすれば、自分がだれかに第一に愛されることのほうが、信じにくいと思っていた。望まないわけではないくせに、小倶那には主張する自信が欠けていたのだ。十二分に優しかった真刀野（まとの）に対してでさえ、そうだった。

ただ、意地っぱりで一途（いちず）な遠子のことを考えるときだけ、少し心がなぐさめられた。遠子は決して約束を忘れないだろう。だが、彼女は橘（たちばな）の姫であり、そのうち彼がふれてはならぬものになるということも、利口な小倶那にはわかっていた。遠子はいずれ明姫（あかるひめ）のような高貴な人となり、たとえ彼女が忠実に覚えていてくれても、小倶那のことばかりにかまけてはいられないだろう。

七掬のように、身をつくして思いをささげてくれる人がいるのは、どんな感じのものなのだろう、と考えて、小倶那はため息をついた。皇子のようなかたは、いったいどんな思いのうちに多くの人々の心を受けとるのだろう。

（皇子ならば、一度だって、生きていてもだれにも必要でない気のすることなど、おありでないだろうな……）

はなれの部屋を片づける手伝いをしながら、小倶那がしょげているのを、七掬も知っていた。それでも彼はいやだと口にしないことも、今では知っていた。もう少し子どもらしく甘えてもいいものを、と七掬は考えたが、今は七掬もこの少年と別れがたく感じていたので、彼の我慢がいじらしかった。皇子によく似ておりながら、正反対なほどに性格のちがう——七掬が好意を示すと、そのつど思いがけないようにびっくりした顔をする彼に、七掬は皇子とはちがった意味で好意をもつようになっていたのだった。

「七掬が行っても、すぐまた次の師匠が来る。おぬしは一人放っておかれなどしないから、安心しろ。学ぶことはまだまだあるからな。七掬が教えられることなど、ほんの一部なのだ」

七掬がはげますと、小倶那は小さな声で答えた。

「七掬みたいになれたら、それでいいと思う」

「そうはいかない。おぬしがなるのは皇子の御影人であって、七掬のではないからな。七掬にはいまだに歯のたたん、文字とか数字なども覚えこまなくてはいけない。おぬしは土木が好きだろう？　それらは、建築にはなくてはならぬものだぞ」

「数字？」

少し元気になって小倶那は顔を上げた。

「ぼく、こっそり覚えようとしたんだよ。計算も、もっときちんと知りたいんだ」

「よし、その意気でしっかりやれ。七掬も来られるかぎりはまた来てやるからな」

七掬の言ったとおりだった。彼のあとには、三人もの教師が来て小倶那についた。

数の博士と文章の博士、そして武術の師範である。別れを惜しむひまなど与えられず、一気にめまぐるしい日々となった。いちどきにつめこまれることの多さに、小倶那の頭は知恵熱を出しそうな具合だった。博士たちは立居ふるまいについても口うるさく、宮の儀礼をことこまかく小倶那にたたきこんだのである。武術師範は剣(つるぎ)と矛(ほこ)、相撲を教えた。こちらは、七掬について体を鍛えたことがだいぶ役立ったが、それでも楽とまではいえなかった。

大碓皇子と七掬は、ときおり館に来て小倶那のようすを見て行ったが、やはりいないほうがずっと多かった。館に来ないというより、都にいないのだった。遠くの国を、西に東に駆けまわっているという話だった。

博士たちとは、七掬とのような心の交流は望めなかったが、学問は小倶那をひきつけ、彼は多くのものを吸収した。特に数学においては、博士の舌を巻かせるまでに長くはかからなかった。学ぶことに喜びを見出した理由のひとつがさみしさだったとしても、それはだれにも知り得ないことだった……。小倶那はいつか天文や暦、紀伝(きでん)など、大王(おおきみ)の子孫が一度は目を通さなくてはならない知識に手をつけていった。

月日は飛ぶように過ぎていった。遠子との約束をまだ果たせないままに、都へ来てから四年の歳月が流れ、小倶那は十六になっていた。

3

　夏が過ぎるごとに、小倶那（おぐな）の背丈は若竹が伸びるように伸びた。背を測ったしるしを柱に刻むごとに、小倶那は遠子（とおこ）のことを考えるのだった。はるかな空の下で、彼女はどれだけ成長しただろう、と。四度めに刻んだ線の高さは、実のところ遠子がよほどの大女になっていないかぎり、まずは追いつかないものだった。それでも小倶那には、遠子とは寸分（すんぶん）たがわぬ高さで目と目を見交わすことしか思い及ばないのだった。

　十六歳の夏は、小倶那にとってはこともなく終わった。順調に勉強して巻をひとつ二つ終わらせ、技をみがいて武術師範から勝ちをひとつ二つ奪ったくらいのことしかなかった。春から夏にかけて、大碓皇子（おおうすのみこ）は七掬（ななつか）を連れて遠国（えんごく）へ向かったまま帰らず、館は退屈で静かなものだったのである。しいてあげれば、小倶那がこのごろ子どもの髪型はもう似あわず、皇子と同じ下げ角髪（みずら）の形に結いはじめたことが、変化といえば変化だった。

　ようやく皇子と七掬が帰還したのは、夏も去り、赤トンボが秋を告げるころのことだった。晴れた午後、小倶那が日課の剣（つるぎ）のけいこを終えて、井戸ばたで体をふいていたところ、ひげの少しのびた七掬が、半年以上も留守にしていたことなど忘れたように歩いてきた。

「ちゃんと食っているか？」

「七掬」

ふりかえった小俱那は、ぱっと顔を輝かせた。それを見て七掬は、小俱那の表情は皇子のように澄んできた、と思った。とはいえ小俱那は、いまだにだれにでもその表情を見せるわけではなかったので、七掬はそのことになにがなし誇らしさを覚えた。

「お正月以来だね、七掬。伊津母の国はどうだった？」

「伊津母か、あそこはやたらに物騒なところだったよ。しかし、もめごとももう、おしまいだ。皇子も、今度こそしばらく都にとどまるとおっしゃっていた」

「よかった」

小俱那は心からうれしそうに言った。

「こんなに長く皇子がおられないと、侍女の人たちがみんな、さみしがってこまるよ。退屈がすぎて、はなれにまでとばっちりがくる」

七掬は大きな口をあけて笑った。

「それはいい。おぬしも、ようやくそこまで皇子のかわりをおつとめできるようになったか」

小俱那はきょとんとして見返した。七掬のからかいがわからない、まだ子どもの顔である。だが、すらりと伸びた体つきは以前にまして皇子に似てきており、角髪の髪もよくうつっていた。しげしげと見て、七掬は今なら遠目にかぎっては皇子で通るかもしれない、と考えた。

「あれからまた背が伸びているな。ふむ」

「中指一本分伸びたよ。この調子で毎年伸びると、皇子を追い越して七掬になっちゃうね」

「そいつはこまる。畏れおおくも皇子に、足駄をおはかせするわけにはいかんぞ」

小倶那は笑い、鍛錬するうちにそなわったしなやかな動作で身をひるがえすと、七掬を組み手に誘った。再会するごとに相撲をとって小倶那の成長を互いに確認することは、二人のあいだの儀式になっていたのである。

井戸のそばの平らな草地で彼らは組み打ち、やがてはいつものとおりに小倶那が地面に投げだされた。彼が大きくなったとはいえ、七掬はまだ小倶那より頭ひとつ高く、幅は倍もあるのだからかなうはずはなく、これは純粋な力試しだった。

「力が刺すよりはましになった？」

草の上であおむけのまま、小倶那はあえぎながらたずねた。

「うむ、そうだな、カナブンが刺したくらいかな」

「カナブンは刺さないよ、七掬」

額を手の甲でぬぐって小倶那は言った。

「ああ、また汗をかいてしまった。ふいたばかりなのに」

大地に手足を投げだした小倶那は、のびやかにくつろいで見えた。くつろぐことを覚えなければ、本当に緊張することはできない。この子は上手に成長している、と七掬は満足げに考えた。その体はまだ伸びざかりで肉の厚味に欠けるが、ひ弱ではなく、充分な強靱さを秘めている。

「おぬしに汗をかかすことができて幸いだよ。数の博士は、おぬしに汗をかかされると皇子に申しあげておったぞ」

「あ? うん……ぼくはこのところ、よい弟子じゃないんだ」

「数字は好きなはずではなかったのか?」

「博士は計算が遅すぎるよ。それに、ひとつの問題を別の方法で解くことを許さない。あの老人は頭が固いんだ」

「……こらこら、目上の人をそんなふうにけなしてはいかん」

はっとしたように小倶那は七掬を見、昔よく見せたようなすまなそうな顔になった。

「ごめんなさい……このごろ、ときどき出てしまうんだ。みんながあまり皇子ならこうなさる、ああなさると言うものだから、ついつい皇子のお立場でものを言ってしまうんだよ」

「御影人の訓練としては、まあ、わかるがな」

七掬は言い、一瞬まごついたことをうまくごまかした。それほど小俱那の口調は、若いころの皇子ならしそうな口ぶりだったのだ。悪いことではないと思ったが、いくらかとまどわされるものだった。

空を仰いで、七掬は話題を変えた。青く高い空に小粒のうろこ雲が出ている。

「今年の秋こそ、狩りに行けそうだな。山が色づいたら、鍋を持って行くか」

小俱那はバッタのようにはねおきて叫んだ。

「すぐに行こうよ、紅葉など待たずに」

「まだキノコは出ないし、鹿の味もよくはない」

「鳥射ちに行こうよ。皇子は山鳥がお好きでしょう。ぼく、飛ぶ鳥を射とめられるようになったよ」

思わず七掬はにこにこしてしまった。

「笠山の山鳥は味が格別だ。そうだ、しばらく召しあがっていないから、皇子も喜ばれるかもしれないな。さっそく申しあげてみよう」

提案をきくと、大碓皇子は自分も射ちに行きたがったが、宮へもどったばかりで雑務が多く、とても体があかなかった。そこでやはり七掬と小俱那が二人で行くことになった。残念そうに皇子は言った。

「えものが多くあったら、母上の殿にも見つくろって持って行ってさしあげろ。このところ、ごぶさた続きだからな。そういえば、小倶那はまだ母上にお目にかかっていなかったな」

急に人の悪い笑みを浮かべると、皇子は奥から古い頭巾を取りだしてきた。それは、皇子がはじめて三野に来たときかぶっていたものによく似ていた。

「昔、わたしがいつもかぶっていたおしのび頭巾だ。これをかぶって母上のところへ参上してみろ。母上はたまげて、過去が舞いもどったのかと思われるぞ」

四年の歳月は、大碓皇子の上にも変化をもたらしはしたが、小倶那にくらべればごくわずかなものにすぎなかった。今のように、いたずらっ気に目を輝かせはじめると、まったくなかったといっていいほどになる。

七掬が実直に口をはさんだ。

「居並ぶ七掬が老けておりますから、お母ぎみはそうはお思いになりませんでしょう」

「おぬしほど昔も今も変わらんやつがあるか。若いときからもう、今の顔だったぞ」

大碓皇子は言い返し、小倶那に自分の手で頭巾をかぶせた。

「よし、せいぜい狩りを楽しんでこい。わたしのかわりにな。しかし、その衣は着がえていけよ。わたしは昔も今も、そんな無趣味な服は着なかったぞ」

小倶那は自分の着ている、なんの飾りもない白い衣を見下ろした。

「おぬしはそういえば、宮へ来てから、いつ見ても白いものを着ているな。色ものを着ないという願でもかけているのか」

皇子に指摘されて、小倶那はこまったように首をすくめた。

「いえ、願をかけているわけじゃ……ただ、これが好きなんです。あの、無趣味でしょうか」

好きと聞いて、皇子はあきれたようだった。

「別によいがな。それに、そのうち臣下の者たちが、着物の色でわたしとおぬしを区別する日も来るかもしれんしな。しかし、わたしの身がわりをするときはやめてくれ。日継の皇子ともあろうものが、衣に染料もほどこせないとは思われたくない」

揺れる草穂が、暑熱の去ったさわやかさを感じさせ、青葉の色にも盛りをすぎた深味と落ちつきがあった。赤紫や白の萩の小花が点々と咲く野山を駆け、小倶那と七掬の狩りは首尾も上々だった。日がまだ暮れないうちに、二人は合わせて山鳥を五羽、ウズラを七羽、ノガモを一羽しとめ、今日はこれくらいにしようということになったのだった。小倶那はこの狩りを心ゆくまで楽しんだ。七掬と出歩くのは本当に久しぶりであり、そのあいだの上達ぶりを七掬に見せ、自分にも告げるのは誇らしかった。

七掬は小倶那の昔の失敗をよく覚えていて、あげつらっては笑ったが、それも冗談になるからこそだった。

なわでくくったえものを肩にかつぎ、帰り道を下りながら、小倶那はふと思った。

(今なら、三野へ帰って遠子に見せられるかもしれない……)

この日はじめて、小倶那はそう思ったのだった。遠子に会えるほど変わったということを、ついに自分自身に認めたのだった。

彼らは満ちたりた沈黙のうちに宮まで歩いてきたが、東門をくぐったところで七掬がふりかえり、ふいに口を開いた。

「やあ、あれを見ろ。七掬たちは通れんぞ」

彼らの後方、門の向こうから、きらびやかな輿が近づいてくるところだった。その輿は紫の絹の帳で中の人物を隠し、妃のもののように見えたが、脇輿の人々の多さはただごとでなく、また、遠方から来たように装備をこらしている。小倶那がぼんやり見とれていると、七掬はその腕をとってぐいぐいと道のわきの木立へひっぱって行った。

「ばか、早く隠れろ。あれは斎の宮様の御輿だ。斎のかたの御前を殺生の汚れをもってよぎったなどと知られては、七掬たちは処罰ものだぞ」

「斎の宮様?」

茂みの中へ押しこめられながら、小倶那は不思議そうに言った。

「教わらなかったのか。五瀬の神の宮におられる大王の御妹ぎみ、百襲姫様だ」

「教わったよ。でも、五瀬はずいぶん遠くだから、こんなところにおいでとは思わなかったんだ」

「秋の新嘗の祭りには、ときおりまほろばまでいらっしゃるのだ。それにしても今年はお早いお着きだな」

「同じ巫女様でも、三野の守の大巫女様のように宮から一歩もお出にならないかたとはちがうんだね」

「ああ、輝の御神を祀る神殿は、ほんの十数年前まではこの宮中にあったくらいだからな。五瀬に殿をお移ししたのは、百襲姫が斎の宮になられてからのことだよ。その折には、姫はたいそうなご苦労をなさったという話だぞ。占に従ってのこととはいえ、五瀬に場所が定まるまでは、風雨をしのんで各地を転々と渡られたそうだ。高貴なご婦人の身で……巫女とはおつらいおつとめだな、まったく」

七掬は木立ごしに、しずしずと渡る一行を見つめた。小倶那も見つめた。同情の目をもってながめると、豪奢な輿もそれほど違和感なく見られた。

しかし、威儀をただして御寝殿へ向かう一行の歩みは遅々として進まず、待つ身にとってはいらいらさせられてくるのだった。それに、もし稲日姫――皇子の母ぎみ——の館へ参上するつもりなら、道をふさがれてしまったことに二人は気がついた。

妃たちの館は御寝殿と門をひとつにした北隣に建てられているのである。

「さて、どうしたものかな」

「しかたないよ。裏をまわっていったらどうかな」

小倶那は提案したが、七掬はしぶい顔をした。

「下仕え(しもづか)のように裏からこそこそ入っては、皇子のお使いの顔が立たん」

「肝心なのは鳥をおとどけすることだよ。そうじゃない？」

そこで七掬もついに同意し、彼らはいつもなら決して通らない築地(ついじ)の裏の細道から、宮の中央へ向かった。

しばらく行くと、はき清められた表の大路(おおじ)からでは見えないいろいろなものが目に入ってきた。板壁のうちに身を寄せあうようにして立っている下仕えの人々の小さな家々、家畜小屋、洗い場、汚水だめ、ごみため……美しく整った表通りのために押しこめられたすべてのものが、裏にはあった。この裏に住む人の多さに、小倶那は目を丸くした。息がつまりそうな低い軒(のき)、肩をぶつけるような戸口の小屋が、北向きの日あたりの悪い場所に延々とある。湿って腐りそうなわら屋根の家々は、密集しすぎて暮らす人々のすえた生活のにおいがたちこめていた。これほど広大な敷地のある宮なのに、ここだけ見れば、いなかの貧乏人のほうがよほどのびのびと暮らしていると思える。

小倶那がその劣悪さを言うと、七掬はどうしようもない、というように頭をふって言った。

「それでも、望んで宮で働きたがる人間のほうが多いのだ。ここは――都だからな」

小倶那は与えられたはなれの部屋の広さと、気ままに一人で歩ける庭を思い、気づまりな気分になった。今まで、それらを広いと意識してはいなかったのだ。自分が分相応よりも優遇されているということを肝に銘じるのは難しい……三野にいたころも、いじめっ子にののしられるまではわからなかった。

（だけど、ぼくは忘れてはならないんだ。ぼくがしていることのすべては、自分の権利ではなく、だれかの情けによっているのだということ。ぼく自身は、親にも捨てられた子だったということ）

くっつきあう家々を見ながら、小倶那は考えた。

ようやく稲日姫（いなびひめ）の殿（との）の裏門にたどりついた。ここも人が多く、まかない所のあたりは特ににぎやかである。夕餉（ゆうげ）の支度がはじまっているのだ。いくつものかまどから煙がさかんに立ちのぼっており、まきを運ぶ人、水がめを運ぶ人、米をとぐ人と、みな忙しげである。鳥をぶらさげた小倶那と七掬は、それらを見ながらしばし立ちつくした。奥へのとりつぎを頼むべきなのだが、立ち働く人々はみな裏方であって、まかない所より中へ入れそうもなかった。

「おぬしがなんとかしろ。七掬はこういう宮中の微妙な問答は得手でない」

七掬がさっさと手をひいてしまったので、しかたなく小倶那は、まごつきながら進み出た。けんめいに左右を見渡したところ、ふと、長い髪を束ねた上品そうな若い女性の後ろ姿が目に入った。着物は他の人々と同じ、短いそまつな麻服であり、青菜のざるを小わきにかかえてはいるが、歩く姿がそれとわかるほどに洗練されてきれいだった。髪の長さといい、ただの下仕えの人には見えない。小倶那は小走りにそちらへ向かい、後ろから声をかけた。

「そこのかた、ものをおたずねしたいのですが……」

不審そうにふりかえった女性は、小倶那を見るなり顔色を変えてあっと叫び、手にしたざるを取り落とした。青菜は土に落ち、彼女のほうは、恐れるものを見たように顔をそむけて、夢中で広場の方へ走りだした。小倶那は一瞬しびれたように動けず、ぼうぜんとそれを見送ったが、われに返るとあわててあとを追いだした。

「待って。なぜ逃げるんです」

追いつこうと息せききって走りながら、小倶那は叫んだ。

「逃げないで。わからないんですか。ぼくです、上つ里の小倶那です」

名が耳にとどくと、彼女はようやく足を止め、見はった瞳でおずおずと追ってきた人物を見つめた。

「小倶那……あなたは小倶那なの？　皇子様ではないのね」

「そうです。ぼくです。明姫（あかるひめ）……」

女性は明姫だった。小倶那にはまだ自分の目が信じられない気がした。色もあやに身を飾り、玉の緒（お）を連ねて大王（おおきみ）のもとへ嫁いだはずの明姫が、このような裏方で、ぼろを着て身を粉（こ）にして働いているのだ。明姫はやせてしまっていた。ほおの丸味が失せ、瞳は輝かず、荒れた手足は見るも痛々しかった。

「どうしてこんなことに、三野の一の姫ともあろうかたが……」

小倶那は息をのみ、声をつまらせて言った。

明姫は一度に気がゆるんだようすで、急にくたくたとその場に座りこんでしまった。小倶那が気づかってその前にひざをつくと、姫はかすかにほほえみ、まだ恐れるように、しかしいとおしそうに、手をのばしてそっと小倶那のほおにふれた。

「まあ……あなたはなんてあのかたにそっくりになったの。さっきは心（しん）の臓が止まってしまうかと思ったわ。でも、そうね、これだけの年月がたったのですもの。あのかただって、三野でお会いしたときのままでいらっしゃるはずはなかったわね」

「皇子は少しも変わっておられませんよ」

「そう、うれしいこと……でも、わたくしは変わってしまいました。皇子様にだけはこんなところをお見せしたくはなかったの。わたくしがこのまま朽ち果てることになろうとも、あのかたにだけは」

ふいに憤りを感じてきて、小倶那は鋭くたずねた。

「だれが姫をこのような目にあわせたのです。あなたは大王の妃となられたかたではありませんか。こんな場所にいらしていいはずはない」

「わたくしは大王から罰を受けているのです」

ささやくような小さな声で明姫は言った。

「大王の魂をお鎮めすることに失敗し、こうして……とがめられているのです。でも、それはわたくし自身のとがなのですから、どなたも責められはしません」

「わかりません。こんなひどいことは、見ていられません。故郷の人たちが知ったら、どんなに悲しむか……。あなたはこんな下働きをされてはならない人です。皇子だって、このようなことをさせるために、姫をまほろばへ誘われたのではなかったはずです」

小倶那が言いつのると、明姫は見る者が胸をつかれるような苦しみに満ちた瞳で見上げた。断崖に追いつめられた牝鹿の瞳のように、それは狂おしげだった。口にはできない何かが、そのまなざしにこめられていたが、やがてその目はふっとくもり、姫は顔を伏せた。

「だれでもない、わたくしが選んでしたことです。わたくしに会ったことは、小倶那、あなたの胸にしまっておいて。だれにも……あのかたにも言わないでください。あなたも、お願いですから軽はずみなことなどしないでね」

「明姫……」

小倶那は不満だったが、明姫は首をふって彼の口を閉じさせた。

「もうお行きなさい。あまり長く話していては、人に変だと思われてしまいます。わけてもあなたは、皇子様にそっくりなのだから。さあ……二度と会えるかどうかわからないけれど、あなたの顔を見られてうれしかったわ。元気に暮らして、立派にあのかたのお役に立ってね」

明姫の口調は、小倶那につけいるすきを与えなかった。どのように身をおとしめていても、彼女にはやはり一の姫の品格があるのだった。小倶那はもっと言うべきことがあるような気がしながらも追いやられて、いつのまにか妃の侍女がとりつぎに来て奥へ案内されていた。

小倶那としては気もそぞろで、会見どころではなかったが、稲日姫は小倶那を見るとひどく喜んでそばに呼びよせ、『過去が舞いもどった』ように思い出の洪水を彼に浴びせた。七掬は覚悟の上で来たらしく、ゆうぜんとかまえて辛抱強く耳を傾けていた。つまりお妃は、人も恐れる思い出話好きで、しかも皇子のこととなると目がなかったのである。大碓皇子の母ぎみは、いくらか小ぶとりのふくよかな婦人で、皇子とはそれほど面影に似たところはなかった。だが、正妃という高い位にあるにしては気難しくない女性であり、その明るい気性はいくらか皇子に受けつがれていると見受けられた。

お妃は、話したいだけ話し尽くすと、ふと小倶那に関心を向けて言った。

「そなたには、本当に大王家の血は流れていないのかしら。なんのゆかりもないとは思えない気がするけれど。わたくしの大碓は、皇子の中でも一番父の大王のお顔立ちをしていると言われるのよ。と、いうことは、そなたもまた、そうだということですよ」

「ご縁はないものと思います。三野生まれはたしかですので」

小倶那は急いで答えた。彼は今、明姫のために大王への怒りをかきたてているところであって、その人に似ていると言われてありありがたい気はおこらなかった。

ようやくお妃の話から解放され、いとまを告げて下がるときになって、小倶那は思いきってお妃にそれとなく明姫のことをもちだしてみた。

「まかない所で働いている髪の長い女性をご存じでいらっしゃいますでしょうか。三野の同郷の人のようなのですが」

稲日姫は目をしばたたき、扇を優雅にあおいで答えた。

「おやまあ、下仕え(しもづか)の一人一人のことまで、このわたくしにつかみきれるものではなくてよ。侍女の顔でさえ忘れがちですのに」

＊　＊　＊

明姫はその夜、眠ることができなかった。

ふいに現れた小俱那の顔が、賭弓(のりゆみ)の会場に現れた皇子の面影に重なり、目の前から離れないのだった。つとめて思い起こさないようにしていた大碓皇子のまなざしや声、表情の動きが、今は胸の内にあふれかえっている。彼女が心に設けていた堤を破ってしまったことで、小俱那がうらめしくさえあった。

（わたくしは泣かずにきたのに……ずっとずっと泣かずにきたのに）

せまい小屋の中には、いくつもの寝息が聞こえる。まかない女たちと共同で、雑魚寝のようにして寝かされているのだった。よどんだ闇(やみ)に、人の身じろぎの気配。このような場所では泣くわけにはいかない。姫はそっと起きあがると、だれの足も踏まないようによくよく注意しながら、戸口から外へすべり出た。

真夜中をまわった星空には、清浄な上弦の月が浮かんでいた。冷たく冴えた夜気を顔にあて、その空を見上げたとたん、月は銀色ににじんでぼやけた。こらえ性(しょう)がなくなっているのは、ひとつは空腹のせいもあるかもしれなかった。青菜をだめにした罰だと言って、意地の悪いまかない頭が姫に夕餉を与えなかったのである。甘んじて受けたが、嘆くだけむだだと自分に言いきかせる気力も体力も底をついていた。声を上げて思いきり、子どものように泣きたかった。

(大巫女様……わたくしはいつまで生きていなくてはならないのでしょう。わたくしの失敗はあがなえません。もうおしまいにしたいと思ってはいけませんか……?)

心の内に明姫は三野へ向かって呼びかけた。なつかしい三野、ふるさとの三野、あの山や谷や川へ、魂になって帰って行きたい……

どこへ向かうとも考えないまま、姫はふらふらと板壁に沿って歩いて行った。一人で泣ける場所まで行こう、とぼんやり思っていた。だが、かどをまわったとき、影の中からいきなり男の人影が歩み出たので、さすがにぎくりとして足を止めた。ときならぬ時間だというのに、見張りが立っていたのだろうか……明姫が闇をすかしてその人物を見定めようとすると、あろうことか、彼は大碓皇子だった。

(前もそうだったわ。このかたは、かどをまがると立っている。わたくしを待って、わたくしが通るのをずっと待って……わたくしの運命のかどに立っているのだわ)

わけもなく明姫はそう思った。姫の心を長いあいだ支えてきた何かが、音を立ててこわれ、明姫は腕を広げて彼に身を投げかけた。半分は幻影だと思っていたにもかかわらず、受けとめた腕は熱く力強いものだった。以前に一度だけ知っているその腕。そして……そのくちびる。今度は姫も押しやることはしなかった。明姫はずっと泣いていたが、そのうちに泣いているのは自分だけではないことに気がついた。

大碓皇子は歯をくいしばるようにしてささやいた。

「こんなにやせて……折れそうに細くなって。わたしが何も知らずにいるあいだに。知らずに遠くの国ばかりを飛び歩いているあいだに」

「知らなくてよかったのですわ。なぜここにいらしたの？　小倶那は、あの悪い子は、やはりあなたにお話ししてしまったのね……言わないで、と言ったのに」

「これをだまっているような情けない子であったら、そば近く置いたりはしません。彼から聞いて、すぐやってきたのです。いたたまれずに。ですが、あなたがどこにおられるのかはわからなかった。このうえは母の館の人々をはしからたたき起こしていこうかと、思案にくれていたところですよ」

「そんなことをなさらなくてよかったわ。この中には、大王の命でわたくしを見はっている人がいます」

月の光で姫の顔をもっとよくながめようと、皇子はほんの少しだけ身をひいた。

「教えてください。父があなたを虐待したのは、わたしのせいですか？」

明姫のあふれる涙が月に光った。

「そう……です。わたくしは、皇子様をお忘れすることができなかったのです。できると思っていました。けれどもできなかったのです。わたくしの勾玉(まがたま)は、輝きをもちませんでした」

「勾玉?」

「橘(たちばな)の一族に伝わる秘伝の勾玉です。大王は、この勾玉のためにわたくしをお召しになったのです。魂を鎮め、命をのばすといわれる勾玉……。なのにわたくしは、これを働かすことに失敗してしまったのです。こんなことになるなんて、思ってもみなかった……」

顔をおさえて明姫は激しくすすり泣いた。

「大王は、わたくしがだれに心をささげたのかときびしくお問いになりました。皇子様だともお責めになりました。わたくしがちがうと申しあげると、正直に答えるまでと、この下仕えに……」

大碓皇子は泣きじゃくる姫を抱きよせ、いとし子のように髪をなでてなぐさめた。

「なんということだ」

闇を見すえて皇子は言った。

「そうとも知らず、わたしは父に嫉妬していたのだ。あの日、姫に拒絶され、父のもとに送りとどけてから、わたしが何を考えたかわかりますか。父を亡き者にしてあなたを奪おうかと思ったのですよ。あなたは、大王にしか仕えることができないとおっしゃった。それならわたしが父を倒して唯一の大王になればいいと、そこまで考えたのですよ。姫、なぜわたしにひと言いってくださらなかったのです。ひと言でよかったのに。あなたを決してこんな目にあわせはしなかったのに」

「わたくしは橘の姫なんですもの。さだめに従うことを、何より強く言いきかされてきたんですもの。でも今は……ああ、何もかもわからなくなりました。今のわたくしにはなんの力もない。力のない者に、さだめなどあるでしょうか。わたくしは……」

言葉をとぎらせ、言いよどんでから、明姫は悲しい細い声で言った。

「わたくしの心は、どんな禁止もふりきってあなたのもとにあるのですもの。これ以上とどめるものなど、もう見つかりませんわ。死ねと言われても、わたくしは本望です」

「わたしとて、あなたを得られるならほかには何もいらない。何もかもいらない」

二人はかたく抱擁を交わしたまま、しばらくは身じろぎもしなかった。やがて皇子が口を開いた。

「……このままあなたを連れて行けば、父はわたしを謀反人(むほんにん)の名で呼ぶでしょう。それでもわたしは、二度とあなたを腕の長さより遠くへやるつもりはないのだ。ついてきてくれますか？　汚名を着ることになっても」

「答えはもう申しあげましたわ」明姫はささやいた。

「どうせ謀反人と言われるなら、本物のそれになってやろう。父の死を考えていたこの年月に、わたしは多くのものを見ました。父は決して最良の支配者ではない。利己的で冷たく、残酷だ。最近は自分の余命をのばすことばかり考えている。わたしは国々を渡り歩くあいだに、ひそかに自分の兵力を育ててもいたのです。そしてその拠点のひとつは三野にある。三野へ帰りましょう、姫。われわれのために——大王を倒すために」

4

夜明け前の、最も闇深い時間に切迫したひそひそ声で揺り起こされ、招集された大碓皇子（おおうすのみこ）の配下の人々は、皇子がみずから口にした『謀反（むほん）』の一語を聞かされても、小倶那（おぐな）ほど動揺してはいないようだった。居並ぶ面々のきびしい表情は、来るべきものが来たと思っていることを語っていた。皇子の決意は、昨日今日にできあがったものではなかったのだ。小倶那ばかりが何も知らず、心から驚いていた。

前に立つ大碓皇子のようすに、はやりたつ興奮は見られず、皇子はむしろいつも以上に冷厳（れいげん）であり、落ちつきはらって指示を重ねていた。

「大王の軍が動くのは、確たる証拠をつかんでからのことだ。まだ間がある。われわれはそのすきをとらえて、いく手かに分かれて追手をまきながらまほろばの勢力圏を脱し、三野の久々里へ集結する。密使をすぐさまとばして、尾羽利や伊津母に拠点をもつ同志に伝えろ。大王がさしむけるであろう軍勢をわれわれがかわせるかどうかは、迅速さにかかっている。追手に足を止められる前に寿々香の峠を越えてさえいれば、見通しは明るい。援軍を得て、大王の軍を逆に撃退することも可能だろう。それまではひたすらに道を急ぐのだ。一人でも多くが逃げのびて、久々里へ到着することが大事と思え。むだ死にはするな」

七掬もまた、このような事態になることをちゃんと悟っていたふしがあった。小倶那と二人で館にもどってから、彼がしたことは何かというと、武器庫にこもって手持ちの武器を数えることだったのだ。七掬は、ぼうぜんとした顔の小倶那を見てにやりとし、肩をたたいた。

「ぼやぼやしてはいられなくなったぞ、生きぬきたかったらな」

小倶那はとまどったまなざしを上げた。

「明姫をお助けするよう話しに行ったのはぼくだけど、こんなことになるとは思っていなかったんだよ」

「おぬしはそうかもしれないがな。しかし姫は、どうあろうとも大王のお妃となられたかただ。そのかたを奪おうというのだから、大王に対してどんな申し開きもできないというものだ」

「……謀反人は処刑されるの？　たとえそれが皇子であっても」

「しばり首だ。皇子であってもだ」

七掬は答え、どこかすごみのある顔でほほえんだ。

「だが、皇子はだまってされるおかたではない。われわれもまた、な」

闇の中に最小限の火をともしてあわただしい用意をしながら、小倶那は自分のしたことに後悔などできない、と考えた。また、しているひまもなかった。それでも心が重くてならないのは、大碓皇子は実の父である大王と殺しあいをはじめるのだ、というううすら寒い事実を、思わずにはいられないからだった。

日の出前に、彼らは早くも館を脱けだしていた。不審に思われないよう、皇子に従って東門を通りすぎた者はほんの十数騎にすぎない。湯治に出かけると言ってもあやしまれない伴の数である。その中に明姫、七掬、小倶那が混じっていた。あとの者は別の門から別の経路で、それぞれに久々里をめざすために発ったのだった。実のところ、気ぜわしい作戦会議の中では、小倶那を別行の将に仕立てて皇子に見せかけ、追手をあざむく案ももちだされた。が、皇子はその案をしりぞけて彼を手もとに残したのだった。その大役には、まだ彼は若すぎると思ったのかもしれない。小倶那にはそれが、不服なような、ほっとしたような、複雑な気分だった。

茂呂山の肩にさしかかったところで、正面の山並みから太陽が昇った。射し初める赤い光の中で、通りのわきのこずえにとまるカラスのひと群れが、一行を見て何を思ったか騒々しく鳴きたてた。黒い鳥の姿を見上げ、眉をしかめた皇子は言った。

「あの声は不吉に聞こえる。射落としてくれようか」

「まあ、とんでもない。カラスを殺したりなさらないで」

それまで黙々と従っていた明姫が、口を開いた。姫は素姓をくらますために従者の衣に着がえており、はかま姿はどこかちぐはぐな感じに見えたが、案外りりしく鞍にまたがっていた。

「わたくしの一族のご先祖は、カラスに身を変えたという言い伝えがありますの。三野ではカラスに矢を向ける者は一人もおりません。ご先祖の血をひく鳥だったら大変ですもの」

皇子は短い笑い声を上げた。しかめ面がやわらぎ、つかのま、愉快そうになった。

「それは知らなかった。姫はカラスのご親戚だったのか。いつか羽がはえて飛んで行ってしまわないように、わたしもせいぜい気をつけるとしよう」

明姫はちょっと顔を赤らめてほほえんだ。朝日を浴びて、驚くほど美しかったので、小倶那は思わず目を見はった。やつれた影は今は見えず、明姫はひと晩のうちに、水にいけた花のように生気をふき返していた。皇子のそばにいること、そして三野へ向かうということが、姫をこれほどに変えたのだ。

これでよかったのだと思い、小倶那はいくらかなぐさめられた。もちろん、彼らの行く道は明日の命も知れない危険の道だったが、小倶那自身もまた、三野をめざすというそれだけで、心をそっと躍らせているのだった。無事に久々里に着けば、上つ里へも行ける。なつかしい谷や畑ややしきを見ることができる——遠子がいる。遠子に会える。長いあいだ気がかりだった約束を、今こそ果たすことができる……

「カラスのご先祖の話は、ぼくもよく聞きました。一番聞かされたのは、鳥のお葬式の話です。遠子はそれが好きだったものですから」

小倶那は口をはさんだ。

「鳥の葬式？　どういう話だね」

皇子が興味を示し、明姫がかわって答えた。

「カラスのご先祖が、死んだ乙女をいたんで鳥たちを集め、お葬式をしたのですわ。雁が器もちになり、鷺がほうきもちになり、翠鳥が御膳もちになり、スズメが米つき女になり、キジが泣き女になりました。そうしてあらゆる鳥たちが葬儀に参加し、八日と八晩歌い舞いますと、乙女の魂は白い鳥となって黄泉からもどり、生き返ったのです。その喪屋のあったところが今の喪山、守の宮のある山だといわれていますのよ」

「なるほど。それによく似た話をわたしも聞かされたことがある」

皇子は言ったが、急にそれほど楽しげではなくなった。

「天若日子(あめのわかひこ)の葬式だ。天若日子は使者として出かけながら、土地神(とちがみ)の娘に恋をして使命を忘れ、八年のあいだ復命しなかった。そしてあげくに天の伝令を矢で射殺した。彼は自分の放った矢でもって、ついには射殺されたという。そして鳥たちが、やはり同じようにとむらった」

「でも、そのかたも同じようによみがえったのでしょう？」

明姫が気もちをひきたてるように言ったが、皇子は首をふった。

「いいや、そうは聞いていない」

一両日のあいだは知られずに進めるだろうという大碓皇子の目算は、残念ながら誤っていた。最初の河の渡しで、彼らは早くも大王の兵に出会った。もっとも関をしくほど準備がされてはおらず、巡察程度の小隊だったので、皇子の一行は相手をけちらして目的の船に乗ったが、こちらもまた態勢がととのっているとはいえなかったため、少しばかり胆を冷やされた。

舟のさおを操(あやつ)りながら、七掬はぶつぶつ言った。

「まっ先に飛びだすご気性はどうかおつつしみください。皇子、それでは命がいくつあってもたりませんぞ」

「斬りあいとなれば、こちらは少人数だ。盾の後ろに隠れてばかりいられまい」皇子は答えた。

「それでもわれわれは、皇子を失えば万事休するのですぞ」

「わかった、わかった」

いつもの調子で返事をしてから、皇子は表情をひきしめて対岸を見つめた。

「……渡し場で下りては、また襲われそうだな。このまま少し下ろう。まわり道はしたくないがいたしかたない。大王の手のまわりは意外に早いようだ——早すぎるといっていいほどだな」

「待ちかまえておられたかと見えるほどですな」

七掬がつぶやき、皇子はさっと目を上げた。

「わなにとびこんだと言うのか」

七掬は黙った。明姫が心細げな表情になって見守る。皇子は、勇気づけるように見返して言った。

「どうあるにせよ、われわれのとる行動はひとつだ。久々里にたどり着くこと、多少の追手は、はなから覚悟の上だ。ふりきってみせる」

　対岸に上がってからは、一行は物見を出して、行く手と後ろを見はらせつつ行くことにした。彼らの報告によれば、たしかに思わぬ数の兵士がすでに動員されていた。何度も進路を変えたあげく、みんなはついに馬をあきらめた。ひづめのあとをたどる追手をまくよう、鞍に石をつめた袋をむすびつけて放し、人々は背負えるだけの荷を背負って、さらに深い山中に分け入っていった。

　街道へ下りることは、しばらくできそうになかった。どこへ出ても、大王の兵が徘徊している。こういうときこそ、山に強い七掬の土地勘はありがたかった。彼の道案内で、一行は今は正確にはどこともわからない険しい崖を登り、谷を渡った。しかし、いつまでも潜伏しているわけにはいかない。峠を越えるときが遅くなればなるほど、勝算は減っていくのだ。何度かは兵にぶつかるのを覚悟で強引に道を開いたため、味方の頭数はみるみる減った。物見へ出たまま、帰れなくなる者もいた。

　屈強の皇子の側近たちが次々と倒れていくのを見ながら、小倶那はたまらなくなって思った。

（これではだめだ。守らなくてはいけない人間が多すぎるんだ）

　少ない人数だというのに、彼らは皇子を、明姫を、そして小倶那までも擁護していた。皇子を戦力と考えていないように、彼らは小倶那をも別扱いにしていた。決して小倶那に物見の番をまわそうとしなかったし、斬りこむときには必ず後方に置いた。小倶那がまだ若いという理由もあるにはあるだろうが、やはり大きいのは、彼が皇子に似ているため、御影人(みかげびと)であるためだった。影も皇子の一部として扱うことを、側近の者たちはたたきこまれているのだ。

せっぱつまった戦いのさなかでさえ、彼らは忠実にそれを守り、小倶那をかばった。だが、かばわれるたび、小倶那は情けなくてならなかった。皇子ならば、それはうなずける。命を投げだしてもお守りするべき人だ。あるいは明姫ならば。しかし、この自分にそうされるだけの価値がどこにある、と小倶那は自問してしまうのだ。丈(たけ)高く抜すぐれた武人一人と引きかえにするだけの、何があるというのだ。

(ぼくはなんのためにここにいるんだ。役に立つどころか、負担になる一方じゃないか……)

七掬に一度その気持ちを言ってみたが、七掬は気にするな、と言うのみだった。

「おぬしの考えることではない。気にするな。皇子がご命令をくだされるのを待てばいい」

さらに追手がかかった。一人が勇敢に踏みとどまってあとの者を逃がし、彼らはなんとか逃れることができた。とどまった一人は、ついに合流してはこなかった。残照の中で疲れきった互いの顔を見あわせたとき、そこに残っている者はすでに五人きりになっていた。皇子、明姫、小俱那、七掬、そして宮戸彦(みやどひこ)という従者、それだけだった。そして翌朝、明姫はとうとう一歩も歩くことができなくなってしまった。姫は気丈に不平ももらさずつき従ってきたが、すでに消耗しきっていたのだ。

「わたくしをここにおいて、あなたがたは先へ進んでください。足手まといにだけはなりたくないのです。大事なのは皇子様を三野へお連れすること。どうか行ってください」

姫の言葉を聞いて、皇子は心配のあまり顔をゆがめながらやってきた。

「姫、ここに及んであきらめてしまうことなど許しませんよ」

きびしい口調で皇子は言った。しかし明姫は、決してくじけているわけではなかった。気力を保って背筋(せすじ)をのばし、明るい瞳で皇子を見つめて言った。

「もちろんですとも、あきらめたりしません。わたくしはあなたとの明日を信じています。ここに残ったとしても、生きのびてみせます。だれにも見つからずに隠れひそんで、皇子様が援軍を得て助けに来てくださるまで待っていますわ。死を考えたりはしません。死んですむものなら、わたくしは、とうの昔に命を絶っていたはずですわ」

皇子はほほえんでいる明姫の少女のようなかれんな顔を見つめた。

「あなたのその強さは、いったいどこからくるのですか……」

彼がうめくように言うと、姫は手をさしのべた。

「あなたからです。皇子様、あなたが力をくださったのよ。わたくしはもう、どんなこともこわくはない。どんなひどいことにも耐えられます。あなたが救いに来てくださったのですもの」

大碓皇子は長いあいだためらっていたが、やがて七掬を呼びだして言った。

「……許せ、それがどれほど不利になろうと、わたしは姫を置いていくことができない。姫がともにいなくては意味がないのだ。腕の長さより遠くへはやらないと、誓ったのだ」

「わかっております」

うなずいて七掬は言った。

「隠れがを捜して、一日二日、姫のご容態を見ましょう。それでもだめでしたら、七掬がおぶってでもお連れします」

七掬はさらに少し登った山の斜面に、大人がかろうじて立って入れるほどの横穴を見つけてきて、みなを案内した。洞穴のまわりには寄せ集めたように岩がころがって入り口を隠しており、まるでだれかが意図してそうしたかのようだった。七掬は小俱那に、昔はこうした岩屋に住まう人々もめずらしくはなかったのだと語り、手伝わせてさらに石を積み、防壁をこしらえた。

穴の中は思ったより乾いており、古くなってにおいさえしない獣のふん以外には何もなかった。きれいな枯れ草を厚くしいて布を広げ、寝床をこしらえると、明姫はそれだけでたいそう喜んだ。もう何日も寝床らしい寝床には横になれなかったのである。

あとの問題は食料と水だった。彼らがたずさえてきた乾飯（かれいい）はもうほとんどなくなっていた。七掬はそれらの調達に出かけ、宮戸彦は、危険を覚悟で大王の兵の動向を探りに行った。小倶那は皇子と交代で見はりに立ちながら、動くことのできない不安と焦燥をかみしめていた。

動いてさえいれば、わずかな一歩でも三野へ近づくのだと思っていられる。だが、この見知らぬ場所にじっとひそみ、敵に発見されるのを今か今かと待ちうけることは、気のめいる、重苦しい行為だった。いやほどたっぷり考える時間があり、小倶那の心をさいなんだ。小倶那にはすでに自分たちがどのあたりの山中に迷いこんでいるのか見当もつかなくなっていたが、三野がまだ遠いことは、草木を見てだいたいわかった。植相も空気の香りも、思い出にある三野とはまだまだほど遠い。七掬も皇子も、ひと言も弱音（よわね）は吐かないが、彼は早くも自分たちが無事久々里（くくり）へ着けるかどうか疑いはじめていた。

（行き着くことができるにしても、ここにいる全員は無理だ）

相応の教育を受けたものとして、小倶那は考えた。

（失ってはならない人物の第一は皇子、そして明姫、そして七掬――七掬ならお二人を案内し、無事に久々里までお守りすることができる）

小倶那は青くはるかな空を仰いだ。空と雲の色だけは、どこにいようと同じだ。三野へ帰りたい――その思いと、彼が今切実に感じている義務とは相反するものだった。だが、どちらかを選ぶこととなれば、自分の望みは殺された。小倶那はそう教えられ、そう育ってきた。彼をかばって死んでいった、皇子の側近の人々の顔が目に浮かぶ……彼らにだって、会いたいと願う身内はいたはずだ。なのに彼らが当然のような顔で死んでいった以上、小倶那にもそれができないはずはないのだった。

（ぼくは、みんなを久々里までたどり着かせなくてはならない。そうでなくては、ここにいる意味が最後まで見つけられなくなってしまう。まほろばまで来て学んだ理由がわからなくなってしまう。強くなるためにぼくは来た。強く――動じない人間にならなくてはいけない）

雲の合間に、遠子の面影が飛びはねた。笑っているかと思えば、思いきりぷんぷん怒ってもいたが、どの遠子も十二歳のときのままだった。あの日のままの遠子は、もうどこにもいるはずはないのにと、小倶那は自分に言いきかせた。

七掬が山の木の実を集めてもどってきた。煙を上げるのは危険すぎるので煮炊きをすることができない、と残念そうだ。明姫は健康な食欲をなくしているようだったが、七掬がいろいろな木の実を念入りな説明つきでひとつひとつ手渡すので、おもしろがって口に運んだ。どんな窮地にあっても、七掬の食べること、人に食べさせることへの熱意はおとろえないと見えて、小倶那はいつにもまして彼が好きだと思った。

しばらくして、宮戸彦も偵察から帰ってきた。宮戸彦は思いもかけぬよい知らせをたずさえてきて、待っていた人の愁眉(しゅうび)を一度に開かせた。皇子の援軍が、乃穂野(のほの)まで南下してきているという。乃穂野は峠を越えれば間もない土地だ。七掬はすぐさま棒きれで地面に地形の略図を描きはじめ、あとの者はそれをかこんで見入った。

「われわれはこのあたりにおります。峠さえ無事に越えれば、乃穂野へはここから一日かかりますまい」

皇子は久々に勢いづいて言った。

「峠のひとつくらい、なんとしてでも越えてみせるぞ。天はわたしに味方している。このまま突破しよう。姫にも残るとは言わせませんよ」

明姫もうなずいた。

「もう少しがんばります。歩けそうな気がしてきましたから」

寿々香に関が設けられていることはだれも承知していたが、大碓皇子のはつらつとした声は理屈でなく人々を奮い立たせるものをもっていた。このままの勢いで死力を尽くせば、どんなことも可能な気がしてきた。だが、みんなが決意を固めたそのときだった。とつぜん七掬がはっとすると、弓をつかんで入り口へ走り寄った。そして岩陰から向こうをすかし見ていたが、ふりむくと、抑揚のない声で言った。

「見つけられた。宮戸彦、おぬし、つけられたようだな」

顔色を変えて宮戸彦も立ち上がり、七掬と並んで外をうかがった。今は小倶那たちにも、恐れていたざわめきが聞こえてきた。犬のほえる声、あっちだと叫ぶ人の声、小枝をはらう音——

「申しわけありません。わたしの責任です。ここでわたしがやつらをくいとめますから、そのすきにお逃げください」

しっかりした声で宮戸彦は言い、あるだけの矢のつまった矢筒を背負った。

「おぬし一人で立ちむかう気か」

皇子が、無理だと言おうとしたとき、さっと小倶那が進み出た。

「ぼくが残ります。お逃げください、皇子」

答えを待たずに小倶那は続けた。

「ぼくに影としてのつとめをお申しつけください。身がわりを命じてください。以前に皇子は、ぼくを奥の手だとおっしゃいました。今がそれを使うときです。皇子が捕えられたといつわりの報せが流れれば、峠の道の警戒もゆるむでしょう。ほかにはもう、手段がありません」

　皇子はまじまじと小倶那を見た。彼は悲壮に申し出ているのではなく、かえって淡々と、おだやかな口調だった。そのため皇子は、小倶那が本当に自分の言っていることがわかっているのかと疑ったのである。

「おぬし、それでよいのか。都へもどればどうなるか、知っているのか」

　小倶那はうなずいた。

「御影人(みかげびと)としてぼくは呼ばれました。そのために学ばせてもらいました。今お役に立たなくては、ご恩を返すことができません」

　皇子は自分とそっくりな、しかしまだ少し幼さの残る顔を見つめた。これから、というものをまだ多くもっている顔だ。しかしその瞳には不思議なほどためらいがなかった――悔いも怯えも、これほどなくてよいのかと皇子が思うほどに。

「このようなことのために呼んだのではなかった……だが、よく言ってくれた」

　大碓皇子は心を決し、いつも身につけているヒスイの首飾りをはずして小倶那に渡した。輝(かぐ)の神のしるしのある黄金(こがね)の腕輪もとって与えた。額に巻いていた青い絹帯を最後に渡しながら、皇子は言った。

「おぬしのことは忘れない。小碓(おうす)――わたしの弟」

「ありがとうございます」小倶那は答えた。

弟、という一語は胸に熱いほどうれしかった。だが、それ以上言葉を交わす余裕はもうなかった。大王の兵はすぐそこまで迫ってきていた。別れを告げることもできず、明姫は悲痛な思いをまなざしにこめ、七掬の背中から小倶那を見た。七掬のほうは、口もきけないほど怒っているという顔をしていた。大王の兵をにらみ殺せるものなら殺しそうだ。宮戸彦と小倶那が威嚇の矢を放つあいだに、三人は横手の小穴から外へ逃れて行った。七掬がもしもの場合のためにと木の枝で隠しておいた横穴だった。

大王の兵は二十名は下らない数と見えたが、こちらの人数を警戒して遠まきに矢を射かけてくる。岩が盾になるので、小倶那たちのほうが有利だった——少なくとも矢が尽きるまでは。しかし彼らは皇子たちが充分遠くまで行くまでの間さえもたせればいいので、あとは考えずに矢つぎ早に射続けた。

「百人もいるように見せかけてやろう」

小倶那が宮戸彦に声をかけると、宮戸彦もなかなかしたたかな笑顔を見せた。

「大きく出たな。それこそ皇子がおっしゃりそうなことだ」

宮戸彦もまた、かなりの射手だった。さすがは七掬から推奨を受けるだけのことはある。彼らはさんざんに射て、たった二名にしてはよく敵をおびやかした。相手の兵は、こちらの矢がなくなるまで囲みを縮めることができなかったのである。しかし、ついに最後の一本まで射尽くした。小倶那たちは再び顔を見交わした。

「皇子なら、こういうときに踏みこまれるのを待つのは、性にあわないとお考えになるだろうね」

小倶那が言うと、宮戸彦はうなずいた。

「そうだな。おぬしもそうか？」

「そうでもないけれど、なるべく多くの人間に皇子がいると思ってもらいたいから、うって出るよ」

「そうか。それならおれも続こう」

気軽な調子で宮戸彦は言い、剣をぬいた。

「あんなへっぴり腰のやつらは逃げちらさせるぞ。しばらくは遊んでやったが、そろそろわれらも囲みを破っておさらばだ」

小倶那はほほえんだ。このときまで宮戸彦とはあまり話を交わしたことがなかったが、ふいに強く親しみを感じたのだ。それは死を覚悟した同士の仲間意識だったかもしれない。二人は弓を捨てると剣を手に、岩をけって一気に盾の外へ躍りでた。全速力で向かう行く手の木立のあちこちから、わきだすような無数の敵兵の姿が目に入る。恐さはなく、頭のどこかが突きぬけたように冴えきって、人々の動きが異常なほどあざやかに感じられる。前と同じだ、と小倶那は思った。自分には斬れるだろう。本当に二人は囲みを破ることだってできるかもしれない――

もちろんそれは無理だと、一方で知ってはいた。だが、最後までそう思って戦うのが、戦いというものだという気がした。

（さよなら、遠子）

ふりかざす刃と化す前に残った最後の意識で、小倶那はそれだけを思った。

5

体中が痛んで、小倶那は目をさました。

痛い——ということは、まだ生きているということだ。宮戸彦はどこにいるのだろうと彼はぼんやり考えた。宮戸彦の足音と息づかいを聞きもらすまいとしながら、走ったはずだった。耳の奥にはまだ殺伐としたざわめきが聞こえる。人の叫び、剣のきしみ、「皇子だ」「のがすな」という言葉のはしばし……。そして剣をふるう自分のきき腕にきらめく黄金の腕輪のあざやかさが目によみがえった。その輝きがひときわ強烈に目を刺したとき、ぴくりとして小倶那はわれに返った。

彼は後ろ手にしばられ、床に顔をつけて、ひどく不自然な姿勢で横たわっていた。高い小窓から射しこんだ日の光が顔の上にあたっている。いつのまに捕えられたのだろうと小倶那は少々驚き、それからようやく全部を思い出した。

彼ら二人は鬼神のように囲みに向かって突撃し、しばらくは敵を尻ごみさせるほど勇猛に剣をふるったが、最後は実にあっさりつかまってしまったのだった。通りすぎる木立の上から、投げ網を投げた者がいたのだ。斬り死にしてもよいという覚悟で向かったものだから、この顚末は屈辱以外のなにものでもなかった。

小倶那を首尾よく生け捕りにすることを得た大王の兵士たちは、彼の腕から黄金の腕輪をぬきとると、麻なわでがんじがらめにしばりあげた。そしてここ、まほろばの宮へ護送するあいだ一度もほどいてはくれなかった――誇り高い皇子が、自害することをあやぶんだのだ。おかげで道々はひどく苦しく、苦痛ばかりで、思い返してもほかのことは夢うつつであるほどだった。倉へ放りこまれたときには、これでもうすぐ何もかも終わりにできると思ってほっとしたくらいだ。

それが昨晩のできごとだった。疲れはてていた小倶那は、こんな状況のもとでも眠りこんでいたのだった。

（皇子たちは、無事に逃れられたろうか……）

まぶしい日光から逃れようと試みながら、小倶那は思った。体がこわばってしまっていて、向きを変えることさえ楽にはできなかった。思わずため息をもらしながら、それでも、こうしてつかまることが一番計画どおりだったのだ、と自分をなぐさめた。大王の兵士が彼を皇子と信じて都へもどったことが、あとの三人に最大の機会をもたらしたことはまちがいない。七掬（ななつか）がこれに乗（じょう）じないはずはなく、彼らは今ごろ、峠の向こうの仲間たちに囲まれていることだろう。小倶那の命もむだであったわけではない。満足していいはずだ——

　どのくらいたってからかわからなかったが、やがて扉の向こうに足音が鳴り、かんぬきが大きな音で引きぬかれた。入ってきたのは、矛（ほこ）を持ったいかつい兵士二人だった。小倶那はぼんやりしており、ひとごとのように彼らを見つめていたが、兵士は小倶那をひどく乱暴に引きおこした。ここにいるのが皇子でないことを、彼らはすでに知っていた。もっとも、宮の内部の者に出会えば、小倶那の幼さがすぐにばれてしまうことはわかりきっていた。

「立て。大王様（おおきみさま）がじきじきにきさまを検分なさるとおっしゃられたのだ。しっかり歩かないとぶちのめすぞ」

　優しいはげましとともに、兵士たちは小倶那を矛の柄（え）でこづきつつ倉から追いたてた。小倶那もまっすぐ歩くつもりなのだが、どうしてもふらふらするのだ。それでもひと打ちくらうと、かなり頭がはっきりし、顔も上げて歩けるようになった。まほろばの大王の顔をじかに見ることは、長いあいだの畏（おそ）れでもあり念願でもあった。まさかこんな形で果たされることになろうとは思ってもみなかったが、最後にひと目おがんでおくのも悪くないのではないだろうか。小倶那はそう思って気力をふるいおこすことにした。

小俱那が歩かされているのは、すでに大王の寝所の敷地内であるようだった。高い板垣が張りめぐらされ、しんと静まりかえっている。垣も柱も建物も、みな巨大なので、あいだにはさまれた自分が小さく縮んでいくような気にさせられた。建物と建物の細い谷間を、彼らは通って行った。表でもなく裏でもない、大王の密命を受けた者だけが足を運ぶ、迷路のような道だった。

やがて目の前が開けると、どことも知れない、四方を囲まれた小さな中庭に来ていた。

大きなひさしのかかった高床の殿の張り出しに座る大王の姿がある。立ちあう人数がそれほど多くないところを見ると、これは公の尋問ではないらしい。とるにたらない、そのまま殺してかまわない捕虜ではあるが、大王が気まぐれな興味で引き出させたのだろうか、と小俱那は考えた。小俱那のほうにも興味はあった。名ばかりとどろき、彼にさまざまな感情を抱かせながら、ついぞ目にすることはなかった人——大王。

その人は、彫像のような無関心の中にかすかに皮肉めいた色を見せて座っていた。背が高いことは堂々たる肩つきからもうかがえる。全身を覆ったヒスイの緑の衣は、黒々とした髪やひげをきわだたせ、少しの老いも感じさせないが、その顔には若さもまたなかった。瞳の色は、わずかな喜びや哀れみにはとうてい動きそうにない。冷酷と言いかえることもできる。

だが、秀でた額にうかがえるのはまぎれもない英知であり、どんなに否定的に見ても、大王がぬきん出た人物であることは認めずにはいられなかった。恐ろしい気のかたまりが大王から放射しており、ちくちくと肌を刺すのが小倶那にもわかる。

(これが大王――皇子の父である人)

小倶那を引きすえた二人の兵士は、自分たちが深々と頭を下げているあいだに、早くも彼が頭を上げて見つめていたことを知ると、憤然としてまたなぐりつけた。だが、大王は小倶那のその態度を不敵ととったらしく、合図して兵士たちを下がらすと口を開いた。

「大碓はできのよい影を仕込んでいたものだな。これではよく知らぬ者どもが見誤るのもうなずける。あやつの才覚を、わしも甘く見ていたようだ」

その声にはどこかしら皇子と共通するものがあった。話したときの口もとの微妙な影も似ている。どうあっても親子なのだ。しかし小倶那は、自分までもがこの人に似ているとはとても考えられない、と思った。

「そちがにせであることはすでに周知のことだ。皇子を騙った罪は重いぞ。だが、すなおに申せばいくらか免じてやらぬこともない。大碓はどれだけの勢力を味方につけた。拠点の数は、その顔ぶれは?」

小倶那は答えることができなかった。たとえ答えたいと思ったとしても、彼には知らされていない。

大王はさらに詰問した。

「大碓と明姫はどこへ向かった。三野へか。三野のどこへか」

この問いには、何があっても答えるわけにはいかなかった。自分がなんのために望みをあきらめてまで残ったのか、わからなくなってしまう。小倶那がだまり続けていると、突然焼けつくような痛みが肩から背中に走った。後ろに立った男が、竹のむちのようなもので彼を打ちすえたのだった。

「このふとどき者、陛下がお問いになっておられるのだぞ。答えぬことなどは許されん」

小倶那もたしかに、すまない気がした。大王の声を聞くと、この人を無視などできない、それほど傲慢な者が存在してはならないと思わされるのだ。だが、小倶那はもう半分存在をやめた者——あばかれた影なのだった。だから、このまま口をわることなく消えなくてはならなかった。怒り狂った男のむちは容赦なくふりそそぎ、小倶那はしっかりひざをついていたつもりが、いつのまにか倒れていた。目のかすみをけんめいにまばたいてはらうと、大王の姿がななめに傾いで映った。

「そちは名をなんと申す」

ふいに大王は親身と言えなくもない調子でたずねた。どんな意図があったかは知らないが、小倶那は答えてもかまわない問いがきたことで、しんからありがたく思った。ひと言くらいはこの人に言葉を返しておきたかったのだ。

「……皇子は小碓とお呼びになりました」

「大碓はそちをどこで見つけたのだ？」

もうろうとした頭にはじめて皇子と出会った日のことが浮かび、小倶那は笑ってみたくなったが、今の状態では無理というものだった。答える声さえ、とぎれとぎれのあえぎといくらも変わらないものしか出せなかった。

「池の……池の堤で」

大王の座席の隣に、いつのまにか女の人が来て立っていることに、小倶那は今はじめて気がついた。大王と同じか、それ以上に強いまなざしで、小倶那のようすを食いいるように見ている。若くはないが美しい女性。宝石や黄金のたぐいをいっさいつけていないので妃には見えないが、身の内からの高貴さで輝くような人だ。額にしめた帯は白く、唯一の装身具は、胸から下げた丸い青銅の鏡である。その神聖さを思ったとき、小倶那にはわかった――百襲姫だ。五瀬の宮から来た大王の御妹姫。

（この前見た輿に乗っていたのはあの人か……）

大王ばかりでなく巫女姫までも目にしたことで、小倶那は漠然と満足した気がした。

遠子は守の大巫女のことをすごみのある描写で語っていたものだが、輝の神の巫女姫は、稲日姫などよりよほどすっきりと美しい。だが、貫くようなまなざしの力は尋常ではなく、見返すと冷たい炎に包まれるような気がした。なぜそのように見つめているのかはわからない――おもしろがっているのか、あわれんでいるのか。実のところ小倶那には、もう考える力もほとんど残っていなかったのだった。打たれた傷が燃え、まわりの音が遠ざかったり近づいたりした。

やがて薄暗い意識の中で、彼は再び呼ばれた兵士たちにその場から連れだされるのがわかった。倉へもどされたのだが、少ししただけで、またもひっぱりだされた。小倶那はもう歩けなくなっていたので、麻袋のようにかつがれていき、輿に似ていなくもないものに押しこめられた。少し遠くまで運ばれるらしい。刑場なら、どこにあるのだろう、と思いはしたが、もうどうでもよくなっていた。ゆすりあげられて気分がひどく悪い。これさえすめば苦痛から解放されるのだと思いつつ、吐き気と闘っているうちに、小倶那は何もわからなくなっていた。

夢を次々と見た。どれも断片ばかりで脈絡のないものだった。小倶那は河の岸辺に立って、葦舟に乗った卵が流れてくるのを見ていた。かと思うと、空いっぱいにとぐろを巻いた蛇から逃げようと、大声で泣きながら駆けていた。大碓皇子が彼の目をのぞきこんで言う――「おぬし、それでよいのか」

そうかと思うと、小倶那は煮えたぎる湯の中におぼれてもがいていた。遠子がおぼれていて助けなくてはならないのだが、彼の手足は鉛のようで動かない。七掬(ななつか)が怒ったような目をして去って行った。だれもが小倶那のもとを去って行った。それは彼が望んでしたことなのだが、暗闇に一人とり残されると胸がつぶれそうになった。そこは墓だった。

「でも、よみがえったのでしょう」と、明姫が言った。

「いいや」と、皇子が答えた。

空の上で、まだ小さい遠子が笑いながら手まねきをする。ごっこ遊びをするつもりなんだな、と小さい小倶那は考えた。遠子は白鳥のまねをするつもりなんだ――

だれかが彼の額の汗を、優しい手つきでふいてくれた。これには覚えがある。はしかにかかって寝こんだときに、真刀野(まとの)がしてくれたことだ。

「かあさま?」

暗くてわからないながら小倶那はたずねた。

「そうですよ」

あたたかい声が返ってきた。なあんだ、ここははなれの部屋だと思い、小倶那は自分はいったいどこへ行っていたのだろうといぶかった。ずっとかあさまに会わなかったではないか。しかも、遠子も隣に寝ているはずだった。二人はいっしょにはしかにかかったのだから——

（そうだ、いやな夢を見たんだ。空に蛇がとぐろを巻いている夢）

小倶那はそれを真刀野に語りたかったが、どうしても言えなかった。この世には決して口にすることができないこともあるのだ。そうするうちに高熱は小倶那をさらに別の夢に引きずりこんでいき、真刀野の手もまた感じられなくなった。


そこは里長（さとおさ）のやしきのはなれではなかった。明るくさっぱりとしてきれいではあったが、まったく見覚えのない小部屋だった。小倶那は今度こそはっきり目ざめており、今までの経過も思い出し、現実だとわかるだけに、夢の中にいる以上に混乱してしまった。自分が知らない清潔なふとんに病人らしく寝かされているわけが、なんとしてもわからない。枕もとには水桶があり、夢に見た真刀野のようにそこに座っている女の人がいることも、困惑をいっそうひどくさせた。

「あなた、だれですか」

小倶那はたずねたが、のどが長いこと使っていないようにかすれてしまっていた。だが女性が注意を向けたので、もう少し声らしい声で言いなおした。

「ここ、どこですか」

「ここは別建ての外殿(そとどの)です。あなたは男ですので、垣の内へお連れするわけにはいきません」

目の細い、二十歳くらいのその女性はさらにわからないことを言った。小倶那が理解に苦しんでいると、彼女は言葉を続けた。

「わたくしは斎(いつき)のおんかたのそば近く仕える者です。おかた様からあなたの看病をおおせつかりました」

小倶那はわれ知らず飛び起きようとしていた。そんな機敏な動作はできないことがすぐ思い知らされたが、ともかくなんとか体を起こしはした。

「ここは――宮――ではありませんよね?」

「宮ですとも、五瀬(いつせ)の神の宮ですわ。それすらも覚えておられないのですか」

何を言っているといわんばかりに、その若い巫女は言った。

「あなたを人目につかぬよう五瀬までお連れするには、それは苦労をしました。あなたはほとんどだれかれの区別もつかない状態でしたから」

小倶那は絶句して言葉がつげなかった。五瀬! 本当に夢からさめたかどうかが、やっぱりあやしくなってくる。だが、広く開け放った格子つきの窓から、外の景色が小倶那のいるところからも目に入った。庭はなく、いきなりシイやカシの森の斜面が迫っている。木もれ日の色も風の香りも、清らかな秋の深山(みやま)のものだった。

「……ぼくを助けてくれたのはどうしてですか？」

やっと思い至って、けげんそうに小倶那はたずねた。まだうれしいと思うほどの実感がわかず、ひたすら不思議だった。

「それはおかた様がいらしたらおたずねください。何度もあなたの具合を見におでましでしたから、あなたが目ざめたことをお知らせすれば、さぞお喜びでしょう」

急に小倶那は落ちつかなくなった。百襲姫の貫くまなざしを思い出したのだ。側仕えの巫女が行ってしまうと、このすきにどこかへ逃げだせないかとまで思った。大王の御妹姫が、謀反の片棒をかついで皇子を騙った彼になんの用がある。小倶那は苦痛を恐れてはいないつもりだったが、やはり、もうたくさんだという気はした。

傷はまだ完全には癒えておらず、体力はひどく弱ってしまっている。逃げだすどころか、起きるのがやっとだった。自分を赤子のようにたよりなく感じ、心細さが胸をかむのは、ここしばらく忘れていた感覚だ。この知らない場所には味方も、心の支えとなるなにものもない。虚勢を張ることにももう疲れた。まるで夢の洪水が洗い流してしまったように、小倶那は赤はだかだった。明るい陽射しさえ、肌に冷たくよそよそしく感じられる。

やがて数人がやって来るらしく廊下の床板がきしみはじめた。いくつもの衣ずれの音。そのするすると聞こえる音は、どこか蛇の草をこする音に通じ、小倶那を縮みあがらせた。彼は、はってでも奥の壁に身を寄せたい衝動を必死でおさえた――それをやってはあまりにも見苦しすぎる。

そして戸がからりと開き、斎の宮は小倶那の部屋に現れた。純白の上衣に緋の裳をはき、大王のひさしのもとで見かけたときと同じに、輝くような威厳がある。後ろには侍女が何人もつき従っていたが、歩み入ってきたのは百襲姫ただ一人だった。戸はその背でもとのごとくにすばやく閉まった。

「一時はどうなるかと思ったことがあったが、祈りのかいあってか回復したようだね」

大王の妹姫は、ふとんの上に起きなおっただけの姿勢でいる小倶那に、高みから声をかけた。はじめて聞くその声は、女性にしては低く豊かだったが、思いのほかやわらかく、威丈高ではなかった。

「そなた……小碓と名のっていたが、三野者であろう？　大碓皇子はかつて三野へ池と宮とを造りに行っていた」

目をあわせないようにしながら、小倶那はうなずいた。今さら隠すことでもない。

「そなたの両親はだれじゃ。そなたはもしや、親の顔を知らぬ子ではないか？」

同じようにして、また彼はうなずいた。すると百襲姫はいきなり近づいてきて、小倶那のすぐかたわらにひざを折ったので、緊張しきっていた小倶那は驚いて飛び上がりそうになった。思わず姫の顔を見上げてしまうと、間近に見るその人は、決してきつい表情をしてはいなかった。それどころか瞳をうるませ、悲しげでさえある。目もと口もとに刻まれた小さなしわも、悲哀や心労を知っている普通の女の人のものだった。小倶那は、姫がそういう顔をもっていたことに何か胸を打たれた。百襲姫の肩に豊かにかかる櫛目のとおった髪筋からは、女性のなごやかな香りがする。

「そなたはもしや——そなたはもしや、河に捨てられていたのではなかったか？　葦舟に乗せられて流れていたのでは」

「どうしてそれをご存じなのです」

たまらずに小倶那は口を切った。あまりに不思議だ。まっ先に考えたのは、この人も守の大巫女のように占をするのではないかということだった。

「皇子がお話ししたとも思えませんが……」

「だれから聞いたのでもない。それにだれに言ったこともない。十六年間わらわ一人の胸におさめ、思いこらしてきたことじゃ。でも、そなたのその顔、ああ、その顔、まちがえることなどない。そなたはわらわの子だよ。十六年前三野のはずれで産み落とし、生まれて数日でこの手からもぎとられたわらわの子じゃ」

声のふるえとともに百襲姫の瞳に涙があふれ、彼女はこらえきれなくなったように小倶那を両腕で抱き寄せ、ほおに押しあてた。

「そなたを失って、どんなに心を痛めたことか。どんなにもう一度そなたを腕に抱きたかったことか。ただ一人のいとしい、いとしい子。再びめぐり会うことができたとは、なんということだろう。もう生きてはいないとあきらめていた。だれにもうち明けることのできなかったこの母の苦しさがどんなものだったかは、そなたにも思いもよらないだろうね」

小倶那にとって、それは天が落ちたような衝撃のできごとだった。白い光の爆発を見る思いでぼうぜんと百襲姫の言葉を聞き、ぼうぜんと抱きしめられていた。母と名のる人が現れることを、ひそかに夢見たことがないといえば嘘だった。だがよりによってこんな状況で、こんなところで出会うとは。それに、あろうことか彼女は大王の妹姫で、斎(いつき)の宮ではないか。いったいどういうことなのだ……

しかし、疑問がうずまきながらも、小倶那は百襲姫の香りに包まれ、その涙を顔に感じていると、自分が心の奥底深くしまいこんでいたものにゆさぶりがかかるのがわかった。百襲姫が——この見るからに誇り高く気品ある人が、はばかりもなく泣きむせんでいることも、胸に迫るものがある。このようなこと以外でこの人が、泣きくずれることなどあるのだろうか。そして自分は、これほど人に泣いてもらったことがあるだろうか……

「どうか、もう泣かないでください」

小さな声で小倶那は言った。

「ぼくがあなたの子だとおっしゃるなら、教えてください。どうしてぼくは捨てられたのです?」

問いを口にしたとき、小倶那はふるえた。これほど古く、これほど生とともにあった問いを、だれかに向かって発するときが来ようとは思っていなかった。

「そなたは神からの授かり子だった。なのに、わらわが斎(いつき)の宮であるために、人々は子を産むことを許そうとはしなかったのだよ。そなたを産むことこそが神に仕える正しい道であることがわかるのは、わらわ一人だった。それでわらわは決意をし、まほろばの宮を出てほうぼう逃れ歩いたのだよ。つらく険しい旅だったが、おなかのそなたは無事にすくすく大きくなってくれた。三野まで行ったときについに臨月となり、人知れぬ河原の荒れ地に産屋を作って、わらわはそなたを産み落とした。

玉のような赤子であったよ、そなたは。どんなにうれしかったことか。だが、侍女の裏切りにわらわは気づかなかったのじゃ。彼女はらちもないことを耳に吹きこまれていたのに。わらわが寝入っているすきに、彼女はそなたをとりあげ、河に――流してしまったのだよ。最初あの女は、そなたを河に沈めたと嘘をついた。しかし、わらわが狂ったようになって河に入って行き、亡骸(なきがら)でもよいからとりもどそうと河床をさらいはじめると、わらわが死んでしまうと思ったのだろう、泣いて許しを乞い、本当は殺すにしのびず舟に乗せて流したのだとうち明けた。

わらわは実際、死にそうになったのだよ。力も望みも尽き果てていた。けれども、こうして生きのびてよかった。生きて出会える日を信じていてよかったのだね。一度でよいから呼ばれてみたかった——母上と。どうぞ、そなたのその声で呼んでおくれ。お願いだから」

小倶那はさからわず、言われるままに口にした。まだ舌になじまず、気づまりで尻ごみしたくなるものだったが、この人が真実の母であることは疑えなくなってきていた。しかし、小倶那にはまだひとつ、どうしても問わなくてはならない問いがあった。努力してためらいをふりきり、彼はたずねた。

「母上——それでは、ぼくの父は？　父上となる人はだれなのです」

百襲姫はようやく腕をほどき、濡れた目もとに袖口をあてた。そしてやや落ちつきをとりもどして言った。

「そなたの父は、神です。わらわは巫女だもの。神からそなたを授かったのだよ。そなたは、その身をいやしむことはない。むしろ誇りなさい。豊葦原に生きるだれよりも神に近いのが、そなたなのだから。この母もまた輝の末子の遠い血を受けている。そなたは、この地上におかすもののない高貴の生まれなのだよ」

小倶那はふと、以前に遠子がわけしりぶった顔で言ったことをよみがえらせていた。

（あたし思うの、小俱那がだれの子どもかわかってしまえば、もっとすっきりするだろうって……）

朱色の着物で元気いっぱいにはねていた遠子。小俱那は心の中で呼びかけていた。

（とうとうだれの子どもかわかったよ、遠子。けれどもぼくは、ますます自分のことがわからなくなってしまった。どうしたらいいんだ？　ぼく――ぼくの生まれは、本当にたたえられるべきなんだろうか。それとも……呪われるべきなんだろうか）

父のことを考えたくはなかった。暗いふちから飛び降りるような気がした。母もそれを考えさせないために、神の子だと言う。それならそれでもいいかもしれないと、小俱那はぼんやり考えた。

第三章　反逆者

1

「見て、ほら、的中でしょう?」

遠子(とおこ)は得意満面で叫んだ。彼女の放った矢は三本とも、見事にまっすぐ俵の的のまん中に刺さったのだった。

「なかなか筋がよろしいようですよ、姫」

衛士(えじ)の角鹿(つぬが)はまんざらおせじでもなく言った。

「よい目をおもちだ。これでもう少し強弓(つよゆみ)がひけるようであれば、りっぱに男子ともわたりあえますよ」

「この弓では、実戦は無理?」

少し鼻を折られて遠子はたずねた。

「そうですね、距離を飛ばせないでしょう」

「いいわ、わたし、それなら腕力を鍛えることにする」

決意をこめて遠子はうなずき、力こぶなどできそうもない腕をたたいてみせた。そのとき、ひさしの奥から声がとんだ。

「遠子、遠子。そこでいったい何をしているんです。ここへいらっしゃい」

「あらら。かあさまに見つかってしまった」

遠子は一瞬舌を出して角鹿を見ると、身軽に駆けてもどっていった。

「なんでもありません、かあさま。ちょっと、的を貸してもらっただけです」

けろりとした顔で言う遠子を、真刀野は眉をひそめて見た。

「いい歳をした娘が、男の人しかいない前庭へ一人でのこのこ出て行くものではありませんよ。おまけに弓をひくとはなにごとですか。だいたい、おまえのその格好は、どういうつもりなんです?」

遠子は自分のはいている、男もののはかまを見下ろした。

「あら、おまえのような大きな娘がひざを出すものではない、と言ったのはかあさまよ。でも、正式に裳をはくのは、女になった人だけでしょう?　だから遠子はかわりに、はかまをはくことにしたの――理にかなっていると思うけど?」

真刀野はなげかわしげに眉間のあたりを指でおさえた。

「まったく十六にもなって……。本家の中の姫は、とっくの昔に宮で修行をはじめなさったというのに、おまえは」

「ならないものは、かあさま、しかたがないわよ」

ほがらかに遠子は言った。

「わたしは一生、女にはならないんじゃないかしら」

真刀野はきつい口調で返した。

「とんでもないことを言わないでちょうだい。そんな恥ずかしいことになってごらんなさい、かあさまは自害してしまいますよ。おまえは橘の女なのよ。そんなことがあってよいはずはありません」

遠子は肩をすくめたくなったが、真刀野が真剣なのでやめにした。遠子とて、母を悲しませたいわけではなかった――しかし、ときどき、やりきれなくなることがある。

真刀野は声をきびしくして言った。

「お願いだから、ふるまいだけでも一族の姫らしくしてちょうだい。このところ、三野のあちらこちらも騒がしくて、多くの人がやしきに出入りをします。みなが見ているというのに、これ以上かあさまに恥をかかせないでね」

母が行ってしまうと、遠子は弓から弦をはずし、軒下の縁台に座りこんでため息をついた。

（このごろ、かあさまはとってもうるさい。まだ女になったわけではないのだから、どうして好きにさせておいてくれないんだろう）

前庭を見渡せば、多くの若者が武芸のけいこにはげんでいる。この数年のうちに、おだやかな山里だった三野は、みるみる様変わりしてしまった。温厚な気質の持ち主であり、かたわらの手なぐさみにしか弓や矛を持たなかった多くの三野の男衆が、今ではこぞって技の上達を競っている。それが、四年前さっそうと出現した大碓皇子のもたらしたものだった。彼の活力と熱気、統率力は、いち早く若い人から浸透していき、だれもが彼の恐れ知らずの姿に魅せられ、目標にしたいと思ったのである。

そして今はもはや、感化は若者ばかりが受けているのではなかった。国長の神骨彦からして皇子に敬服しきっているし、遠子の父もまた、なにがしか私財をはたいて皇子に肩入れしているらしかった。

それらをはたからながめているだけでは、あまりにつまらないと遠子は思っていた。遠子自身、早くに皇子の崇拝者となった者であり、何か――なんでもいいから――それを行為で表してみたかった。それなのに、母の真刀野のこごとは年々きびしくなるばかりなのだ。

ときには、いっそ家を出てしまいたいと思うこともあったが、出て行くところといえば守の宮くらいしか遠子には用意されていなかった。宮へ行くくらいなら真刀野の口うるささを我慢したほうがまだましである。年に数度しか訪れる人もない老いさびた森に耐えられるとは思わなかったし、三年前から巫女見習いとして入っている本家の中の姫象子と遠子は、小さいときから犬猿の仲だった。

それに――遠子が心の内になりたく思うものは、占をする巫女ではなかった。内に閉じこもるのではなく、もっと外へ出て行きたかった。できることなら、自分自身の目や手や体で、国を脅かす敵をとらえ、対決する、武人のような守人になるほうがよかった。

(手に刃を持って国を守る橘の女が一人くらいいても、いいと思うのよね……)

遠子は背をかがめ、ほおづえをついて前庭の人々をながめながら考えた。

(でも、だれもそんなことを許してはくれない。人目を盗んでちょっぴりしかできない。これでは上達なんかしやしないわ。ああ、わたしも小倶那のように都へ連れて行ってもらいたかったな)

小倶那はどうしているだろうか。弟よりも身近な分身だった彼。別れぎわに小倶那に向かって言ったとおり、遠子はずっと今でも心配し続けていた。小倶那という子は、自分の感情をうまく吐きだせないところがあって、必要以上に一人でこらえてしまう。だから遠子は、かたときも離れずにそばにいてやったのだ。彼には、よく気のつく人物がそばで見ていてやることが必要だった。

でも、と遠子は思い直した。あれから四年も年がめぐったのだ。あの小倶那も少しは変わったかもしれない……

（だれだって変わるわ。変わっていないのはわたしだけ）

遠子も背が伸び、髪が伸びてはいた。とくにその髪は、姫として切ってはならないために、今では相当長かった。遠子はじゃまにして頭の上に束ねあげてしまっていたが、それでも毛の房は背の中ほどまで下りた。好んで男の子のふるまいをしたがる遠子だったが、この髪と、少年と見るにはきゃしゃすぎる体つきのせいで、すぐに見分けがつく。本人ばかりは威勢がよくても、実のところは館のだれ一人、彼女を男の子扱いできるとは思っていなかった。

しかし、だからといって少女に見えるわけでもなかった。遠子の態度は年ごろの少女が見せる媚びにまったく欠けていたし、笑い声にもつやっぽいふくみがまるでなかった。ものおじせず、好きな人には好き、きらいな人にはきらいと言い、なんのこだわりももっていなかった。だから、人々は遠子をやんちゃな子どもを見るような目で見て、たいていのことは笑って見ぬふりをしていた。

真刀野は、館の若者たちが遠子を半分姫とは思っていないことをひどくいやがったが、遠子がそれなりにだれからも人気があることを、認めないわけではなかった。『おてんば姫』の姿を見ると里人たちはほほえみ、だれもが親しげに声をかけるのだった。

都へ行った小倶那のことは、今では上つ里のやしきでも口にのぼらせる人はまれになっていた。小倶那はもともと、だれの記憶にも強烈に焼きつくといった少年ではなかった。その後の消息もさっぱり耳にしないため、かかわりのなかった多くの者は、彼のいたことを忘れかけているようである。

だが、最後の一人が忘れたとしても、遠子が小倶那を忘れることはなかった。遠子にとっては今も、自分の名前の次に小倶那の名が体にしみこんでおり、彼が最後に言ったことは、昨日の約束のようによく覚えていた。

(小倶那だってそうに決まっている……はずなのに、どうして音沙汰がないのだろう)

つまらなそうに遠子が空を見上げたときだった。青空の下に、馬の足音が響いてきた。ただ一騎、全速でこの館をめがけてくる。坂だというのに、馬の足をゆるめようともしない。はじかれたように、遠子は立ちあがった──何かただならぬことがもちあがったのだ。

開け放っていた門から、白い泡をとばす馬が躍りこんできた。馬に乗っているのは、国長の館の衆だ。いきりたつ馬からころげ落ちるようにして降りた使者は、かけ集まった人々に囲まれると、そのまま一同なだれこむようにして里長のもとへ向かった。

遠子はそれを見とどけると、もっと分のいい席で知らせを仕入れようと奥へ駆けこんだ。

奥座敷のしきりを少しずつ引き開け、父の後ろ姿をそっとのぞきこんだときだった。人々の口からもれるつぶやきが聞こえ、遠子は思わず胸が冷たくなった。

「謀反とおっしゃったか」

「皇子がとうとう……」

「大王の追手が皇子たちを今――」

「明姫もごいっしょなのか！」

（大変だ）

口に手をあてがって遠子は思った。これは本物の大変な事態だ。退屈しのぎにおもしろがってよいことではない。

「望みはまだある。皇子たちはまだ捕えられてはおられない。急ぎ人数をそろえて救出してさしあげなくては」

里長が言うと、使者は何度もうなずいた。

「そのことでございます。神骨どのは、こちらの里で出せる人数と馬の数を知りたいと――」

さすがに父は長だった。驚いてばかりいないで、あっというまに実務の話に移った。

だが遠子はそうはいかず、頭の中に鐘を打つように反響する『謀反』という言葉にぐらぐらする思いでいた。

正しいか正しくないかにかかずらわってのことではなかった。皇子と大王のどちらが正しいかといえば、聞くまでもなく皇子に決まっている。遠子が衝撃を受けたのは、自分の大事な人たちが命を危険にさらすことになったという、その一点のみだった。そんなことがあってはならないはずなのだ――遠子の大好きな人々なのだから。

(明ねえさまがいっしょって、どういうこと？　それで小倶那は？　小倶那はいったいどうなるの。どこにいるの。だれに聞けばいいの)

叫びだしたい気分だった。しかし使者はもちろん、小倶那のことなどひと言もふれはしない。ただ、皇子の一行が寿々香(すずか)の峠を越えようとしているという情報だけを伝えた。

「上(かみ)つ里はできるかぎりのことをすると国長どのにお伝えしてくれ」

里長は言って、使者を送り出した。人々は散り、切迫した空気がやしきの内に満ちはじめた。

夜中になるまでに遠子は決心していた。彼女はこれ以上はできないというところまで胆をすえてから、真刀野の部屋をめざした。

「かあさま、わたし、里の者といっしょに寿々香へまいります。行って皇子様をお助けしてきます」

「何を言いだすの――」

　真刀野が声を上げかけるのをさえぎって、遠子はさらに口調を強めた。

「いけないと言われるのはわかっています。でも、たとえ禁じられても閉じこめられても、わたしはぬけ出して行ってしまうでしょう。だから、止められてお言葉にそむくことになるよりは、ここで許してほしいんです」

　あぜんとして真刀野は娘を見つめた。めったに人にのまれることのない彼女だったが、今、遠子を目の前にして、その瞳の光にたじろぐものを感じたのだった。

「いったい、どうしたというの。おまえがそこまでする必要がどこにあるのです」

　母に優しく言われると、遠子のはりつめた顔が少しゆがんだ。

「必要あるわ。ありますとも。皇子様のところには、小俱那がいることを忘れたの、かあさま。小俱那は大王の兵士に追われて逃げまどっているかもしれないし、もう捕まって殺されてしまったかもしれないのよ。ここにいたって、それはわかりっこないわ。だからわたしは出かけて行って、たしかめてきます」

　小俱那の名を聞かされて、真刀野も胸をつかれたようだった。彼女も気にせずにいられたわけではなかったのだ。

「遠子……小倶那はきっと、皇子様といっしょですよ。あの子は側近の一人として皇子様に見出されたのですもの」

「だったら、みんなといっしょに助けだしてくるわ」

勢いこんで遠子は言った。

「あの子は三野へ帰ってくると約束したのよ。それなのに、ちっともちっとも帰ってこないんですもの。わたし、家に座って待っているのにはもうあきました。こんな危険な事態になってしまって、ますますじっとしてなどいられないわ。こちらから会いに行くことにします。もう、ずっとそうしたいと思っていたのよ」

「小倶那は約束をしたの？」

はじめて聞いた真刀野は、思わず動揺を見せて言った。

「――それをおまえは待っていたの？」

「そうよ」

「なんて約束したの、小倶那は」

「ただ、帰ってくると言ったのよ。強くなって帰ってくる、って」

真刀野はほっとしてひそかに胸をなでおろした。

「そうなの……十二の歳の約束なら、そうでしょうね」

しかし真刀野は、遠子が娘らしくなろうとしない理由をようやく察することができたのだった。思いこみが強いのは、彼女自身も身に覚えのある一族の気質である。そうと決めこめば、女になることを拒否するくらいのことはするかもしれなかった。そう考えると真刀野は、急に娘がいじらしくなった。

「おまえのことだから、小倶那が帰るまで宮へは行かない、とでも言ったんでしょう」

　遠子は目を丸くした。

「すごいわ、かあさま。どうしてそんなことまで知っているの？」

（やれまあ、なんて子だろう……）

　真刀野はその邪気のない瞳と、子どもじみた細い体を見つめた。そしてふいに、この子のさだめもまた、三野にはないのではないかと考えた。遠子は型やぶりとなりつつある娘だが、その型やぶりを恐れてはならないのではないだろうか——

　それは直感だったが、根拠を重んじることなく直感を信じるのも橘の性だった。そのために、よく橘の女性は気まぐれであるという評判をとるのだが、このときの真刀野がまさにそれだった。ともあれ、思いこみを解かなければ遠子は女性へ踏みだそうとはしないのだ。その、さらに大きな危険性を考えれば、小倶那に会いに行くほうがまだましであるように思えた。

「わかりました」

いきなりきっぱりと真刀野は言った。

「おまえはもう大きいのだから、自分の望むところを知り、責任をとれるようになったと考えていいでしょう。決して無茶なことをしないと約束するなら、行くことを許しましょう。おとうさまにはだまっていてあげます。小倶那を見つけていらっしゃい」

遠子の顔はみるみる笑みこぼれた。

「かあさま、大好きよ。話せばわかってくれると思っていたわ」

2

「真刀野様のたってのお願いでしたので……」

上つ里組の隊長、久磁彦は、国長に呼ばれて、彼自身こまったように答えた。列の最後尾に遠子が当然のような顔をして並んでいるわけをたずねられたのである。国長も正面切って遠子には聞けずに、久磁彦と肩を並べて小声で話しあっていた。

「わしはいまだにときどき、女たちの考えることがわからん。このような戦闘に遠子をやるとは、どういうつもりなのだ。だが、わしは大巫女の血をひく者にわけをたずねたりはせんぞ。妻にもたずねんことにしておる。やはり、放っておいたほうがよいのだろうな」

「はあ。たぶん」

「よし、戦のようなものには近づけさせないよう目を配ってくれ。そうだな、明を救いだすことができたなら、あの子にも少しはしてもらうことがあるかもしれぬ」

このような会話が交わされていることも知らず、遠子は国長以下百五十名ほどの手勢とともに、意気ようようと三野を出発した。上つ里組の中には角鹿も入っていた。

彼は、真刀野が許したということを頭から信じず、いつか遠子がぽろっと本当のことを言うと思っていた。

「ここまで来れば、もうだれも引き返せとは言いませんから、教えてください。どうやってぬけ出したんです?」

遠子はきょろきょろしながら馬を進めていたが、うるさいなという顔で隣を見た。

「どうしてそんなに信用がないの。わたしが親にだまって出てくるような不孝者に見える?」

「しかし、里長どのはご存じないようでしたよ」

「かあさまがそうしろとおっしゃったのよ」

「姫……何度も言いますが、われわれはこれから皇子をお救いするために、どんな戦いをすることになるかわからないのですよ」

角鹿は声を改めて言いはじめた。

「命をかけた激戦になるかもしれません。のるかそるか――皇子をお救いできるか否かは、三野の存亡がかかる大勝負なのです。われわれの旅は物見遊山ではないのですよ」

「わたしが遊びで来ているなどとは思わないでほしいわ。わたしにとってもこれは、のるかそるかの旅なのよ」

「本当ですか？」

「もちろんよ」

「……それにしてはさっきから、お顔が笑っていますね」

あわてて遠子はあごをひきしめた。国境を越えるだけで、わくわくしてしまうのだった。ちょっとした木や草でさえめずらしいものに見えてしまう。

「同じ遠くへ行くのなら、のちのためにいろいろなものを見学しておいて悪くはないでしょう……。ねえ、このまま河口まで下ったら、もしかすると海が見えるのかしら。ねえ、海が見えると思う？」

「……そういうのを物見遊山というのです」

角鹿はがっくりして答えた。

三野の一行は、大王の兵の先鋒を気にしながら海沿いの道を南下したが、幸い兵には出くわさなかった。彼らはやがて西に折れ、山地へ踏みこんだ。まほろばとのあいだを屛風のようにへだてる、高い尾根をもつ山々が面前に連なる。その一番高い山々の一端が、寿々香の峠だった。一刻を争う彼らは日に夜をついで進み、さすがの遠子もまわりに見とれる余裕はなくなっていった。道は険しく、馬を降りて歩くこともふえていた。

山深い谷間にも、ほんのいくつかは集落があった。そのような民家を通りすぎるたびに久磁彦は、そこにとどまって帰りを待つように遠子にすすめ、遠子はそのつど、がんとしてことわった。だが、道はさらにきびしく、人々の緊張の度合いはさらに高まっていった。とうとう乃穂野までやってきたとき、久磁彦は今度こそ一歩も引かない気がまえをあらわに、遠子に言った。

「ここから先へはなんとしてもお連れできません。大王の兵はもう目と鼻の先にいるでしょう。ぶつかれば即、矢の応酬となります。角鹿を残しますから、姫はこの場をお動きなさいますな」

遠子は、彼の額の青筋の立ちぐあいと自分の体力との両方に限度を見てとっていたので、もうさからわないことにした。

「わかりました、待ちます。あなたがたはこれからどうするの？」

「本道を避けて北側の斜面から、寿々香をめざします。では、お気をつけて。後方に残ったからとて油断あそばすな。角鹿、姫様をたのむぞ。しっかりお守(まも)りしろよ」

隊長が行ってしまうと、遠子はくたくたと木の切り株に座りこんだ。

「いたた……足が……」

「強情でしたね、遠子どのは」

角鹿がふりかえってちらと笑った。

「心の底ではだれも、姫がここまで来られるとは思っていなかったでしょうよ」

「ひとをばかにしているのね」

「いいえ、えらいと見上げておりますよ」

遠子は角鹿を見つめた。何かと遠子と口をきいていたために、とうとうおもり役を押しつけられてしまった彼。血の騒ぐ若者であるなら、どたん場でとり残されることになってしまったのを、残念に思わないはずはない。角鹿は、久磁彦たちが消えて行ったやぶの先をいつまでもながめていた。遠子は、自分はともかく角鹿に気の毒なことをしてしまったと考えた。

しばらくその切り株で休んでから、遠子はまるで散歩に誘うように言った。

「ねえ、角鹿、わたしたちだけで行かない?」

角鹿は間(ま)のぬけた声で答えた。

「はあ、どちらへ？」

「寿々香へ。本道を行くの。本道なら少しは楽だし、女の子がたった一人連れを連れて歩いていても、兵士たちは見向きもしないわよ」

「とんでもない」

たちまち角鹿は仰天した。

「どこをどうしたらそういう考えが出てくるんです。隊長には、ここで待つとおっしゃったじゃありませんか」

「こんなに苦労してここまで来て、待つの？　それなら三野で待っても同じだったわよ。本道のほうがずっと早いわ。先に皇子様たちをお助けしたほうが勝ちよ。あなた、試してみる勇気もないの？」

「しかし……すぐにあやしまれて捕まるのがおちです。護衛をいつかったわたしの立場はどうなるんです」

「そうだ、変装しましょう」

手をぽんと打って、聞いていなかったように遠子は言った。

「山へ薪（たきぎ）を取りにきたこのあたりの人ということにするの。薪を背負って。わたし、変装は得意なのよ」

「姫はこのうえ、薪などを背負って歩けるおつもりですか」

「背負うのはあなたよ。その中に武器も隠せるわ。いい考えでしょう？」

結局、角鹿が押しきられた。いたずらに誘いこむことにかけての遠子の手腕には、水ぎわだったものがあり、角鹿程度に抗しきれるものではなかったのだ。さらに、こういう思いつきがあると遠子はとたんに元気になり、足の痛みも忘れるのだから始末におえなかった。

彼らは乃穂野の民家で二、三のものを交換し、角鹿は見た目にかさばるそだを山と背負い、遠子はかごをかかえて出発した。心意気も新たに二人は足を速めたが、慣れないはきものは、すでに水ぶくれのできていた足をさらにめちゃくちゃにするだろうと、ひそかに遠子は覚悟していた。

（まったく、遊びだったら、だれがこんな大変な思いをするものですか。小倶那に会おうと決めたから――必ず助けると決めたからこそよ。会えたなら文句を言ってやろう。約束を守らない小倶那がすべて悪いって）

再会したら言おうと思っている百ものことがらにつけ加えて、遠子は思った。

山道に人影はなく、二人はだれにも会わずにもくもくと進んだ。必ずぶつかると身がまえていた大王の兵にも出くわさない。山は静かで、秋の色を深め、ときおり木の葉が舞うばかりだった。最初彼らはそのことを喜んだが、だんだんにおかしいと感じはじめた。

「変ですよ……」

　ついに角鹿が言いだした。

「こんなにだれもいないはずがない。本道は兵で埋まっていると見たからこそ、仲間たちは北へまわったはずです。おかしい。撤退することなどあるのだろうか」

「大王が皇子様をお許しになって、兵を引き上げさせたということは？」

「ありえないと思いますね」

　二人が説明のつかない不安を抱きながら、さらにしばらく進んだときだった。前方に、山を下ってくる大勢の足音と人のざわめきを聞いた。兵士の一隊である。

「おいでなすった。やはりいたんだ」

「さあ早く、隠れてください。何をしているんです」

　角鹿は少しほっとしたような妙な言い方をした。

「だって、せっかく変装を……」

「冗談を言わんでください。普通の人だって、兵士を相手にしたら道をゆずりますよ」

　笹やぶの陰に身をひそめた二人の前を、矛や剣をかかえたむさくるしい兵士たちが、重い足音を立てて二列になって通りすぎて行った。ふれてこすれあう金物の耳ざわりな音が遠子たちを威圧する。しかし、彼らのようすにこれから攻撃をかけに行く殺気だったものは見られなかった。足どりはいくらか遅く、私語を交わしている者もいる。

「残党狩りはあるのか?」

「皇子さえ捕えられれば、あとは烏合(うごう)の衆だ。手柄にならんね」

「さぞ鼻高々だろうな、皇子を生け捕ったという隊は。おれたちはなんのために山の中を駆けずりまわったんだか」

「ひと目くらい顔をおがみたかったぜ」

「身柄はもう都へ向かったと」

声を立てられない遠子と角鹿は、お互いに目を見交わした。そしてそこに浮かんでいる絶望を知ってさらにおののいた——聞きまちがいではないのだ。皇子が捕えられた。

兵士の足音が去ってもしばらく、二人はその場にうずくまっていた。やがて、角鹿がのろのろと言った。

「なんてことだ……われわれがあと一歩のところまで来ていながら……」

「こんなことってないわ。そうよ、あってはならないわ」

遠子は不自然なほど大声で言った。そして、角鹿をきっと見て言った。

「あんなおろかな兵士が出まかせにしゃべったことを信じてはだめよ。敵の言うことじゃないの。わたしはまだ信じない。もっとたしかな筋から事実だと言われるまでは、信じたりするものですか」

「姫のおっしゃるのはもっともです。しかし……」

「いいから先へ行きましょう。寿々香へ行けば、答えられる人がいるはずよ。それまではもうひと言も言いっこなし。いいわね？」

角鹿はいくらかびっくりした顔で遠子を見た。それからうなずいた。

「そうですね。行きましょう」

渓流を越えてしばらくすると、再び集落が近くにあるようだった。人の姿が見えた。土地の人のようなので、遠子は彼らの姿が小さいうちからどきどきしはじめた。たずねてみようか、と考えたのである。皇子の話を聞き知っているかもしれなかった。しかし、彼らがそれを事実だと言えば、事実になってしまう――それが恐いのだった。考えると鉛をのみこんだように胃が重くなった。

近づいてくると、それが杖をついたひげの長い老人と、まだかなり若い女性だとわかった。女の人は、老人がころばないようにつきそって、ゆっくり歩いている。連れの足もとから目を離さず、向かってくる二人のほうを見ようともしない。その無愛想さが、なぜか遠子に口を開く気をおこさせた。知らないと答えて安心させてくれそうだったのだ。

「こんにちは。あのう……ずいぶん涼しくなりましたね」

女の人はうさんくさそうに、ちらと見上げた。

「あのう、大王の皇子の噂を聞いています？　皇子はどうなったのでしょう」

老人はひげの下でもごもごと何か言ったがよく聞こえなかった。しかし女の人ははっきりした声で言った。

「謀反をくわだてた皇子様のことかい、つかまりなさったよ。おかげでようやく安心して歩けるようになった」

目の前が一瞬暗くなった。遠子は自分がよろめいたことに気づいていなかったので、角鹿はどうして腕を痛いほど強くつかむのだろうと憤慨して思った。そのときだった。女の人の声と口調ががらりと一変した。

「遠子……遠子なの？　まさか、こんなところにいるはずはない。でも……あなたは遠子でしょう」

遠子も角鹿もぎょっとして相手を見つめた。

「どうしてそれを……」

「わからない？　わたくしよ。まあ、そんなにわからなくなってしまったかしら」

「明（あかる）ねえさま？」

とびあがるほどたまげて遠子は叫んだ。その声はたしかに明姫だった。しかし顔は大変上手に汚していて、言われてもまだ彼女に見えなかった。

「明ねえさま、よくご無事で――」

遠子がとびついていって抱きしめると、明姫もほほえんで強く抱きかえした。

「驚かされるのはこちらのほうですよ。遠子ったら、三野を離れて一人で、何をしているの？」

「みんなを助けたかったの。ほかの人々は北にまわったわ。でも、わたしと角鹿は兵士に会って、皇子様が捕えられたと話しているのを聞いたのよ」

明姫はささやいた。

「いいえ、心配しないで。皇子様はご無事よ。ほら、ちゃんとあなたの目の前におられますよ」

「えっ」

きょとんとして遠子は明姫を見上げた。隣で老人がわざとらしくせきをした。

「えっ、あの……」

「いやいや、わしはあまり無事ではない。一日中腰を曲げているというのは、これでなかなか苦行でのう」

白髪（しらが）の陰から、いつどこにあろうと変わらぬ、いたずらっ気を秘めた瞳がのぞいた。

「久しいな、遠子姫。相変わらずのようだが」

遠子も角鹿もあきれかえった。遠子は、もう二度と自分を変装がうまいなどとは考えないことにしよう、とひそかに思った。

「お二人が、このようになりを変えて、しかも堂々と本道をいらっしゃるとは。三野の仲間は何も知らず寿々香に向かってしまいました」

角鹿が口ごもりながら言った。

「七掬(ななつか)をそちらへやっている。案ずるな。彼がみなを率いて合流させてくれるだろう。寿々香にももう大王の兵はほとんどいないはずだ。なにごともおきはしない」

「では、危機は去ったのでしょうか」

「ひとまずはな。ほんのひとまずは息がつける。わたしはもう腰をのばすことにするぞ。これ以上続けると二度とのびなくなる……」

老人は顔をしかめながら体を起こし、ほんの少しだけ皇子らしくなった。

最初の驚きからさめ、思うように口がきけるようになった遠子は、当然ながらまっ先に聞きたい質問を浴びせた。

「小倶那はどこにいます？　七掬どのといっしょに行ったのですか？」

急に皇子と明姫の表情がこわばり、二人は一瞬、もう一度見知らぬ人物にもどってしまったようにさえ見えた。彼らと奇跡のような再会を果たしたことで気がゆるみ、最悪をまったく予想していなかった遠子は、うきうきとたずねて二人のその表情にあい、世界が凍りついたような冷たさを味わった。

「どうして……そんな顔をなさるの」

「遠子……」明姫は声をとぎらせた。

「遠子姫、われわれが今ここにこうしているのは、実は小倶那のおかげなのだ。小倶那が身を捨ててわれらを逃がしてくれた。彼がいなければ全員、峠を越える前に果てていただろう」

沈痛な声で皇子が言った。

「小倶那はいないの……？」

遠子は自分の声でないような声がたずねるのを聞いた。

皇子は別れたときの状況を、手みじかに遠子に語って聞かせた。遠子は、皇子の話が完全に頭におさまるまで、息を殺すようにじっと静かにしていた。それから、奇妙に平静に言った。

「では、捕えられた皇子というのが、小倶那だったんですね」

「そうだ」

皇子が答えるやいなや、遠子はくるりと向きを変えて歩きはじめた。寿々香の方角へである。すたすた歩いて行く遠子を、あとの人々はびっくりして見つめ、それから角鹿があわてて追いすがった。

「お待ちください。どこへ行かれるんです」

「その手をはなしてよ。都まで追いかけるの。小俱那に会いに来たんですもの」

「ばかなことをおっしゃらないでください。そんなことができるはずないでしょう」

遠子は眉を逆立てると、角鹿をにらんだ。

「行くといったら、わたしは行くの。かあさまだって小俱那を見つけて来いとおっしゃったのよ。今ならまだ間にあうかもしれない――追いかけるわ。そんなにおもりが気になるなら、ついてくればいいでしょう」

角鹿は忍耐強い人間だったが、ついに我慢を切らしてしまった。怒りを隠さず、声を荒くして言った。

「これっかりは姫のわがままを通させません。われわれの任務は、一刻も早く皇子様明姫様を三野までお連れすることです。ついでにおてんば姫もです。もしいやだと言っても、かついで帰りますからね」

遠子はあっけにとられて角鹿を見た。彼が怒るとは、これっぽっちも考えてみなかったのだ。その隣で皇子が、抑えた口調で言った。

「追ってもむだだ。少しでもその望みがあるなら、とうにわたしがやっている。小俱那のことはあきらめてくれ、すまぬ」

遠子は見はった瞳で角鹿と皇子をかわるがわるに見た。角鹿の、遠子にとっては不当に思える怒りもこたえたが、皇子が「むだだ」とか「すまぬ」と口にすることにも打撃を受けた。彼はだれよりも強く、そのようなことを決して言わない人ではなかったのか――？

さらに追い討ちをかけるように明姫が言った。

「お願い、遠子、我をはらないで。わたくしたち、あなたにそう言われると本当につらいの」

(だれもわかってくれない。だれも信じられない。だれも、わたしのように小倶那のことを一番には考えてくれないのだ。わたしがこんなに足をすりむいてまで会いに来たというのに、だれもちっともわかってくれない)

遠子はどうすることもできなくなり、あとわずかにできることといったら泣くことだけだった。彼女の瞳に涙がわきあがるのを見た角鹿は、さすがにあわてた。

「姫……泣かないでください。どなってすみませんでした。けれども、これ以上姫を危険な目にあわせるわけにはいかないのです。どうかこらえてください」

ぽろぽろと涙をこぼしながら遠子は言った。

「足が痛い……」

「そうでしょうとも。姫には少し無理な道のりだったんです」

角鹿はそだを放り出すと、背中をさし出した。

「おぶさってください、さあ」

『かついでも帰る』といった言葉を、結局は実行した角鹿だった。遠子は反発する気力も何もかも失せ、泣きながら、彼におぶってもらったのだった。

皇子たちは乃穂野（のほの）の杉林で、ついに三野の人々との合流を果たした。みんなは皇子を喜び迎え、国長は明姫の無事を知って安堵のあまり涙した。久磁彦（くじひこ）は命令にそむいた角鹿をしかりとばすつもりだったが、すべて事がうまく運び、だれもが無事だったので、忘れることにした。長いあいだの緊張がとけて、みんなが顔を明るくしている中、遠子だけが一人隅のほうにいて、思い返しては、いつまでもしくしく泣いていた。事情を知る人々は、彼女をなるべくそっとしておくようにつとめたが、中に一人、遠子のようすに眉をくもらせ、人の輪を離れてそっと近づいていく人物がいた。

遠子は枯れ枝を踏む足音に気づき、すすり泣きを一瞬やめてふりかえった。杉の木をまわって姿を見せたのは、たいそう体の大きな、いかついひげの男——七掬だった。

「小倶那のために泣いておられるのか」

彼は静かにたずねた。

逃亡のきびしさの中で、衣服はすりきれ、髪もひげも乱れ、本来の野人（やじん）にもどっていた七掬は、見たところどうもうで恐ろしげでさえあったが、目を見ればその正反対であることはすぐにわかった。その日には涙こそ浮かんでいないものの、遠子に負けず劣らず悲しんでいた。

「やつは、あまりものを言わない子で、故郷のことなどもめったに話さなかったが、遠子どのの名前だけは何度も出てきました。小倶那がすすんで口にするのは、あなたのことばかりでした」

「わたしはそんなの信じられない。いいのよ、無理になぐさめなくたって」

遠子は彼に憤懣をぶつけた。

「……本当にそうだったのですよ」

「わたしは怒っているの。みんなに対して。それから小倶那に対しても怒っているの。小倶那はわたしに約束をしていったくせに、自分からそれを破ったんだわ。必ず帰ると言ったのに。だから待っていたのに。それなのに、約束よりも皇子様のためを選んだのよ。だからもう、わたしのことを考えていたなんてちっとも信じられない」

七掬はさらに寄ってきて、遠子の隣に足を組んで座った。かぼそい遠子が腰を下ろしていた小さな空き地は、突然いっぱいになった。おだやかな口ぶりで七掬は言った。

「遠子どの。世の中には、とくに男子には、最大の心の望みよりも優先させねばならないものがあるのです。姫にはご不満であろうとも、小倶那は立派に男のふるまいをしたのです。そのようにおっしゃってはいけない。むしろほめてやらなくてはいけない。義を重んじた彼にその仕打ちでは、あまりに気の毒ですよ」

「だって……わたし、怒っていないと……どうしていいかわからない」

感情がこみあげてきて、とぎれとぎれに言うと、遠子は再びわっと泣きだした。

「こんなことってひどい。わたし……小倶那に会いたい。会いたいのに」

泣きじゃくる彼女の背中に手をのばし、七掬は無器用にさすった。言葉によるなぐさめはどれもむなしいことをさとったのだった。遠子はわれ知らず七掬にしがみつくと、身も世もなく思いきり泣いた。

「泣いてくれる人がいるのはいい。やつにもそういう人がいてくれて、わしはうれしいです」

遠子の上に身をかがめ、七掬はつぶやいた。

彼らは三野へもどってきた。長く見慣れた山々の形を目にし、実りの秋を迎えたふるさとの香りを胸にすいこんだ明姫は、泣き笑いのような表情を浮かべ、食い入るようにひとつひとつをながめわたした。

「帰ってきたのね。わたくしはとうとう帰ってきた。このようについの望みがかなってしまうのは、こわいことのようですね。この上にまだ何かを望んだら、罪つくりになってしまいそうですわ」

「何をおっしゃるのです。わたしたちには、これからこそが肝心ではありませんか」

　皇子は、明姫の口調の何かが気になり、少しとがめるように言った。明姫は、疲れの中にも晴ればれとした喜びをあふれさせてはいたが、三野へ足を踏み入れたときから、静かに覚悟を固めるようなそぶりを見せはじめていたのだ。

「思い残すことはもうない、とでもいうような言い方は変ですよ。大王はこのままわれわれを放っておいてはくれないでしょうが、三野には天然の要塞がある。最初の一陣を押し返すことさえできれば、しばらくは手が出ないはずです。勝算は充分にある」

　明姫は皇子にほほえみかけた。

「ええ。皇子様の戦の指揮ぶりを信頼しております。久々里（くくり）へ行って、なすべきことをなさって。ただ、わたくしは――守（もり）の宮へ行ってこなくてはなりません。守の大巫女様に、申し開きができるものかはわかりませんが、試みてみなくては」

「申し開き？」

　皇子は驚いて目を見はった。

「なぜそんな必要があるのです。だれの許しも乞うことなどあるものか。事情を知れば、あなたが大王の妃（きさき）であったことをとやかく言える者などいないはずだ」

　明姫は少し悲しげに首をふった。

「大巫女様はおっしゃるでしょう。わたくしは戒（かい）にそむき、さだめを破り、橘（たちばな）のつとめを台なしにして三野へまいもどってきたのですもの。もとよりわかってはいたことです……大巫女様の断を仰がずに三野にもどることはできません。わたくしはあのかたがだれより恐ろしい。けれどもこの対決は、わたくしの戦いなのです」

瞳を上げた明姫のまなざしには、揺るがぬ光があった。

「あなたは、わたくしのために、父の大王を相手どって戦う決意をなさってくださいました。ですからわたくしもまた、一族の最高者である大巫女様と戦ってみせます。負けたくはありません。あなたのために――わたくしも」

「それなら、わたしも守の宮へ行きます」

姫の手をとった皇子は勢いこんで言った。

「姫をとがめる者は、このわたしをともに相手とすることをわからせてやります。わたしたちはひとつなのだから。そうでしょう?」

「ひとつですわ。でも、大巫女様は一族の者にしかお会いにならないかたなのです。わたくしを行かせてください。大丈夫ですから」

きっぱりと明姫は言いきった。

3

「娘がそう言いましたか……そうですか」

「ですから、父ぎみには別れを告げないと申されました。もどってくるから、と」

「……そうですか」

大碓皇子から話を聞いた神骨彦はうなだれた。明姫はすでに隊列をぬけ、わずかな従者を連れて北東へ向かったあとだった。国長の沈んだようすに、皇子はたずねた。

「守の大巫女は、姫にどのような処遇を言いわたすと考えられるのですか？」

「それはなんともわしには答えられません。巫女の領域のこととなると、婿のわしなどにはもう、手がとどかんのです」

国長は重いため息をついた。

「最悪のことにならぬよう、祈ることができるばかりです」

皇子は眉をひそめた。

「最悪とは？　どんな？」

急いで国長は首をふった。

「いやいや、これはとりこし苦労だ。このところ娘の心配をし続けておりましたものでな。こうして無事とりもどせたのだ、よくない想像はやめましょう」

そう言いながらも彼はそれからふさぎこみ、無口になってしまった。皇子は不安を押し殺して久々里への道を進んでいたが、半ばまで来て、我慢がならなくなったようだった。いきなり馬のたづなをひき、びっくりした馬がいななないて前足を上げると、それを御して向きを変えさせた。そして言った。

「やはりどうしても心配だ。わたしは守の宮へ行ってくる。長どのは先に久々里へ行き、みなに準備を進めさせてほしい。わたしも姫のごようすがわかり次第、そちらへ向かうから」

国長は異議をとなえなかった。暗黙のうちにそれを望み、明姫への加勢を願っていたようすが感じられた。ただ、一族の長として、皇子にそれを口にするわけにはいかなかったのだ。

七掬がすぐさま皇子にあわせて馬の向きを変えた。

「おともつかまつります」

「わたしも行きます」

細い声が続き、みんなは少し驚いてふりかえった。遠子が進み出ていた。

「無理です、姫様、おかげんが悪いのに。おやしきへもどって休まれるべきです」

あわてて追ってきた角鹿が言った。遠子は乃穂野で泣きあかして以来、熱を出してぐったりしてしまい、ほとんどずっとかかえられるようにして帰ってきたのだった。

「もう平気よ。熱も下がったわ」

気力も少しずつ回復し、はれもののように扱われることに少々うんざりしはじめていた遠子は、むきになって言った。

「それに、皇子様がたにはだれか案内人が必要でしょう。守(もり)の宮へは一族の者しか入れてくれないのよ」

「言われてみればそのとおりだ」皇子が言った。

「しかし姫お一人では……。ならばわたしもまいります」角鹿は言いつのった。

「いいや、あまり大勢になるのは好ましくない。遠子姫はわたしの馬に乗せて行こう。姫は羽根みたいに軽そうだから馬も平気だろう」

皇子の言葉でけりがつき、三名が明姫のあとを追うことになった。

馬を並べながら、七掬は遠子に心配そうに念を押した。

「本当に具合はもういいのですか。おつらくありませんか」

七掬もまた、自分が大きく頑丈なため、遠子がこわれもののように見えるらしかった。遠子は陽気にほほえみを見せた。

「わたし、それほど体の具合が悪かったのではないのよ。ただ——夢を見ていたの。

夢はもう消えたから、もうわたしも平気」

「夢、ですか？」

七掬が信用しないようなので、遠子は二人に秘密を教えることにした。

「あのね、びっくりしないでね。小倶那は生きているってことがわかったの。だいぶひどい目にあったみたいだけど、死ななかったし、今は大丈夫、なおってきたわ」

「なんだって？」

だまって馬を進めていた皇子も、思わず口を開いた。

「どうしてわかるんだね、それが」

「夢の中に小倶那が感じられたわ。小さいころの夢ばかり見たけれど、今の小倶那が見ているんだってはっきりわかった。彼、けがと熱でひどく苦しそうだった。それでわたしにも少しうつってしまったの。わたしたちね、小さいころいっしょに重いはしかにかかって、いっしょになおったの。それ以来、熱を出すのはいつもいっしょだったのよ」

皇子と七掬はだまりこんだ。信じてよい話かどうかわからなかったのだ。遠子一人がうれしそうに、生き生きと話した。

「けがが心配だったけれど、命にかかわるようではなかったの。小倶那が死んでいたら、あんな夢を見るはずない。わたしが熱をうつされることなんて、ないはずよ。生きているのよ。生きてさえいてくれれば、いつかは会えることもあるわよね。最後のほうで見た夢では、だれかが看病してくれているようだったし――」

ふと遠子は口をつぐんだ。最後の夢で、何か強い力の波のようなものが、帳のように小倶那の存在を囲ってしまったことが思い出されたのだった。気になることだった。夢の中には最初から最後まで、強い波を発散するなぞの人物が小倶那のそばにおり、遠子をそばに近づけないようにしたことも感じていた。そのせいで、一度も小倶那の顔を見ることはできなかったのだ。

(あれはなに……だれ……?)

しかし、それらの感覚は遠子にも説明のつかないものであり、つかまえようとするとするりとぬけるトカゲのしっぽだった。言葉に直して皇子たちに話せるものではなかった。

しばらくして皇子がせきばらいした。

「遠子どのはよくそういう夢を見るのかね? その――事実となる夢を」

「ううん、わたしは夢はあまり見ないの。熱を出したときくらいよ」

けろりとして遠子は答えた。

七掬がとりなすように言った。

「しかし、今の話が本当ならこれほどありがたいことはない。小倶那がどこかで生きていると思うと、わしも元気が出ます」

「そうでしょう？」

遠子はくったくのない笑顔になった。その顔を見て、七掬は彼女が口の先だけでなく立ち直っていることを知り、感心した。遠子は、体はきゃしゃであやうげかもしれないが、精神の強靭さにはひととおりではないものがあるようだった。

「だから、わたしもすねたり泣いたりしないわ。いろいろとこまらせてしまって、すみませんでした」


山道を登りながら、皇子が思い出したように言った。

「ここが喪山（もやま）なのだな。鳥の葬式があったというところだ」

「カラスのご先祖の話をお聞きになったの？」

遠子はうれしそうにたずねた。

「聞いたよ。乙女の魂は、白い鳥となって黄泉（よみ）からもどってきたのだっけな。それは——何かよみがえりの方法を暗に語っているのだろうか。遠子姫は、勾玉（まがたま）について何か聞いていないか？」

「勾玉？　知らない。なんのこと？」

「わたしもくわしくは知らない。だが、明姫は秘伝の勾玉の話をしていた」

大碓皇子はつぶやくように言った。

「きみたちの巫女の力は、いったいなんによるものだろう。どういうたぐいのものなのだろう。上代の世からも遠くへだたった今日に、そういった神々の力がまだ残っているとは思ってもみなかったのだが……。しかし、きみたちはまだそれらとともに暮らしている。きみや明姫のそばにいると、なんとなくそれが感じられるよ。どうやら、大巫女というお人は手ごわいらしいな」

「そうかしら。たしかに大巫女様の占は神のお声だと言うけれど……」

遠子は皇子の言わんとするところがよくわからなかったので、少々的はずれの意見をのべた。

「でも、占だってときどきはずれることもあるのよ。ほら、日照りだと言ったのに雨が降ったり」

皇子はこずえを見上げた。

「……空模様すらわからんな。すごみのある森だ。まだ先なのか？　このような山奥にこもりきりで暮らすとなると、冗談のわからない人間になるだろうな」

巨木の立ち並ぶ太古からの森は、昼も暗く、静かで季節さえ感じさせなかった。獣のいるようすもない。その森の深さと静けさが、皇子の心を乱していることに、遠子はやっと気がついた。皇子はまた話をはじめた。

「父上もまた、よみがえりに関心をもっている。父の父、わたしの祖父が大王だったとき、どこで聞き及んだのやら、祖父は不老をさずける木の実を求めることを思いついた。そして、多時麻という者を取りにやらした。何十年もしてから多時麻は帰還したが、そのときにはすでに祖父はみまかり、不老も必要のないものになっていたのが笑い話といえば笑い話だ。それに、彼のたずさえてきた木の実は、不老の薬でもなんでもないただの木の実だった。多時麻自身、よぼよぼの老人になっており、すぐ死んでしまったというからね。だが、何ひとつ成果がなかったわけではなかった。当時すでに大王の座についていた父のもとに、もたらされたものがひとつだけあった。それは――不老の力と『橘』には関連がある、というなぞだ。それ以来、父はとりつかれたように橘を追いめぐっている。わたしが三野へ派遣された最初の理由も、きみたち一族の名が橘だったからなのだよ」

遠子は、感心したようにため息をついた。

「橘にそんないわれがあるなんて、今はじめて聞いたわ」

「本当に何も知らない？　遠子姫もゆくゆくは巫女になる生まれなのだろう？」

「ううん、象子が大巫女様のあとを継ぐでしょうから、わたしはいいの。象子というのは、わたしと同い年の本家の中の姫よ。今、宮で修行をしているわ」

大碓皇子は、少々よけいな関心をもったようだった。

「ほう、明姫の妹ぎみか。それでは、その姫も美人なのかい？」

遠子は横目で皇子の顔を見た。

「そういう質問をしないでくれます？　わたしと象子はもうずっと仲が悪いの。山に入るときだって、あの子はなんと言ったと思う？　わたしに向かって『のうなしトンビ』って言ったのよ。だからわたしは、『みえはりカササギ』って言い返してやったの。それをみんなが聞いていて大笑いしたものだから、象子はかんかんで、いつまでも根にもっているのよ」

おごそかで威圧的だった森の雰囲気が、遠子のせいで一気にくずれた。皇子と七掬は息をつめ、吹きださないように苦労した。

＊　＊　＊

明姫は奥の殿（との）の広い板の間に、しきものもなく座り、一段高い上座に向けて両指をそろえた姿勢のまま、もうずっと待っていた。大巫女の席は空いたままだった。目どおりを願ったのはかなり前だったが、彼女をあざけるように大巫女は現れなかった。

うつむいた額にこぼれかかる髪の陰で、明姫は対面の作法にきびしい大巫女の気を損じる落ち度がなかったか、ひとつひとつ思い返し続けていた。急いではいたが、髪もよくすすいだし、顔や体の汚れもきれいに落とした。衣服もすっかり改め、昔と同じ気品をとりもどしていた。それなのにまだ汚れのことばかり気になるのは、みそぎに手をかしてくれた妹の象子が彼女を見た目つきのせいかもしれなかった。

（どんなに清らかな水で流しても、あなたの汚れは落ちはしない）と、その目の表情は言っていた。

しかたのないことだ、覚悟してきたことだ、と明姫は考えた。それでも実の妹からそうしてながめられたことの、胸の痛みが癒せるものではなかった。後悔しないでいるためにはあらんかぎりの力を必要とした。心の嵐に耐えながら、明姫は両手をつき、静かに待ち続けた。

ようやくのことで奥の帳がかすかに揺れ、大巫女が介添えを連れて壇の上に姿を見せた。明姫はさらに頭を下げ、床すれすれまでひれふした。席におさまった白髪の大巫女は、おもむろに口を開いた。その第一声は無情に明姫の耳を打った。

「それで、そなたはみずから命を絶ちもせず、おめおめとそこにいるわけじゃな」

明姫は指の先がふるえだすのを必死でこらえた。

（ふるえるまい。泣くまい。そんな弱さはとっくにあのまほろばの宮の、裏のはしため小屋へおいてきてしまったはず――）

顔を上げて姫は言った。

「そうでございます。わたくしは三野へもどってまいりました。この上は、大碓皇子様とわたくしのきずなを認めていただきたく、御前にまいった次第でございます」

「そなたがそこまで恥知らずな子とは知らなんだ。そうとも知らず勾玉を渡した、この老いぼれの目があるいはくもっていたのかもしれぬ。勾玉をどうした。三野を発つ前に、このわしがみずからゆずった勾玉は」

明姫のまなざしは床に落ちた。

「……輝きを失いました。輝かぬまま、大王がお取りあげになって、そのお手もとにあります」

「なんということをしてくれた」

大巫女は席から立ち上がりそうに激怒して叫んだ。介添えの巫女があわてて腰を浮かせ、手をのばした。

「そなたはわが一族を滅ぼす気か。大王を浄化するどころか、力の品までゆだねてきてしまうとは。力を目にした大王が、かの輝の血をもつ者が、何をはじめるかわかっておるのか。力の源を根こそぎ手に入れるまでは二度と追求の手をゆるめないであろうよ。そなたが――わしが近年まれに見る優れた娘だと思っておったそなたが、なぜ、このような恐ろしい失態を演じるのじゃ。そなたをそこまでおとしめたのは何者じゃ。

それが大碓皇子か?」
「いいえ。皇子様はわたくしを救ってくださったかたです」
明姫ははっきりした口調で答えた。
「あのかたがおられなければ、わたくしは早々に気が狂うか、身を投げるかしており
ました。けれども、あのかたがはじめて希望をくださったのです。皇子様のおかげで、
わたくしはさだめに押しつぶされた幽鬼(ゆうき)のようなものになりはてずにすみました」
「おだまり」
大巫女は、白くなった眉を逆立てた。
「そなたはさだめというものをなんとこころえておるのじゃ。わしの占にはさだかに
出ておったぞ。大王はそなたをいつくしみ、大切にしたはずじゃ。結ばれるべくして
結ばれた縁であったはずじゃ。なのにそなたは、その身のふしだらで、大王よりも先
に若い皇子と――」
「ちがいます」
明姫も負けず、髪をふりたてて叫んだ。
「大王は、ほんのひとかけらもわたくしに愛をめぐんではくださいませんでした。そ
れは決して、わたくしの心がよそにあったせいではありません。たしかに、使者とし
ていらした皇子様は、ほんの少しわたくしの心を揺らしました――それは正直に認め

ます。けれどもわたくしは、本当に心から大王にお仕えするつもりで、いつくしみいつくしんでいただくつもりで、まほろばへまいったのでございます。さだめを信じておりました。ほかに道があるなどとは、つゆほども思っていませんでした。それなのに、寝所でわたくしを目にした大王のまなざし――忘れることはできません」

ひどく体をふるわせた明姫は、感情を抑えようとみずからの腕をきつくつかんだ。

「ものを見るようなまなざしでした。勾玉の添えものを見るように、わたくしをごらんになりました。大王が関心をもたれたのは、本当に勾玉のみだったのです。けれどもわたくしは人間です。女です。愛もなく勾玉の力を働かすことなど、できはしませんん」

「そんなはずはない。そなたたちは愛しあえたはずじゃ」

「いいえ、できません」

たじろぐことなく明姫は言いきった。

「守のおんかたは、大王の瞳をご存じありません。でも、わたくしは見てまいりました。あそこに宿るものをなんと呼ぼうとも、愛と呼ぶことだけはできません」

ひと呼吸おいて、大巫女は低い声で言った。

「わしの占のみたてが誤りだと、そなたは申すか」

「大王は、わたくしの勾玉が用をなさないことを知ると、なんのためらいもなくわたくしを、はしためにに追いたてました。裏のまかない所で早朝から夜ふけまで働かせ、その上、特に人を使って、わたくしがきびしい罰を受けるようにしむけもなさいました。それでも愛せたとおっしゃるのですか。人とも思えぬなされようだったというのに」

「わしの占のみたてが誤りだとそなたは申すか」

くりかえされた問いには、いうにいわれぬすごみが感じられた。明姫は一瞬息をつめたが、両手をにぎりしめ、ついに言った。

「――はい」

はりつめた沈黙がおりた。大巫女も明姫もにらむように見つめあったまま、その場を動かずにいた。もともと静かである深山(しんざん)の宮が、今はすくみあがるほどに鳴りしずまり、かすかな虫の羽音さえとどろきわたるように思えた。

やがて、ついに壇上の大巫女が身じろぎをした。年老いた橘の巫女は言った。

「では百歩ゆずって、そなたのさだめが大王にはなかったとする。それでも、そなたがわが一族にもつ責任は消えぬ。そなたはこの三野へ何をもたらす気じゃ。勾玉をなくし、戦(いくさ)の予兆をたずさえて帰ってきたからには、考えもあろう。そなたは自分のわがままゆえに滅びゆく一族を、なんと考えるのじゃ」

はじめて明姫の声がふるえをおびた。

「わたくしは――一族を滅ぼすつもりなど毛頭ございません。戦は皇子様がお勝ちになります。三野の人々もみな、皇子様を将と仰いでおります」

「わしの占には凶と出ておる。そなたはこの占もくつがえすか？」

からからになったのどに明姫はつばを飲んだ。

「――はい」

「では、大王の手にある勾玉も取りもどせるか？」

「わたくしの命にかえても」

姫が答えると、大巫女の瞳は鋭く光った。

「そなたは勾玉の輝きを消してしまった。その光は二度と大王のためには宿らぬ。かといって、他の者のためにも輝かぬ。さだめづけられたものを失ったからじゃ。そなたとそなたの代の、これが結果じゃ。大王からはもちろん、真に勾玉を取りもどすには、次の代、次の持ち主が必要となる」

くちびるをかんでから、明姫は言った。

「では、おゆずりくださいませ。わたくしから、次の者に」

「勾玉をゆずることができるのは、一生に一度だけじゃ。しかも、生存中にゆずることができるのは、わしのように生涯その力にふれることなく所有した者に限られる。そなたが次代に勾玉をゆずることができるのは、そなたの命の終わりにだけじゃ」

姫のくちびるの色は少しずつ青くなり、彼女の色白の顔は、今はすきとおるように見えた。

「そうせよと——おっしゃいますの？」

「橘の巫女として、責任を果たせと言っておるだけじゃ」

顔を上げ続けてきた明姫だったが、とうとううつむいた。洗いたての髪がほおにさらさらとこぼれ落ちる。姫はつぶやいた。

「守のおんかたは、やはり、わたくしを許してはくださいませんのね」

「わしが許さぬのではない」

答えて大巫女は言った。その声に感情は聞きとれなかった。

「わたくしは死ぬことを恐れてはおりません。何度も、本当に何度も考えました。非を認めて、この命を絶ってしまおうと。そのほうがずっと楽だったのです。けれども、わたくしに非があるとはどうしても思えませんでした。勾玉は輝きを失いました。橘の者としてあるまじき失態かもしれません。けれども、それがわたくしの非であるとは思えないのです」

最初ささやくようだった明姫の声は、話すにつれて大きく、はりをおびてきた。再び顔を上げたとき、姫の瞳は輝いていた。明姫はふところに手をやると、肌身離さず持っている小さな懐剣（かいけん）を落ちついて取りだした。そしてその、細く鋭利な刃（やいば）を引きぬいた。

「わたくしは大碓皇子様に出会い、このかたを愛しました。その自分に決して後悔はいたしません。今の今も、皇子様を愛することが人として正しいことだったと信じております。そのことの証としてでしたら、この場で死ぬこともできます。さだめをまっとうしなかったことの非を認めてではなく、自分で自分の心を捜しあてた者の正しさのためでしたら、わたくしは喜んでこの命をさし出しましょう」

刃は銀にきらめき、薄暗い屋内に、それ自身で光を放つかに見えた。その光を言葉をなくしたように見つめていた大巫女が、ようやくくちびるを動かしかけたとき、部屋の外からひきつるような叫び声が聞こえてきた。

「守のおんかた、守のおんかた」

象子の声だった。そして、巫女にはあるまじき足音を立て、顔を涙で汚した象子がとびこんできた。

「お願いです、遠子を罰してください。遠子が――」

彼女が言いも終わらぬうちに、後ろから当の遠子が姿を見せた。そして遠子に続き、大碓皇子もまた背の高い姿を現した。

「なんと一族外の者を」

介添えの巫女が鶏がしめ殺されるような声を上げた。ふりかえった明姫は、驚いて懐剣をふり上げたまま動けなくなってしまった。

遠子は大胆不敵に紹介をおこなった。

「守のおんかた、こちらのかたは、まほろばの大王の一の皇子、大碓皇子様です。突然にお目どおり願って申しわけありません。けれども、おんかた様は以前うちの母に、わが家の養い子の顔が見てみたいとおっしゃいましたよね。小俱那は都へ行ってしまって、守の宮へ来ることがかないませんでしたけれど、幸い皇子様がいらっしゃいました。小俱那と皇子様はそっくりでおられますの。どうか対面なさってください」

「遠子ったら……なんて突拍子もない」

明姫までがあきれて、あえいだ。大碓皇子はというと、遠子の口上に耳をかさず、大巫女に目もくれずに、まっすぐ明姫のもとへとんでいってその手の懐剣を取り上げた。

「これで、いったい何をするつもりだったんです、あなたは。まったくいけないかただ。少し目を離すとすぐこれだ」

明姫は皇子の顔を見ると、みるみる泣きそうになった。

「だってわたくし……証をしなくてはならなかったのですもの」

姫を自分のもとにしっかり抱きよせると、皇子はようやく壇上の大巫女を見た。

「ことわりもなく闖入したご無礼は、幾重にもおわびしたい。しかし、そちらがいかに一族の最高者であろうとも、人が人を愛することゆえに自害を申しつけるとは、道にはずれておりはしませんか」

怒った大巫女は鋭く言った。

「ぬけぬけとそのようなことを申しにくるでない。この姫は大王の妃じゃぞ。道にはずれるのは、そなたのほうではないか」

「父とわたしのどちらが人でなしかは、姫からお聞きになったと思いますが」

皇子はつとめて声を抑えて言った。

「事実をご存じでありながら言うのであれば、なんとでもおっしゃるがいい。わたしは、だれもがわたしたちの正当を認めざるを得なくなるまで、大王とは戦うつもりですから」

「そなたにもわしは申しておくぞ。戦いはそなたに凶であると占に出た」

「それがなんだというのです?」

「……もうよい……」

ふいに、何かがぷつりと切れてしまったように大巫女は席に沈みこんだ。

「疲れたわ。この年寄りには、明姫の強情に加えてそなたの相手までする気力は残っておらぬ。姫を連れて宮から出て行っておくれ。そなたの放つ気は奔放すぎて、狭い宮では息がつまる」

大碓皇子は少し拍子ぬけしたようすだったが、大巫女の気が変わらぬうちにと考えて、頭を下げた。

「ではお言葉に甘え――失礼」

皇子が背を向け、明姫の肩をかかえて去りかけたときだった。大巫女はひとり言のようにいった。

「そなたはタケルじゃな、まさに」

聞きとがめて皇子がふりむいた。

「なんとおっしゃいました？」

「タケルじゃ、そなたは。だれ一人タケルにはかなわぬのじゃ」

白い歯を見せて皇子はほほえんだ。

「ずいぶんほめてくださいますね。凶と出たのではなかったのですか」

そう言って皇子たちは部屋を出たので、大巫女の次の言葉が皇子にとどいたのかどうかはわからなかった。

「だれもタケルにかなわぬのは、タケルがほんの短いあいだに一生を燃やし尽くして死んでしまうからじゃよ。タケルとは、短命をさだめられた英雄のことじゃ」

遠子にはしかし、それが聞こえた。そのため一瞬足が止まり、部屋を出るのが遅れた。その一歩の遅れが不運だった。大巫女の声がとんできた。

「これ、遠子。そなたに行ってよいと言った覚えはないぞ」

ここぞとばかり、象子が言いはじめた。

「遠子がみんないけないいんです。罰してくださない。遠子はわたくしを突きとばして、よその人を中に入れたんですのよ」

（これはまずい……とってもまずい……）

つむじ風のようにすばやく逃げてしまえばよかったのに、ぼやぼやしていた自分がまぬけだった。今となっては、ふりきって出て行くこともできない。しゅんとして立っていると、意外なことに大巫女はおだやかな声で言った。

「罰しはしない。わしは疲れて怒る気もせぬ。だが、そなたには少し話しておきたいことがあるのじゃ。いいからここにしばらくお残り」


大巫女は座をはらうと、奥の小部屋に下がり、遠子もそこへ呼び入れた。象子がいつものつとめにもどるように言われ、不満そうにほおをふくらませて行ってしまうと、遠子は大巫女と二人きりになった。大巫女は熱い薬湯をすすり（遠子も飲んだが、あまりおいしいとは思えなかった）、すぐには話しそうにもなかったが、しばらくして椀を置くと、ようやく言った。

「まったくそなたは、天衣無縫なお子じゃな。前のときもそう思ったものだが、どうやらさらに八方破れにみがきがかかっておる。今日はわしもさすがに胆をぬかれたぞ。だが……不思議とにくめぬ。そなたには何か健やかなものがある。そなたの前に長く遠い道が伸びているのが、なぜかこのわしには見えるのじゃ」

遠子はとまどい、いろいろ反省もしていたので、彼女にしてはしおらしく言った。

「身勝手なことをしてしまって、本当に申しわけありませんでした。わたし、なんとかして明姫をお助けしたかったのです。明ねえさまは心の底から皇子様を愛していらっしゃいます。皇子様もご同様です。遠子は罰を受けてもかまいませんから――あの、あまりひどい罰でなかったら――どうか、明ねえさまのことを許してあげてください」

大巫女は老いた顔でうなずいた。

「わしにもわかっておる。あの姫の目には毛筋ほども迷いがなかった。この先何があろうとも、あの子は大碓皇子とともに生き、ともに果てるじゃろう。わしは明姫のその覚悟のほどを見さだめたかっただけじゃ」

「では、最初から許してくださっていたのですね」

遠子は顔を明るくした。

「許すも許さぬもありはしない――占がまちがったということじゃ。占が正しくさだめをさし示せなくなったということじゃ。こんな恐ろしいことがわしの生きているあいだにおこるとは、まったく思いもよらなんだ。長く生きすぎたせいで、見たくないものを見る。三野の橘は、そなたたちの代で——崩壊するかもしれぬ」

肩を落とした大巫女の姿は、いっそう縮んだように見えた。岩のように不変と思われた彼女が、一瞬枯れ木よりもろく感じられ、遠子はそのことに驚いて息をのんだ。

「守のおんかた……？」

「さだめをねじまげるほどの力がどこかで生まれ、働きはじめている。わしらの神々の力とは対立する力じゃ。これは大変危険なもの、放っておくと豊葦原全土がこの影響を受ける。たぶん、大規模な破壊となって現れるじゃろう。わしはかなり前からこの不穏な存在に気づき、それがこの三野とかかわりをもつという占の宣告に悩み、なんとかつきとめようと骨折っておった。それがとうとう、今日になってはっきり見えたように思う。遠子、そなたのおかげでな」

遠子は首を傾げた。

「わたし、何かしましたかしら」

心労のかさなる暗い瞳で、大巫女は遠子を見つめた。

「そなたは申したな。そなたの家の養い子は大碓皇子の顔をしておると。それですべてがふに落ちたのじゃよ。もっと早くこの目で見るべきだった。元凶はその子じゃ」

「あの、小倶那……が何か？」

「すべての災いの元凶となるもの、忌むべきものはその子じゃ」

われを忘れて遠子は大声を上げた。

「小倶那が？」

4

五瀬で小倶那の体は順調に回復した。彼の体は鍛えてあったし、今は自分でおとろえた体力をもとにもどす方法も学んであった。宮での待遇はいたれりつくせりで、小倶那がとまどうほど大事にしてもらったが、それが性分なのかどうか、彼は甘えっきりになる気がしなかった。早く自分自身で行動がとれるようにならなくてはならないと、何かが獣の本能のようにしきりにせかすのだ。皇子たちのその後が気になったことはいうまでもないが、それ以上に小倶那は、この五瀬の神の宮に漠然とした不安を感じていた。宮と、そして——彼の母である人に。

小倶那は毎日もくもくと、体力づくりにはげんだ。出された食事はなんでも残さずよく食べた。五瀬の宮では、山奥にあるにしてはびっくりするほど多くの海の幸が食膳に並ぶ。近くの浜の民が、毎日毎日山道を登ってはとどけてくれるのだという話だった。

百襲姫は、小倶那の食事につきあうことを何よりも好んだ。そしてときにはみずから椀をよそってやりながら、楽しげに言うのだった。

「なんとまあ、男の子とはよく食べるものじゃ。見ていてほれぼれしてしまう。そのようにして大きくなるのじゃな」

「……母上は、いつもほとんど召しあがりませんね」

小倶那は言ってみた。

「おなかがおすきになりはしませんか？」

「わらわは、おでぶになりとうない。ほら、稲日姫のようになるのはみっともなくないか？」

ふくふくしていた稲日姫を小倶那は思い浮かべた。

「ぼくは——どちらかというと、ほっそりした女の人が好きです」

「そうであろう。稲日とわらわと、どちらがきれいだとそなたは思う？」

身をのり出して百襲姫はたずねた。おせじでなく、小倶那は言った。

「母上のほうがおきれいです」

「まあ、うれしい」

両手をほおにあてて彼女は心からそう言った。まるで小さな少女のようだと小倶那は思った。小倶那といっしょにいるときの百襲姫は尊大さのかけらもなく、かわいらしくさえあるので、外で人々に用を申しつけるときの彼女との落差に、いつもびっくりしてしまうのだった。

しかし、冷厳で人々に敬われる百襲姫の顔のほうが作られた仮面であることは、小倶那にも少しずつわかってきていた。彼女の素顔は、いつも一人でさみしがっていた女の子だった。斎の宮と定められた立場上、ほとんど人々に交じわることのない暮らしを強いられてきたことは、容易に察せられた。

小倶那がそこにいるだけで、百襲姫はうれしいのだった。彼が動いたり、口をきいたりするだけで、まったく誇らしげだった。小倶那が彼女を相手にせず、鍛錬にはげんでいてさえ楽しそうに、あかずながめていた。このように圧倒的な愛情を見たことがない小倶那は困惑してしまい、どうしたらいいかわからない気さえした。百襲姫が本宮を放ったらかしにして、小倶那のいる外殿に入りびたるのも、ひとごとながら気になった。仕える者たちがよい顔をしていないのを、敏感な小倶那は見てとっていたのだ。

ある日、小倶那はとうとう口を切った。

「母上、ぼくはあまり長くここにいないほうがよいと思います。ここは女の宮ですし、それに……」

少し言葉にこまってから小倶那は続けた。

「みんながぼくを母上の息子と知っているわけではないのでしょう。そうすると……やはり変に思われます。あなたは斎の宮なのですから」

百襲姫の顔がくもるのを見、あわてた小倶那はさらに言った。

「ぼくの体も、すっかりよくなりました。今は前と同じに動けます。ですから、何もしないでいるのはたまらないんです。どうか出かけることをお許しください」

あらたまった表情で百襲姫は言った。

「そなたをこの先どうしてやればよいか、この母もいろいろと考えてはいました。でも、まずはそなたの希望を聞きましょう。そなた、これからどうしたいと思うのじゃ？」

小倶那は迷わずに答えた。

「三野（みの）へ行こうと思います。大碓皇子（おおうすのみこ）を捜して、無事でおられたら合流して配下にもどります」

「なんとまあ」

百襲姫は瞳を見ひらいた。

「そなた、本気でそれを口にしているのか？　なんというお人好しじゃ。そなたを見殺しにして置き去りにした人物のもとへ、またわざわざ仕えに行く？　わらわがあの場にいなければ、そなたは宮でなぶり殺しになっていたというのに？　これほどつらい目にあわされながら、なぜまだ大碓に尽くす必要があるのじゃ」

そうまで驚かれて、小倶那のほうが驚いてしまった。彼女の言うように考えてみたことは、ただの一度もなかったのだ。いくらかしどろもどろになって小倶那は言った。

「そうおっしゃられても……ぼくは、あのかたの御影人だったのですし……ほかのやりようなど知らないんです。三野は育ったところでもありますし……」

百襲姫は眉をひそめてきっぱり言った。

「御影人であったことなど、お忘れな。聞くだけでわらわは気分が悪い。影だなんて。あの者こそ、そなたの影ではないか。ああそうだとも、大碓こそそなたの影だよ。そなたのほうがずっと血は純粋だもの。稲日の女のようないやしい血は混じっていないもの」

小倶那も思わず眉をひそめた。

「それは——どういう意味なのですか」

「母はね、そなたが日継の皇子になってさえ、ちっともおかしくないと思っているということ」

小倶那は『親ばか』という言葉が頭に浮かんできて、実によくわかると思った。

「すごいことをおっしゃいますね。でも、皇子のところで学んだぶんには、日継の皇子という地位もそれほど楽しくないものに見えましたよ」

百襲姫は急にはなやかにほほえんだ。

「そなたの無欲さがかわいい。そなたは本当にかわいい子だね。いつまでもそうであっておくれ。でも大丈夫、この母が、一番いいようにしてあげる」

「母上――」

小倶那は何かかみあわないのを感じてがっくりした。

「ぼくは――」

唐突に小倶那の手をとり、百襲姫は立ち上がった。

「こちらへおいで。わらわはそなたに見せたいものがある」

小倶那(おぐな)は落ちつかない気もちで百襲姫(ももそひめ)のあとに続いた。先ほどの問いにうまく答えられなかったことで、彼は少し動揺していた。百襲姫は、九死に一生を得てこれからどうしたいかとたずねた。それに答えた自分の返事は、たんに今までしてきたことにすぎないと、今は自分も気づいていた。よく考えてみれば、大変なりたくて御影人(みかげびと)になっていたのではなかった。では自分は、本当は何がしたかったのだろう――

(ただ、強くなりたいと思ったのだっけ。そこへ皇子が来て、都で学ばせてやるとおっしゃったから、ぼくはそれにのったんだ。何になりたいと、はっきり思ったわけじゃなかった。なんでもよかったんだ……)

そしてなぜ強くなりたいと思ったかというと、遠子がそれを願ったからだった。そのあたりで小倶那はわからなくなってしまった。彼自身が自分に、本当に望んだことはあったのだろうか、と。人はだれでも自分に望みをもって生きていくのだとすれば、小倶那は、わからなくなってしまう自分は変なのではないかと考えた。たしかに小倶那は願いどおり、少しは強くなったはずだった。しかしそれをどうするものとも、どこへ向かうものとも思ったわけではなかったのだ。

百襲姫は、まっすぐ前を見つめたまま、すたすたと本宮へのかけ橋を渡って行った。橋のたもとの衛士は、彼女の表情を見て何も言わなかったが、小倶那はまわりを見て思わずうろたえた。

「あの……たしか神の宮は男子禁制と聞いていましたが」

「たしかに禁じてある。だが例外もなくはない」

ふりむかずに百襲姫は言った。

「まほろばの大王がその例外じゃ。兄上はこの宮へお入りになる。そなたはわらわの息子なのだから、入ってならぬわけはない」

「でも、それは……」

「だまってついて来やれ。宮の主が来いというものを、そなたが心配する必要はないのだよ」

百襲姫の後ろ姿を小倶那は見つめた。人を従わせることに慣れた強さと気高さがそこにある。杉林に咲く白ユリのようにきりりとして、引きつけると同時に、気もちひとつでだれ一人よせつけないものを感じさせる。長いあいだ父母のことが知りたいと思い続けてきた――けれども、今の小倶那は、この母をどう自分に引き寄せたらよいのか、まだ迷っていた。

（ぼくは、たぶん――この人を好きになるのがこわいんだ）

それまで小倶那は、どんなものも少しずつためらいがちにしか好きにならないようにしていた。彼には、物でも考えでも手放すことができないほど大事なものはなかったし、かけがえのない人というのもたくさんはいなかった。遠子。真刀野。それに七掬と皇子をふくめてもいいくらいで、十六年間生きてきて五指にも満たない。執着するものが極端に少ないのが、小倶那という少年だった。そして、好きなものを少ししかもたないかわりに、憎むもの、許せないものもめったになかったのである。けれども百襲姫を前にして、小倶那は、今度はそういうわけにはいかないという予感を抱いたのだった。

百襲姫の自分に対する、理屈にあわないほどの愛情を見ていると、そら恐ろしくなると同時に、これが母子というものか、という思いに打たれることがある。そして、そうした百襲姫の愛情にこたえるためには、愛するにしろ憎むにしろ、小倶那がそれまでに用意していた器ではたりないと思わせられるのだった。それが小倶那には不安でしかたなかった。

自分が用心深く閉じていた扉の奥に、だれかを踏みこませるのがこわいのだ。すべての感情を解き放った自分がどうなるのか、小倶那にもかいもく見当がつかないからだった。あるいは——うすうすは知っているからこそ恐れていた、と言ったほうがいいかもしれない。扉の奥の深く暗い場所に、自分でも手のほどこしようがないほど強力で激烈なものが眠っていると感じていたからこそ、小倶那はいつも臆病にしか心の交流を求めなかったのかもしれなかった。

白木でできたいくつかの宮の殿をぬってのびる白砂をまいた道には、人影がほとんどなかった。杉林の山の斜面にある宮は、奥へ進むに従って高くなり、いくつも階段が設けてある。百襲姫は小倶那を連れて段を登って行き、いっこうに足を止めなかった。小倶那はあまり人に見られずにすむことにほっとしつつ、少しは興味もあって建物の造りをながめたりしながら、ひたすらにあとをついて行った。やがてついに、神の祀り殿と思われる何重もの垣に囲まれた場所に行きあたった。そこから先に道はなかった。

「おいで」

門のかんぬきをはずして百襲姫は言った。

「この中じゃ、見せたいものは」

突然小俱那は背中にぞくりとするものを感じ、理由のない自分の反応に驚いた。何かとんでもないことを忘れて、うかうかとこの場に踏みこんだという気がしたが、それが何かはさっぱりわからなかった。百襲姫が強いまなざしでうながすので、小俱那はとまどいながらも門をくぐった。

百襲姫がさらに二度かんぬきをあけて入ったところは、四角い垣に囲まれたかなり小さな場所になっていた。その敷地全体に白砂がしいてあり、まん中にぽつんと白木の建物がある。大きさからいうと、ちょうど上つ里(かみつさと)の穀物倉くらいの高床の殿である。百襲姫は殿の前で何か儀礼の身ぶりをしてから段を上って行き、両開きの扉を重たげに引き開けた。そして中の闇(やみ)を背にして立ち、小俱那をさしまねいた。

「これをごらん。そなたには何が見える?」

小俱那は今は、居てもいられないほど不安になっており、できれば見たくなどなかったが、無理して進み出た。前に出ると、まるで見えない手に押しもどされるような気がした。彼の意志とは無関係に、体は逃げ出したくてうずいているのだった。

段を上って百襲姫の隣に立った小俱那は、勇気をふるいおこして中をのぞきこんだ。そしてほっとし、意外でもあったことには、何も見えないことがわかった。殿の奥ゆきは思った以上にあるらしく、戸口から射しこむ光は奥までとどかなかったのだ。中はまっ暗で、ものの形もわからなかった——百襲姫にそう言おうとしたとき、ふと、小倶那は闇の中のこまやかなきらめきに気がついた。

最初、それは梁からもれたかすかな光だろうと思った。だが、それにしては遠い光だった。光は気づけば気づくほど無数に見えてきた——まるで星のように。

(星？　まさかそんなはずはない……)

だが、彼が見ているのはどう見ても夜空だった。星座も見分けられる。降るような星空そのものだ。顔にあたる冷気も、今は殿の天井や壁を感じさせない無限の広がりをもつものになっていた。驚いたことに、足もとを見下ろしても星また星であり、浮遊する感覚に小倶那は少しあわてさせられた。そのときである。彼は正面に星をさえぎる闇のかたまりを見た。

巨大な暗黒の雲とも見えるその一帯に、輝く星は二つのみ。並んで赤く、急激に光を増してくる。見つめるうち、小倶那は自分の首すじの毛が逆立つのを感じた。それはらんらんと燃える一対の目だった。そして目が慣れて見えてきたものは、小山のようなとぐろを巻きあげて空に居すわる蛇だった。蛇は小倶那を見すえて、いなずまのような舌をはき、巨木の幹に似た体をずるずるとほどきはじめた——

無我夢中で悲鳴を上げたが、それも自分の耳にすら入らなかった。体が引き裂かれるようなこれほどの恐怖を感じたことは、今までにも一度としてなかった。殿の段をどうやって逃げたのか、ころげ落ちたのかもさだかでないまま、気がついたときには、小俱那は垣の角の隅にうずくまっており、汗みずくで歯の根もあわないほどふるえ、百襲姫に抱かれていた。

「もうよい、もうよい。そなたは無事じゃ。あれは幻、そなたに危害を加えてはいない」

小俱那の気をしずめようと背をなで、百襲姫は言った。

「大王でさえ、あれを恐れる。そなたのその恐怖は、わらわたちと同じ血が流れることの証じゃ。それでよいのだよ。身のいやしいわけのわからぬものであれば、そのように感じとることもできはしない」

彼女は小俱那をかかえるようにして門を出、そばの小部屋のある建物で休ませた。しばらくすると小俱那の顔色はややもどったが、まだ気分の悪さが続いていた。

「あれ……なんだったのです？」

ようやくのことでたずねると、百襲姫はのぞきこむように彼の顔を見、額にはりついた髪をかきあげてやった。

「わらわには答えられぬ。そなたはそなたにしか見えぬものを見る。しかし、何が見えた？　母に語ってくれるか？」

た。

「空に蛇が――」

思い返すと吐き気がしてきて、小倶那は急いで口をつぐんだ。

「輝の血をもつ者はあれを恐れる。わらわもはじめは泣いて恐れた。けれども、女にはあの力にうち勝つ力が生まれつきある程度そなわっておってな。だから、巫女には女が選ばれるのじゃ。しかしそなたは男ゆえ、無防備なのはしかたのないこと。そうは言っても、そなたほどに恐れる者もまためずらしいといえようぞ。それはもしや、そなたのその身が地上のだれよりあの剣に感応するということかもしれぬな」

「剣？」小倶那は目を見開いた。

「あのご神体は、剣じゃ。わらわが斎の宮としてあずかっている神器のひとつじゃ。名はいろいろあるが、わらわは『鏡の剣』と呼んでおる。だが、そなたは蛇と言いやったな。それも正しく本質に近い。あの剣は『大蛇の剣』とも呼ばれておる」

「ぼくが見たのは剣ではなく、本物の――」

小倶那が言いはじめると、百襲姫はさえぎった。

「そうであろうとも。だが、それは幻なのじゃ。そなたはそれを恐れてはならぬ」

「ならぬ？　そんなこと無理に決まっています。ぼくはずっと小さいころから、あれが恐かった。あれほど恐いものはなかったというのに」

あえぐように小倶那は言った。今ははっきりとわかっていた。蛇を見て、カミナリを見て、小倶那が恐がり続けたものの正体が『あれ』なのだ。実在していたとは、こんなにそばにあったとは、目もくらむ思いだった。

「恐れずにいるなんて、絶対に無理です」

「それでもそなたは、その恐れを乗りこえなくてはならないよ。そなたは、あの剣を手にとらなくてはならない」

小倶那は縮みあがり、後ずさって姫から離れようとした。

「二度と――二度とあそこへは近づきません。いやです、ぼくは」

「そのように言うでない。そなたには必ずあの剣を手にする力がある。恐れが大きければ大きいほど、乗りこえたときに手に入れるものは強いのじゃ。そなたはわらわの息子、最強のものを手にしないはずはない」

なだめるように優しく言って、百襲姫は身をのり出した。

「そなたとて、その恐れを一生引きずってゆく気はなかろう？　遅かれ早かれ、いつかどこかで立ちむかい、見すえなければならないものじゃ。ならば、この母が手をかそう。そして、そなたをひとかどの者にしてみせよう」

小倶那はうめいた。

「ぼくをここから出してください。三野へ行かせてください。ぼくは、何者になりたいとも思っていません」

「逃げてなんになる？　そなたは強くなりたいと思いはせぬのか。ここにあるのは、そなたのために用意されているといってよいほどの力、そしてそれを得るためには、少しばかりの勇気がいるというだけのことなのだよ」

「そうじゃない」

小倶那の声はほとんどすすり泣きに近かった。

「ぼくはここから離れたい。出て行かせてください」

とうとう百襲姫は眉を逆立てた。

「そなたのためを思っているのがわからぬか。よいか、この宮はわらわの許可なくばネズミ一匹出入りできぬ。そしてわらわは、そなたが剣をつかむまでは決してそなたを出さぬから、心しやれ」

ぼうぜんとして、小倶那は涙のにじんだ目で百襲姫を見つめた。そして小声で言った。

「あなたは本当にぼくの母なのか？　母ならば、これほどまでいやなことを無理強いしないはずだのに。ぼくが耐えられないことがわかるはずなのに……」

百襲姫は苦しげになり、今にも涙を浮かべるかと見えたが、それでも言った。

「母だから、言うのだよ。母でなければ一時のあわれみに負けもする。けれどもわらわはそなたを産んだ者じゃ。そなたがそれにうち勝つことを知っているのじゃ。そなたが苦しむのを、わらわが笑って見ていられるとでもお思いか。どんなに苦しくても、そなたはそなたを脅かすものに勝たねばならない。それを見守る者のほうがつらかろうとも……。わらわはそなたのそばを離れはしない。だが、わらわのために闘ってくれとは言わぬ。そなた自身のために、闘っておくれ」

小倶那は試みた。けれども、どうしても大蛇を見つめることに耐えられなかった。何度かは戸口で失神し、何度かは吐き気に負けてその場にとどまれなかった。そうしているうちに、いっさいのものがのどを通らなくなり、水を飲んでも吐いた。のちには発作がおきても吐くものがなく、胃液に血が混じりもした。百襲姫はそのようすをそばで気丈に見ていたが、みるみるやつれていく小倶那に、たまりかねたように言った。

「そなたは何を、そこまでして吐きだしたがっているのじゃ。そなた自身を裏返すことなどできなかろうに。そなたの恐れるもの、それから目をそらしてもどうにもならぬ。見つめるのじゃ——そして考えるのじゃ。それがなにものであるか」

吐き気の発作がようやくおさまり、くたくたになって顔を起こした小倶那は、いっしょになってふるえ、涙をこぼしている百襲姫を見た。

「母上は、見きわめられたのですか？」

かすれた声で小倶那はたずねた。

百襲姫はうなずいた。

「わらわはわらわの恐れを知った。けれど、そなたのように拒んでいては、知るべきことも知られぬ。お願いだから、拒まないでおくれ」

(拒む?　ぼくが何を拒んでいるというのだろう)

小倶那はもうろうと考えていたが、百襲姫は小倶那の手をとり、自分の心臓のあたりにあてて、さらに言った。

「わらわの力を分けてあげたい。そなたがそなたの身の内に、力の正しさを見つけるように。剣(つるぎ)をおとり、小碓(おうす)。そうすれば、そなたの父もそなたを認めることになろう」

(父が認める……?)

百襲姫の胸のやわらかさにふれ、ぎょっとした小倶那は、あわてて手をひっこめながらたずねた。

「父は神だとおっしゃいましたよね。剣をとることは神への証だということですか」

「……そうともいえる。これはそなたのその身の証じゃ」

小倶那の頭の中で、ひとつの考えが次第にまとまりつつあった。もやもやしていたものが引き寄せられ、形をとりはじめる。ゆっくりと慎重に小倶那は言った。

「この宮に入ることを許されるのは、大王だけだとおっしゃいましたよね」

「そうじゃ」

「大王はあの剣をおとりになったのでしょうか」

ひと呼吸おいてから、百襲姫は言った。

「……そうじゃ」

「あの剣は、代々の大王がその血の正統を試されるものではないのですか」

百襲姫が答えるまでに、こんどは長い間（ま）があいた。

「……そうじゃ、と言ったらそなたはどうする？」

小俱那は唐突に立ち上がった。そして、追おうとした百襲姫をふりきるような激しさで言った。

「祀（まつ）り殿（どの）へまいります」

外へ出るか出ないかのうちに、大気の不穏さが感じられた。気流が舞い上がり、わきおこる雲を呼びこんでいる。雷雲（らいうん）だ。まもなく頭上を通過する――

しかし、彼のもっとも恐れるものの本体がさらにそばにある以上、かまっていられることではなかった。小俱那は三重の垣をぬけ、本体の――大蛇（おろち）の前に立った。風が吹きはじめており、髪と衣（ころも）のすそをなぶった。祀り殿の背後の杉木立には、青黒い雲がのしかかってきたのが見える。殿の扉を見つめながら小俱那は考えた。

（もし、ぼくが大王の子だったら。いろいろな符合が一致する。百襲姫が父は神だというわけ、赤ん坊のぼくを侍女が殺そうとしたわけ、百襲姫がさまよったわけ、大碓皇子とぼくが似ているわけ、血が純粋だというわけ、日継（ひつぎ）の皇子（みこ）にもなれるというわけ……）

しかし、小倶那はそれに気づきたくなかった。なるべくなら知らないでいたかった。大王と百襲姫は兄妹ではないか。それが大罪であることくらい、うとい小倶那でも知っていた。知りたくなかった――だが、もう引き返すことはできなかった。

殿の段を登った小倶那は、それまでのように目をつぶって両開きの扉を開いた。そして念じた。オノレノモットモ恐レルモノヲ見ツメヨ――

目をあけると、鼻先に大蛇がうごめいていた。巨大な赤い目、巨大なあご、憤った毒蛇（どくじゃ）のかま首。小倶那はよろめきかかって踏みこたえ、考えた。

（これは、ぼくだ。ぼくがもっとも恐れていたのは、吐き気のするようなこのぼくだ……）

大蛇はその巨大なあごを開いて襲いかかってきた。三日月の牙が頭上に、うねる舌が足の下に見えたが、小倶那は逃げなかった。そしてそのまま、ぱっくりと飲みこまれた。

胎児のように体を丸めたまま、小倶那は蛇に飲み下されるのを感じていた。蛇は彼自身であり、彼自身は彼を吐きだすことをやめたのだから、小倶那はどこまでも降りていった。蛇の腹の中はまっ暗で熱かった。やがて気がつくと、足から先について小倶那は立っていた。そして足もとには、鞘ごと薄く光るひとふりの剣が横たわっていた。

（ああ、ここにあった）

なぜかあまり不思議でもなく小倶那は思い、剣を取り上げた。そして、大蛇と剣と自分はひとつのものになっているのだ、と考えた。

（それでは、この剣で大蛇の腹を引き裂いたら、ぼくも死ぬだろうか）

少しためらいを感じたが、やってみる価値はありそうだった。百襲姫は、自分を裏返すことはできないと言った。それなら、破ってでも外へ出て行くのみである。小倶那は鞘から剣を引きぬくと、まわりの熱い闇に向かって思いっきり斬りつけてまわった。すると闇に走った切り口から、いなずまのようなぎらつく光がこぼれ出た。

「あっ」

百襲姫は思わず頭をかかえて叫んだ。大粒の雨のたたきつける紫の闇の中、耳をつんざく鳴動とともに太い雷光が直下した。地がふるえ、胸の悪くなるような響きが足もとから突きあげる。宮のあちこちで女の悲鳴が上がる。はっと顔を上げた百襲姫は、雨にもかまわず走り出て垣の門をくぐった。そして目の前に、火柱を吹き上げる祀り殿を見て凍りついた。

「小碓……」

見るうちに、燃え上がる高床の殿は柱がくずれ、白砂の上になだれ落ちた。傾いだ屋根の下から黒煙が吹き上がる。しかし、その屋根の下からはい出てくる人の姿があった。小倶那である。

体を起こした彼を見れば、白い衣には火の粉のこげあとすらなかった。右手には、炎を受けてまっ赤に輝くぬき身の剣を下げている。小倶那はまっすぐ百襲姫のほうへ歩いてきたが、夢遊病者のように何も目に入らぬ顔つきをしていた。その髪のまわりで、降る雨がぱちぱちとはじけるのを、百襲姫ははっきりと見た。

「小碓、そなた……」

姫が両手をのばして肩にふれると、一瞬電撃のようなしびれが走った。しかしそれはたじろぐ間もないつかのまであり、ふっと正気にかえった小倶那が、彼女を見つめ返した。

「母上……」

「そなたはやってのけたのだね。その剣を手にし、それどころか、ふるいさえしたのだね。歴代の大王も、今の大王も、ふるうことまではできなかった。もう何百年もそのようなことのできる者はいなかったのじゃ。おお、なんと尊い……」

百襲姫は感きわまって言うと、降りしきる雨をものともせずにひざまずき、小倶那を抱きしめてその帯にほおを押しあてた。

「証はたてられた。そなたほどに神に近い者はおりはしない。輝の血のもっとも純粋な、わらわの息子、わらわの皇子。そなたは皇子の中でも皇子を超えた者なのだよ」

小倶那は天を仰いだ。今は雨も彼の顔を打ち、髪からしたたった。それから彼は、ぬれそぼった母の幸せに輝く顔を見下ろした。そして静かに考えた。

(生まれてきては、いけなかったのかもしれない……)

第四章　戦禍（せんか）

1

大王（おおきみ）は玉座にすわり、ひじかけにかるくほおづえをついて、かたわらの卓（たく）の上にある小箱をながめていた。眉間にはたてじわが刻まれていたが、これはいつの年齢から か二度と消えることのなくなったものであり、たとえどんなに心やすらいでいるときにも変わらずそこにあるのだった。

漆塗り（うるしぬ）の箱のふたは開いており、幾重にも絹をしいた中には、ただひとつ小さな勾玉（まがたま）がのせてあった。大王は手にとろうとはせず、ただじっと玉をながめていた。

優雅な曲線と緒（お）を通す穴をひとつもつ見事な玉は、ほの白く半透明で硬質のつやをおびている。だが、はじめてそれを目にしたときの色味は失せていた。本来の勾玉はちょうど桜の花びらのような薄紅（うすべに）の色に、内側からにじむような光を放ってみずから輝いていたはずだった。

死んでしまった勾玉に見入ることは、大王の舌に苦い味をもたらした。長いあいだ橘（たちばな）を追い求め、あと少しでその秘儀にふれそうになったというときに、あろうことか、乙女がそれを彼に明かすことを拒んだのだった。彼のために生まれ、彼のために勾玉をたずさえて来たと語ったその舌の根もかわかぬうちに――

大王の年来の夢を、かなう直前にじゃましてのけたのは、大碓皇子（おおうすのみこ）だった。日継（ひつぎ）の皇子（みこ）として指名した者であり、皇子の中でも特に優秀な若者であることは父として認めてはいた。しかし、どこか一方で大碓（おおうす）の、若さだけに許されるすべての魅力と無謀さをそなえた立居ふるまいには、激しいいらだたしさを感じてもいた。そこへもってきて、今回の不始末である。年若い橘の乙女が、皇子のさわやかな容貌、言動に傾いたということが、あまりに納得しやすいことであるだけに、大王の怒りは大きかった。

とはいえ、大王はすぐにとり乱す人物ではなかった。側近の者ですら、大王はこの事件に憤りを感じてはいないのかと疑うほど冷静に事にあたり、まるで立場上しかたなくそうしているかのようにふるまっている。だが、実のところ大王の怒りは潜行すればするほど、高まっていたのだった。

ふと顔を上げて、大王は呼ばわった。

「宿禰、宿禰はおるか」

「おそばに」

低く静かな声が厚い帳を通して聞こえてきた。影の側近がいつもひかえている席である。このところ宿禰にはあれこれ命じてとびまわらせていたため、大王は彼がそこにいるか心もとなかったのだった。

「とりたてて報告がないところを見ると、大碓と明はついに三野へ逃れ去ったのだな」

「まことに残念ながら」

「よい。大碓が二度と都に顔向けできぬ形で三野へ逃げ入ることは、なかばわしのもくろんだこと。これでまほろばの軍勢は、名実ともに三野に攻めこむことができる」

思いふけるように大王はゆっくりと言った。

「勾玉の秘密を手に入れるには、かの土地に踏みこむほうが得るものが多いだろう。三野には必ず何かがある。追討軍の影の将として、そちをつかわすからそのつもりでおるように」

「こころえましてございます」

帳をもれる声はうやうやしく答えた。

「先だって、そちは申しておったな。聞き及ぶところでは勾玉はひとつではない、と。

それはたしかな筋の話なのか。このような玉がよそにもあり、どこかでまだ光を放っていると考えてよいのか」

「いにしえの伝承を集めますと、そのように受けとれるのでございます。数は五つとも、八つとも――言い伝えによってあいまいですが、今も橘の実を糸に連ねて魔よけとする風習があるように、勾玉も、もとはいくつかまとめて緒に通したものであったようです。その勾玉を連ねた首飾りを、『玉の御統』と呼んだことがわかっております。この首飾りを身につけた巫女は、絶大な力をもったそうでございます」

「『玉の御統』か……よい名の響きだ」

大王はつぶやいてうっすらと笑った。

「どこからそのようなことをかぎ出してくるのやら。そちは調べものの名人だな。その調子で続けてくれ。わしのもとにはまだまだ橘に関する知識が少ない。不死をはばむ、かの『剣』の呪いから解放されるには、その力が必要だということがわかっているだけなのだ」

「力の及ぶかぎり、命にかえても調べ出してごらんにいれます。すべて陛下の御ため……」

宿禰はおだやかな口ぶりで答えた。

「うむ――」

満足げにうなずき、大王がさらに何か言いかけたときだった。廊に近い側の帳がゆらぎ、とりつぎの侍女が姿を現した。身を飾った若い侍女は、しとやかにひざまずくと鈴をふるような声で言った。

「陛下に申しあげまする。斎のおんかたが来訪あそばし、陛下にお目どおりを願っておられますが……」

口をつぐんだ大王は、眉の片方をぴくりと上げた。これが百襲姫以外の人物であれば、即座に会わぬとはねつけただろう。だが、斎の宮のときならぬ訪問には、何か気にかかるものがあった。このところの彼女の行動には不可解なものが多い……

「通せ」

むっつりと大王は言い、侍女は帳の陰に消えた。

来訪者のために、油皿をかかげた燈台の明かりがいくつかふやされた。もうそんな時刻だった。日が沈んだのちに彼女の顔を見ることなど、十数年前の一夜以来なかったことだと、ふと思い出した大王はいくらか気もちが落ちつかなくなった。

少しして、きぬずれの音をたてて百襲姫が現れた。火明かりをうけた姫は相変わらず白く清楚で、娘のようにほっそりしていた。まばゆいばかりだった当時のなごりは今もある。妹の美しさはふとどきだと大王はつねづね考えていた。斎の宮である者が美貌である必要などないというのに――

「何があった。そなたが夜ふけて訪うなどとは、らしからぬふるまいだな」

「ただいま五瀬から着いたところですの。夜寒になりましたな……月が美しゅうございました」

　さらりと言って百襲姫は近づいてきた。

「わらわの口からじかに申し述べたいことがあってまいりました——兄上の間者がその報告をお耳に入れるよりも前に」

　じろりと妹を見て、大王は言った。

「罪人を勝手に連れだしたわびを、ようやくする気になったと言うか。そなたのたわむれのせいで、わしは配下にしめしがつかぬ」

「やはりご存じでおられましたの。かなりうまくあとをつくろったつもりでしたが」

　うろたえもせずに百襲姫はほほえんだ。

「ええ、兄上はなんでもご存じであられる。兄上の手はどこへでものびておられる。五瀬で仕える人々の中にも兄上の息のかかった者がおることは、わらわも気づいておりますよ。なれば兄上は、わらわがあの若者を連れて五瀬で何をしたか、とうにご承知であらせられましょうな」

　いらいらさせられて、大王は思わずひじかけを指先でこきざみにたたいた。会わずにいるとなつかしいのだが、会えばたちまち腹立たしいのがこの妹姫だった。昔からそうだった。

「ままごとのいちいちを報告させるほど、わしはひまがあまってはおらぬ。だが、ずいぶんとねんごろな手当てをしてやったそうだな。あの御影人に、どんな使いようを見出したのだ」

百襲姫は口もとに手をやり、短く勝ち誇ったような笑い声を上げた。

「先に申したことは撤回いたしまする。兄上はやはり、何もご存じでないかた。その目でごらんになっても、何もわからぬかた」

「そなた、わざわざわしを怒らせにまいったのか」

雲ゆきの険しい大王の顔を、平気で見返して、百襲姫はさらに言った。

「お気づきにはならなかったのですか。あの子がそっくりなのは、大碓以上に、昔の兄上のお顔であったことに。わらわはひと目見て、この上なくいとおしく思いました。どんなにいつくしんでもたりないほど、いとおしく。あの子が傷を負ったことがうれしかったほど――そのせいでわらわは看病することができたのですから」

大王の瞳にはじめて懸念がやどった。

「何が言いたい、そなた……」

「わらわはとうとう手に入れたのです。わらわの神、わらわの愛を。あの子はわらわのものです。このおなかを痛め、あの子に生を授けたのですもの」

「百襲（ももそ）！」

　玉座から立ち上がった大王は、自分の動転ぶりにも気づかずに壇を下りて、百襲姫に向かっていった。

「気でもふれたのか、何をたわけたことを。斎（いつき）の宮のそなたに子などおらぬ、いるわけがない」

　大王は腕をつかもうとしたが、百襲姫はするりと身をかわした。彼女の瞳は危険なほど輝いており、身をかわしたすばやさはあやかしの精か何かのように見えた。

「……死産だったはずだ」

　歯のあいだからささやくように大王は言った。

「いいえ、死んではおりませぬ。河に流されはしましたが、生きていたのです。そして、もう二度と殺させはしませぬ」

　にっこり笑って百襲姫は言った。

「あの子は『剣（つるぎ）』をふるいました」

　今度こそ本当にがくぜんとして、大王はしばらく息がつげなかった。

「そなた……なんということを。神の宮にあずかる『剣』を、ことわりもなく見せたのか。……死にもあたいする行為を、そなた……」

「死などこわくはありませぬ。あの子のためならなんなりとも。ですが、兄上、あの子は『剣』をとり、見事にその身の正統を証しました。そしてそれ以上のことを――ふるうことをしてのけたのです。『剣』をふるってみせる者など、あの子のほかには存在しませぬ。兄上はあの子を味方につけずにはおれないはずですよ」

ひと息いれてから、百襲姫は思わせぶりにつけ加えた。

「兄上が橘の力をさがし求めていることは、わらわも存じております。ですが、あてにならないよみがえりの術を追うよりも、『剣』の制御を手に入れることのほうが、あるいは早道かもしれませぬよ」

大王は黙然と立ちつくしていた。しかし、その沈黙の中に同意のきざしを読みとった百襲姫は、先を制するようにほほえみかけた。

「ほんに長いあいだ、わらわと兄上とは仲たがいをしておりましたな。わらわも片意地になっておりました。けれど――あの子を得て、何もかも消えはてました。今後はわれわれも、口をつぐんだままさぐりあいをするのはやめて、ひとつの目的を分けあうべきではありませぬか。あの子に免じて。あの子という生きたきずなが、われわれをはっきりと結びつけているのですから」

2

戦(いくさ)の準備というものが、これほどに忙しいとは遠子(とおこ)は知らなかった。とりで固めに柵をめぐらし、石を積み、物見(ものみ)の塔を作り、穫り入れが終わったばかりの食物は、たくわえのために何里も遠くまで運ばなくてはならなかった。鍛冶(かじ)職人は大わらわで、親方たちは夜も眠らずに槌(つち)をふるっているし、女たちが急ぎそろえる衣類や旗のたぐいも、ばかにならない量だった。

さらに、皇子(みこ)は万が一を考えて、女子どもや老人が戦火をまぬがれるように喪山(もやま)のふもとに避難とりでを設けることを計画したので、これを整えるのがまた大変だった。人手はもうほとんどまわせず、結局遠子たちそこへ行く者が、自分たちでかなりのことをしなくてはならなかったのである。

こうなると、もはや身分の上下も細腕だのともいっていられなかった。遠子は、生まれてはじめて自分で土を掘り、くいを打って、柵をこしらえた。きつい仕事だったが、つまらなくはなかった。少なくとも彼女にとっては、縫いものより大きな満足感が得られる——気がした。翌朝見たら、倒れていたりしたけれども。

守(もり)の宮からは、象子(きさこ)が一時つとめを免じられて人々の手伝いに来ていた。ところがこれが、目ざわりなだけでいっこうに役に立たない女なのだった。口ばかり達者だが、力仕事をするとなると、いつも逃げてしまう。いつか彼女とは、昔のようなとっくみあいのけんかをしないではいられまいと遠子は思っていた。

明姫もここにいたが、姫は、大変もの静かで、ただただふるまいにおいて人々の模範となっていた。明姫ほど朝早くから夜遅くまで働く者はなく、みんなのいやがる仕事をすすんでする人はいなかった。わずかな休息のときにさえ、皇子のための衣を心をこめて縫っていた。遠子が心底感心すると、明姫はかるくほほえんで、彼女は何年もそういう労働をしてきたから平気なのだと言った。その返事は遠子を悲しい思いにさせた。

(この戦は必ず勝つわ。勝って皇子様と明ねえさまは、末永く幸せにお暮らしになるのだわ)

そう考えると遠子は気もちが奮い立つのだが、反対にひどく気落ちすることもあった。遠子らしくもないこの落ちこみは、大巫女の言った不吉な言葉のせいだった。

「すべての災いの元凶となるもの、忌むべきものはその子じゃ」

小俱那をさして大巫女ははっきりとそう言ったのだった。遠子はそれがどうしても信じられないものの、心に重くのしかかっていた。

その日、避難とりでの構内に根菜をつくる畑をたがやそうと、くわをふるっているときだった。どうしようもなく憂鬱になり、思わず遠子はくわを止めてしゃがみこんでしまった。

(なぜだろう……あの虫も殺せぬような小倶那が、なぜ忌むべきものと言われなくてはならないんだろう……)

　土くれを見つめながら、遠子は小倶那のためらいがちな笑顔を思い描いた。彼はあまり笑わなかったが、遠子にだけはそんな笑顔をいつでも見せた。遠子にとって、それはひそかに得意なことでもあったのだ。小倶那のどこに災いがあるのか、わからなかった。災いになるにしては、彼は自己主張のなさすぎる子だった。

（大巫女様は、占(うら)が正しく示さなくなってきたとおっしゃっていたわ。小倶那に関してだって、まちがいということもあるじゃないの……)

「あら、さぼっている。遠子ときたら、さぼってばかりいるじゃないの」

　突然遠子の思考は高飛車な声にさえぎられた。見ると、鬼の首をとったような象子(きさこ)がそこにいた。

「人にはえらそうなことばかり言って、自分はそうしてなまけているのよ。遠子って、口先ばかり。大巫女様やおねえさまの前ではいい子になって」

　遠子はむっとなって立ち上がると言い返した。

「おだまりなさい、口先ばかりはあんたでしょう。三野(みの)もおしまいね、象子みたいなのが大巫女になった日には」

「このわたくしに向かって……よくも言ったわね」

象子は眉をつり上げた。

「あんたとは、もう一度決着をつけなくてはならないと思っていたわ」

「それはこちらで言いたいせりふよ」

二人がにらみあった、そのときだった。建物の中から明姫が走りでてきて、精いっぱいの声をはり上げた。

「遠子、象子、早く来て。知らせが入ったのよ。大王の軍が動いたの」

遠子たちは顔を見あわせ、勝負をおあずけにしてとんで駆けもどった。屋内に入ると、人々に囲まれて使者はまだ話し続けていた。それによると、国境につめている兵士のあいだに、ひどい混乱がおきつつあるというのだった。

「――追討軍を率いる人物こそが真の大碓皇子であると、三野にいるのは皇子の名を騙るにせものであり、この地の人々はそれに踊らされているという、とんでもない話が出まわっているのです。兵士の動揺は大きくなりそうです。姿をたしかめたが実際にそうだった、と証言する者が出てきているのです――皇子がおられたと」

（小倶那？）

電光に打たれたように遠子はそう考えた。追討軍にいるのは小倶那ではないか――

すると、それはあっというまに確信に変わっていった。

（でも、どうして……）

遠子の胸は早鐘を打ちはじめた。たしかめなくてはならない。本当にそれが小倶那かどうか、小倶那ならば、どういうわけで大王の軍において皇子に仕立てられているのか――あるいは彼の意志ではないのかもしれない。

知らせを終えた使者がすぐに引き返すべく戸口へ向かうと、わきから進み出て遠子は言った。

「わたし、あなたといっしょに行きます。真相をもっとよく知りたいんです」

「遠子ったら」

象子が叫んだ。

「ここの作業を放り出して、わたくしたちに押しつける気なの。自分勝手なことばかりしないで」

遠子は、一度横っつらをひっぱたかないともう気がおさまらないと思い、手をふり上げた。しかしその前に明姫がおさえ、あいだに割って入った。

「争いはおやめなさい。大きな戦いがあるというのに、こんなに近しい者たちがいがみあってはいけません。その気力はよそへふりむけるべきものです」

象子は姉に怒りのまなざしを向けた。

「わかったようなことをおっしゃらないで。その大きな戦いを三野にもたらしたのは、おねえさまではありませんの。おねえさまはもう一の姫ではありませぬ。いさめられるすじあいはありません」

明姫は象子の言葉に顔をくもらせたが、それでも表情は静かだった。

「たしかにそのとおりです。わたくしにはなんの権限もありません。権限どころか、わたくしはみなの足もとにひざまずいて許しを乞う者です。けれども、そのわたくしにも、ひとつ言えることがあります。象子、それは、どんなに高い巫女の能力をもつ者といえども、人の心の痛みに気づかぬようでは、真の大巫女にはなり得ないだろうということです。そなたには遠子の思いがわかりませんね。そなたにはまだ、自分以上に大切な人がない。人の身を案じることがどういうことか、知りもしないでしょう」

（明ねえさまは気づいていらっしゃるのだわ。わたしが小倶那だと思ったこと）

同情されると強気でいられなくなるのが遠子のつねだった。涙が浮かんできて、あわててまばたいた。

明姫は遠子を見て、かすかにほほえんで言った。

「いいから、行く用意をなさい。あなたの仕事はわたくしがかわります。気にはしないで。わたくしだって、いつ飛び出すことになるかわかりませんもの」

遠子は声をつまらせた。

「すみません。わたし……」

ふいに象子が声をはり上げた。

「いつだって、いつだって、おねえさまは遠子の肩をもたれるのよ。わたくしたちがけんかをすると、いつも」

続いてわっと泣きだした象子は、やみくもに人をおしのけて戸口へ向かった。

「わたくしにだって痛みはあるわ。でも、わたくしの心の痛みなどだれも気にかけてはくれないんでしょう」

気になった遠子は、出かけてしまう前に象子を捜しに行ってみた。あちらこちらをのぞいたあげく、裏手の柵にもたれて激しく泣いている象子を見つけた。

「象子……あのね……」

遠子がためらいがちに声をかけると象子は泣くのをやめたが、柵にかけた手に顔を押しつけたまま上げようとはしなかった。

「遠子だって、昔から明ねえさま、明ねえさまって、おねえさまばかりをほめていたじゃないの。いつもいつもみんなに姉とひきくらべられるわたくしが、どんな気もちだったか、わかりっこないわ。どんなに努力してもおねえさまにはかなわない。それを見せつけられてばかり。大巫女様の跡継ぎになってからでさえ、みんなの目はおねえさまを向いている。罪を犯しても、何をしても、おねえさまなら許される。そして象子はいつだって引きたて役なのよ」

遠子は思わず言った。

「それはひがみじゃないかと思う。象子が後継ぎだってことを認めない人など一人もいないでしょうに」

「放っといてよ」

象子は再び泣きはじめた。

「遠子みたいながさつな人になぐさめられるのって、一番がまんができない」

遠子は肩をすくめて引き返した。しかし、できのよすぎる姉をもつ苦労というものがあることに、遠子もこの日はじめて気がつかされたのだった。


使者と馬を並べて、遠子は上つ里へ向かった。大碓皇子は今そこに陣営をたてているはずで、遠子は明姫にことづけられた皇子の新しい上着を持っていた。あわせのひもとふちどりに紅の色を使ったその服を、明姫が日も暮れてから小さなともし火のもとで、ひと針ひと針縫っていたのを遠子はずっと見てきていた。

大碓皇子は、大軍を相手どった場合、ひらけた久々里より谷の細道を要害とする上つ里にとりでをはるほうが有利と考え、本拠をこちらへ移したのだった。上つ里の防備はそのためことに念入りに整えられた。敵の軍勢を三野のふところ深く誘いこんだ上で、あらかじめ久々里に伏していた味方の軍勢が彼らの後方から攻めかかる。そうして敵軍を分断し、数による優勢をきかないものにするのが皇子のもくろみだった。先をとがらせた高い柵で囲み、門の前では弓矢を持って見下ろす見はり台の者から誰何を受けなくては味方も通れなくなった上つ里へ、遠子はもどってきた。囲みを通してもらうと、彼女はいっさんに駆けて自分のやしきをめざした。

里長の館はそれほど変わってはいないとはいえ、以前にくらべて雑然としていた。寝起きする人間はふえる一方で、いかにきちょうめんな真刀野をしても乱雑さをおさえられないようだ。真刀野は、避難せずに最後までとりでにとどまり男たちのめんどうを見ることを決意した女性の一人だった。その勇敢さのいくぶんは、この館をこれ以上めちゃくちゃにされるのは我慢がならないという理由なのを、遠子は知っていた。

遠子が母をさがしに行くと、真刀野は裏で炊事の最中だった。髪をおおい、たすきをかけて、何人もの女性に指示を与えながら戦士のような表情で大量の炊きだしにあたっていた。

「かあさま」

「まあ、遠子、おまえ、どうしてもどってきたりしたの」

「遊びに来たわけじゃありません」

遠子はまず言った。

「皇子様にお会いしなくてはならないことがあって来たの。お渡しするものもあるし、皇子様はどちらにいらっしゃるの？」

「大碓(おおうす)どのは、つい今朝がた久々里(くくり)へ向かわれたところですよ」

遠子はがっかりした顔になった。

「まあいやだ、ひと足ちがいなのね。しかたない、すぐに追いかけなくては」

「何を言っているんです、この子は。久々里へなど行けませんよ。もうすぐそばまで大王の軍が迫っているのですからね。久々里はいつ攻めこまれてもおかしくないのよ」

「だからこそ、戦(いくさ)の前に皇子様とお話ししなくてはならないの」

遠子ががんとして言うと、真刀野ははっとした顔つきになった。

「おまえ……聞いたのね、大王の軍の将の噂を」

「ええ、そうよ。かあさまはどうお思いになる？」

せきこむように遠子はたずねた。

「まさかまさか、小倶那ではないわよね？　小倶那が平然と敵の将軍におさまっているなんて、考えられないわよね？　わたし、どうしても聞きたいの。皇子様がどう思っていらっしゃるのか……」

真刀野はだまっていたが、母の表情がみるみる暗くなるのを遠子は見た。

髪をおおっていた布をはずし、隣にいた女性に、しばらくとりしきってくれるようにたのむと、真刀野は遠子の背中を押して言った。

「こちらにいらっしゃい。ここでは話もしにくいから」

真刀野が入って行ったのは、もと遠子たちが子ども部屋に使っていた東のはなれだった。だが今そこは、雑多な荷物を運びこんだ物置と化してしまっている。思い出の場所がこのように変わり果ててしまうのはうれしくないことだったが、今は感傷にひたれる時でも場合でもなかったので、遠子は見ないふりをした。積み重ねた長びつや行李（こうり）に囲まれて二人は向かいあった。

真刀野が口を切った。

「だまっているほうがおまえのためかもしれないけれど、おまえはそれでは承知しないだろうから言いましょう。皇子はあれが小倶那であることを確信しておられます。そして、たいそう腹を立てておられます」

遠子は息をのんだ。

「腹を立てて……小倶那のことで？」

「お怒りになるのは無理もないことでしょう。ご自身を真の皇子ではなく、にせもののように言う、あのようにおとしめられた風聞は、誇り高くておられるあのかたには何より耐えられないことでしょう。しかも小倶那には……皇子が激怒されるだけの理由があるのです。根も葉もない噂なら笑いとばしもできるものを、そうできない理由が。大碓どのは、小倶那を討たずにはすまさぬ勢いでお出になりました。『わたしはふところで蛇をかえしたおろか者だ』とおっしゃって……」

「どうして？　あんなに小倶那をかわいがっていらした皇子様が、どうしてそんなふうにおっしゃるの？　小倶那はああいう子で、少しも悪意をもたないことはご存じのくせに、そう決めつけてしまうなんて」

真刀野は、ひどく疲れた人がするように両のまぶたに指を押しあてた。そしてしばらくそうしてから、苦しげに言った。

「遠子、小倶那はね……小倶那もまた、皇子だったのよ。皇子様は前からそれを調べておられた。大王のお子ではないかと……そして、ちょうどそのころ三野まで来たと思われる、斎の宮の隠されたお子ではないかと疑っておられたの。けれどもそれはあまりに罪深いことではあったし、疑いだけで人をうとんじるかたではなかったので、ずっとだまっておられた。それが、今度の件ですっかり明らかになったとおっしゃったわ。小倶那を日継の皇子に仕立てようとする大王と斎の宮の策謀を許すわけにはいかない、と」

「うそよ……」

遠子は衝撃を受けてかすれ声で言った。

「小倶那が皇子だなんて。そんなこと、ありえない……」

「かあさまはね、皇子様がそうおっしゃって以来、自分を責めているの。あの日、なんの考えもなく葦舟に乗った赤子を拾い上げて、乳を与えてしまった。そしてそのことがどこかうしろめたくて、長いあいだ大巫女様にも伝えずにいた。かあさまのしたことがまちがっていたのかもしれない。わたくしはそれをうすうす知っていたからこそ、大巫女様には話さずにいたのかもしれないわ」

母を揺さぶるようにして遠子は叫んだ。

「そんなふうにおっしゃらないで。それでは――それでは小倶那にとってあんまりだわ。ううん、遠子にだってあんまりよ。わたしが育ってきた今までは、小倶那をぬきにしては成り立たないんですもの。赤子を助けて何が悪いの。赤ちゃんのどこに罪があると言うの。かあさまもかあさまよ。小倶那の生まれがどうであっても小倶那はうちの子だって、あんなにはっきりおっしゃったじゃないの」

真刀野はまばたいて娘を見つめ、やっとかすかな笑顔になった。

「ああ、そうね――そうだったわ。今ごろ悔やむのはとてもおろかなことね。このところ眠れない夜が多くて、少し疲れているのかもしれないわ。おまえの言うとおりですよ。でもね、かあさまは大巫女様が恐ろしいの。大巫女様が小倶那についてなんとおっしゃるか……」

遠子はぐっとつばを飲んだ。『忌むべきもの』と言った大巫女の言葉をのみこむとは、とんでもなく重たいことのような気がしたが、母にこれ以上の心労をかけたくはなかった。少々度はずれなほどの明るさで遠子は言った。

「そんなに気になさらないで。大丈夫よ、遠子がちゃんとたしかめてくるわ」

出て行こうとする遠子に、真刀野はあわてて叫んだ。

「これ、遠子。たしかめてくるって、どうするつもりなの」

しかし遠子はすでに、軽々と走って行ってしまっていた。

「平気よ、かあさま、皇子様にお会いしてくるだけ。危ないことはしません」

「まったくあの子は……」

あきれたため息をついて真刀野はつぶやいた。まるで地面に足をつけていないようだ。思い立つやいなや、矢のようにどこへでも飛んで行ってしまう。その鳥のような身軽さ、男のものでも女のものでもない軽やかさを、遠子はいったいどこまで運んで行く気だろうと考えると、真刀野は末が案じられる思いがした。

乗ってきた馬に飛びのると、遠子は来た方向とは反対の表門へ向かった。そこには裏よりいっそう厚く固められた防壁があり、見はりの塔ものものしく多くの人数がいた。その見はりの中に角鹿（つぬが）の顔を見つけた遠子は、ふりあおいで両手で口をかこって叫んだ。

「角鹿、角鹿。ここを通してよ。皇子様のところまで行くんだから」

　びっくり顔の角鹿が弓を片手に、塔から身をのり出した。

「またあなたですか、遠子姫」

「何をつべこべ言っているの。わたしは皇子様にお渡ししなくてはいけない大事なものを、明姫様からおあずかりしているのよ。急ぐから早くして」

「皇子へのお届けものでしたら、かわりにわたしが届けましょう。今、久々里まで行くのは姫には危険すぎます」

　角鹿が申し出ると、遠子はこぶしをふり上げた。

「とんでもないことを言わないでちょうだい。明ねえさまが心をこめて作った着物を、皇子様より先にほかの男の人にさわらせられると思うの。わたしが持って行くと、これは約束したのよ」

　見はり台の上で角鹿はまわりの者からつつかれ、何やら言われているようだった。少しして、彼ははしごをつたって降りてくると、しょげたように遠子の前に立った。

「……おともいたします」

「あら、わたしはかまわないのに」

「わたしも命が惜しい気はするのですが、姫の護衛にはわたしが一番ふさわしいと、みなが言いますもので」

「ずいぶん買われているのね」

「たんに、前歴があるだけです」

「なんだかうれしくなさそうね」

「そんなことはありません。おかげさまで、三野じゅうに名をはせることができました」

たしかにあれは笑い話になると思い、遠子は自分のことながら笑った。

谷を抜けると、久々里の陣は見えてきた。そこはいつでも逃げ去れるようにできた簡素なものであって、上つ里から来るとその差がよくわかった。またもや見はりと押し問答をした遠子の前に、今度立ちふさがったのは七掬(ななつか)だった。七掬は笑いのかけらもない気難しい表情で言った。

「このようなところへ来られるとは、感心いたしませんな。今はそれどころではないことが、おわかりではないのですか。われわれの中のだれかをむだに死なせたくなければ、即刻お帰りください」

さすがに遠子もいくらかしゅんとなったが、それでもたのんだ。

「ひと目だけでいいの、皇子様に会わせて。明姫の上着をお渡しして、ひと言だけ聞けば大急ぎで帰るから、お願い。皇子様に、小俱那のことを怒ってないと言ってほしいの。皇子様の口からお聞きしたいのよ」

七掬の濃い眉が動き、心苦しいようすを見せた。彼も内心は動揺していることが遠子にはわかった。

「ねえ、お願い。七掬どの」

「遠子どの……そうしてさしあげたいのはやまやまですが、実は今、ここに皇子はおられぬのです。皇子はわしらにここを託して、一人で敵の将に会いに行かれました」

「なんですって」

思わず遠子は叫んでしまった。

「お一人で？　小倶那に……？」

「戦になる前に、話し合いを求めてきたのは敵方のほうです。皇子はそれに応じられ、協定どおりただの一人で向かわれました。わしはお止めしましたが、むだで……」

「話し合いをしようとするなんて、やっぱり小倶那なんだわ」

ほっとする思いで遠子は言った。

「それならきっと安心ね。わけを話せばお互いの誤解もなくなって、よい方向に進むわ」

「そうでしょうか」

暗い声で七掬は言った。

「わしはいやな予感がする。どのように事が運ぶか心配でなりませぬ。たとえ小倶那には何心ないとしても、彼の後ろにつく者は狡猾で下劣です。皇子の怒りをどのようにかきたてたかご存じでしょう。そして、皇子は——」

「——怒ると止まらないかたね」

遠子はつい引きとって言った。七掬はちがうとは言わなかった。

「二人はどこで会うことになっているの？」

「島です。皇子がお造りになった池の島、あそこです」

以前の小倶那がどんなにその島に感心していたかを思い出すと、遠子は胸が痛んだ。

「行ってみるわ」

「いけません。池から百歩の距離にはどちらの側の兵士も決して近づかない取り決めです」

「わたしは兵士ではないもの」

「理由になりません。一人が動けば協定はなきものとなり、全軍がぶつかり合います。こらえてください。戦いたくなければ、祈っていてください」

きびしい声で七掬は言った。彼自身が駆けつけたくてたまらないのだということが、その口調に表れていた。泣きたい気もちになって遠子は考えた。

（小倶那がそこにいる。とうとうやっと三野へもどってきて、ほんの鼻の先まで来ている。けれどもこんな恐ろしい帰り方を彼がするなんて、だれに予想ができたろう……）

3

久々里（くくり）の南東に位置する川沿いの地に一大陣営をはり、まほろばから進軍してきた軍隊は集結している。そして今、将軍のものである幕屋（まくや）の中では、小倶那（おぐな）が大王（おおきみ）の一の寵臣（ちょうしん）、宿禰（すくね）と口争っていた。

「大碓皇子（おおうすのみこ）と和解したいと、三野（みの）での戦（いくさ）を止めたいと大王は言われたはずだ。そのためにぼくを起用されたはずだ。なのに、あなたがそれをはばもうとするのはなぜなんだ」

宿禰をにらみつけて小倶那は言った。彼は我慢の限界にきていた。くり人形にされて、策謀と策謀のあいだでつき動かされているだけだということが痛いほどわかってきたのだ。

「皇子になりかわりに来たわけではない。この軍を率いてきたのは、謀反（むほん）のもみ消しになるという大王のお言葉があったからこそだ」

「そうでしょうとも」

宿禰（すくね）は、こぶしをにぎりしめる小倶那の前で、ほとんどうすら笑いを浮かべるような調子で言った。

「都の人々もこの軍の中の者も、追討の将こそが一の皇子と信じております。よいではありませんか。凱旋（がいせん）すればさぞ歓呼の声で迎えられることでしょう」

宿禰は細おもての、やや女性的に思えるほどすらりとした男だった。武人には見えず、典型的な参謀の型である。だが、将として馬上にまたがる小倶那は飾りであり、実質的にすべてを掌握しているのはこの宿禰なのだった。それが小倶那にはいまいましかった。

「ふれてまわることはなかったはずだ。あなたのさしがねなのだろう、三野にいる皇子がにせものだなどと――」

「効果を助長したことがなぜ悪いのです。三野の戦隊はかなり闘志に水をさされた模様ですよ。戦をおさえるには何よりではありませんか」

「皇子がどんなお気もちで聞かれたと思う」

宿禰は腕を組んで小倶那を見つめた。

「ですから、大碓（おおうす）どのとの一対一の話し合いはむだだと言うのです。大碓どのはあなたを二度とは許しがたく思われたでしょう」

小倶那は口をむすんで体をふるわせたが、くじけることなく言った。

「会ってお話ししなくてはならない。あのかたはぼくを知っている、わかってくださらないはずがない。三野を戦場にしないためにこそ、ぼくは来たんだ。将を演じた理由を知っていただかなくてはならない。皇子に敵対するために来たのではないことを」

「この上まだ大碓どのの配下としてふるまえるとお思いですか。大王に皇子と認められたあなたが？」

宿禰の問いに小倶那は顔をそむけた。

「認められてなどいない。ぼくは……皇子なんかじゃない」

百襲姫に連れられて都へもどり、再び寝殿で大王の前に立ったときのことが思い出された。大王は彼に五瀬の宮で神剣を手にしたいきさつをたずねたが、ただそれだけだった。硬質の輝きをもつ瞳の色に、動くものは何ひとつなかったのだ。

それから大王は、まるで小倶那が以前からの臣下であるように、大碓皇子との和睦をはかる特使を命じた。軍を率いる形をとりながら、大碓皇子を呼びもどすように、と。

「大碓が都へもどれば罪は許す。明姫のことも忘れよう。今回の謀反をなかったこととみなしたいのだ」

大王は彼にそう言った。だから、小倶那は拝命した。

このとき小倶那は、自分と大王の距離がそれ以上には決して縮まらないことをさとったのだった。大王は血のことを口にせず、これからも決して口にしないだろう。しかし、それでいいと小倶那は思った。もともと皇子になりたいと思ったわけではない。すなおに拝命したのは、それが三野へ行けという宣旨だったからだ。彼は三野へ帰りたかった。この際どんな形であろうとかまわない、と思うほどだった。

だが、その自分の考えが甘いものだったことに、今小倶那は気づいていた。大王には大王の策謀があるのだ。でなければ大王の手足ともいえる宿禰が、こうも事態を正反対の方向に進めるはずがない。そして、小倶那を案じる百襲姫にも、百襲姫の策謀があった。出発前、なぞめいた笑みを浮かべながら彼に剣を授け、剣の主はこれから二度とこの剣を体から離してはならぬ、と言った、斎の宮の胸の内が小倶那にはわからなかった。

小倶那は腰帯に吊ったその剣に手をかけ、やり場のない思いをかみしめた。神殿の剣に手をふれてからこちら、すべてが自分の意図とはほど遠いところで運ばれてしまっている。血の証を手に入れたことが、彼を解放するどころか、ますますぬきさしのならない場所へ追いつめていくのだ。

「もうたくさんだ」

小倶那はつぶやくと、かぶとを脱ぎすて、よろいのひもを解きはじめた。

「何をなさるおつもりです」

「決まっているだろう、皇子に会いに行くんだ。話し合いに指定された、池の島へ」

「具足(ぐそく)を……」

「戦いに行くわけじゃない」

小倶那は、百襲姫が彼のためにとりそろえた華美なよろいをどんどん脱いでいった。あきれて見入る宿禰の前で、とうとう衣まで脱ぎ捨ててしまうと、かわりに簡素な白の上下を出してそれに着がえた。

（いつだったか皇子は、自分の身がわりをつとめるときには白いものを着るなとおっしゃった。だからこそぼくはこれを着て、ただの小倶那として行くんだ……）

宿禰はやれやれといったため息をついた。

「あなたがそこまで大碓どのに斬られたいと言うのなら、お止めしません。御影人(みかげびと)までつとめたわりに、あなたは大碓皇子という人物をご存じないようですね。彼はあなたが皇子だということをとっくに承知していますよ」

帯をむすぼうとしていた小倶那の手は、思わず止まった。宿禰はさらに言った。

「大碓どのはあなたの素姓を調べたはずです。おそらくは相当早くに探りあてていた……それでいながら、だまってあなたを使役した。自分の利のために、あなたを影とし続けたのです」

小倶那は小声で叫んだ。

「うそだ」

宿禰はほほえみを浮かべた。

「事実です。わたしも調べに出向いたもので、同業のしたことはわかるのです」

「あなたはそうやって……ぼくを皇子から離反させようとする」

小倶那が言うと、宿禰は肩をすくめた。

「真実を見ていただきたいものですね。術策はわたしどもの専売ではない。大王の宮に住む者で、腹に隠しもつものがない人間などいないのですよ。大碓どのとて同じ穴のムジナです」

それ以上は言葉を返さず、小倶那はふりきるように幕屋を出た。宿禰のやわらかく低い声は、毒をおびてくすぐるように耳にすべりこむ。へたをすると一言一句信じこまされそうになる。危険な人物だった。

そのまま駆けだそうとした小倶那だったが、ふと、足が止まった。脱ぎちらかした具足といっしょに剣も放りだしてきたことに気づいたのだ。何も持たずに出かける決心ではあったのだが、彼をためらわせたのは、小倶那に神の剣を押しつけたときに念を押した百襲姫の言葉だった。

「必ず身につけ、夜も昼も、そなたのもとから離さずにおくのだよ。この剣の主はそなたじゃ。そなたが放っておくと、よくないことがおこる」

後ろをふりかえったちょうどそのときだった。幕屋の中で押し殺した叫び声が上がった。宿禰が発したものだ。どきりとして中へ飛びこむと、宿禰が顔色をすっかり変え、ぼうぜんと目を見開いて右の手を押さえていた。

「剣にふれたのか」

小倶那は思わずきつい声でたずねた。宿禰は目を白黒させ、すぐには言葉も出ないようすである。歩み入って小倶那は落ちていた剣を拾い上げ、帯にさしこんだ。

「ぼく以外の者は、この剣に手をふれてはならない。何がおこるか知らないぞ」

宿禰に向かって小倶那は言いわたした。

「そ、その……剣……は、まさ……まさか」

ひどくつっかえながら、宿禰はようやく声を押しだした。瞳に畏怖が浮かんでいる。

小倶那は彼の顔を見ただけで、答えはせずに幕屋を出た。そして、宿禰がうすら笑いを浮かべて小倶那を見くだせずにいるところをはじめて見た、と考えた。

木枯らしが吹きはじめており、小倶那は自分のいでたちが時期にあわないことにおそまきながら気がついた。さすがに寒かった。池のふちには、吹き寄せられた落ち葉が茶色のかたまりになって浮かんでいる。モズの鳴く声が聞こえる。冬の足音が風に濃くただよう。

鳴る、炎が恋しくなる季節なのだった。木立にも原にも、枯れゆくもののわびしさが
　それでもそれは三野の木立であり原であり、小俱那の目にはうれしく映った。池も、島も、橋も、あるだけでうれしかった。思い出にあたためてあるより小さい気がしなくもなかったが、なつかしさをそこなうことは少しもない。間近まで来ると、池の島は、小俱那の記憶にあるものよりさらに入念に整えられたことがわかった。橋の向こうには、たくみに配された木立とまわりこんだ石段があり、小山の頂上のあずまやに続いていた。丸柱に支えられた優雅な屋根に、今は真紅に染まったカエデが枝をさしかけている。小俱那はすんでのところでここへ来た目的を忘れそうにさえなった。

　石段を一気に駆け登った小俱那は、小さなあずまやの中を見まわし、自分が先に着いたらしいと考えた。だが、そうではなかった。大碓皇子は柱の陰から静かに現れた。

「わずかに会わぬうちに、こうまで立場が変わるとは。わからぬものだな、小碓」

「皇子。ご無事で何よりでした」

　小俱那は顔を輝かせかけたが、すぐに皇子の瞳には親しみのかけらもないことに気づかされた。

「おぬしも無事だったたな。わたしはおぬしを残したことを何度後悔したかしれないが、

わたしが敵に向けて放ったおぬしは、返し矢となってもどってくるさだめだったらしいな」

大碓皇子のそのようなまなざしを、小倶那はそれまで見たことがなかった。彼の知っている皇子は、いつも上機嫌で瞳を躍らせている人だった。しかしそれは、皇子の庇護のもとにいる者に対してのみだったことを、敵に対してはだれより非情に牙と爪をとぐのだということを、思い知らされるようだった。気が沈むのをおぼえながら小倶那は言った。

「ぼくが来たのは、戦をしないためです。皇子、大王は和解ができないものかとおっしゃっています。謀反をなかったことに、皇子のお名前に傷がつかないように収めたいともおっしゃいました。それができるなら、戦をせずにすむのなら、三野もどんなに救われるかしれません。考えてみてくださいませんか。条件を言ってくだされば、ぼくが大王まで伝えに行きます」

小倶那が言い終わると、大碓皇子はふいに笑い声を上げた。あざけるような笑いだった。

「そのような甘言を真に受けて。おぬしのおろかさ加減も気の毒だな。まだわからぬのか、大王の家の者のやり方が。そんな恩情がひとしずくでもあの父にあるものなら、はじめからわたしはこのような事には及ばぬ。だいたい、父が日継の立場を気にかけているとはお笑いだ。父の最終的な望みは、後継ぎなどいらない不老の体を手に入れることだというのに」

「けれども、大王はたしかに――」

けんめいに言いかける小倶那を、皇子はさえぎった。

「もういい、おぬしに託された申し出はわかった。そしてわたしの返事はこうだ、こみいった策略をはるには及ばぬ。おぬしはわたしが斬って終わらせる、と」

「皇子」

小倶那は顔が青ざめるのを感じた。

「おぬしは死んでいるべきだった」

かみしめるように言って、皇子は腰の剣(つるぎ)に手をかけた。

「おぬしがわたしの身がわりとして立派に死んでくれることを、わたしはひそかに願っていた。そうすれば、生まれも血も関係なく、おぬしはおぬしだと思っていられたからな。おぬしはそしてわたしの記憶の中に、ほまれをもっていつまでも輝いたことだったろう。なのにおぬしは、そうしておめおめと生きのびることで、素姓を明かしてしまった。父の、考えたくもない汚らわしい息子であることをみずから示したのだ。そうしてさらには父の手先となりはてて、再びわたしの目の前にいる」

体が凍りつく思いで小倶那は聞いた。あずまやの柱のあいだを吹きすぎる寒風よりもなお冷たいものに、熱をうばわれていた。

　皇子はさらに言った。

「しかもおぬしはわたしの名を騙り、わたし自身として討伐軍を率いてきたな。隠されるべきおぬしの出生からすると、大した臆面のなさではないか。だが、おぬしに身がわりのすべを教えたのはこのわたしなのだから笑える。おぬしが日継か。よい考えではないか。父の腹は読めるぞ、こうしてわたしを殺してしまえば、たしかに事もなく、日継の皇子は安泰だ。かわりにおぬしをすえることができるのだからな。だがそうはさせぬ」

　目がくらむような気がして小倶那は叫んだ。

「ぼくの頭にあるのは、戦を止めることだけです。それさえできるなら、あとは皇子に斬られようと何をされようとかまいはしません。お考えください、皇子、今――今、この場でぼくを殺しては、まほろばの全軍がそのまま三野へなだれこむことになってしまいます。今だけは猶予をください」

「ならぬ」

　あっさりと皇子は言い、剣をすらりと引きぬいた。

「戦はもとより覚悟の上だ。そしてわたしは、これ以上一瞬たりともおぬしが存在していることに我慢がならぬ」

小倶那は後ずさりをしたが、顔の前にかざされた白刃は見ずに、必死の思いで皇子の目だけを見つめ続けていた。だが、悲しいことに皇子の瞳も刃と変わりはなく、青白く冷たい殺意だけがそこにあった。最後の希望がまたたいて消えゆくのを感じながら、それでももう一度小倶那は言ってみた。

「和解は、もうどうあってもならないのですか」

「われわれが勝利を得たときには、あるかもしれぬな。だが、それはもうおぬしとはかかわりのないことだ」

皇子はすでに小倶那を斬り捨てていた、刃より前にその目で、その言葉で。それでも小倶那の体はじりじりと切先を避けて動き、あずまやの中を二人は右まわりに移動していた。

「おぬしも抜くがいい。剣術も教えたはずだ。剣に手もかけぬ者を斬ったとあっては、わたしもあと味が悪い。わたしからどれくらいのことを学んだか、見せてみるがいい」

言われるまで小倶那は、自分が武器としての剣を身につけていることを考えてはいなかった。はっとして左手で鞘をつかんだが、しかし抜けるものではなかった。

「これは……ふるえません」

「そのように見事な剣を持ちながら、何を言う」

皇子は小俱那の剣の、柄頭の宝石にちらと目をやって言った。

「ごたいそうな剣ではないか。まるで話に聞く神の宮の秘宝の剣に見えるぞ」

ややすてばちな気もちになって、小俱那は言った。

「その剣です。ですから」

びっくりしたことに大碓皇子は笑いだした。だがそれは、先ほどの笑いよりまたさらに冷酷な響きをおびていた。

「なるほどな、斎の宮の叔母上のなさることか。これほど堕落しきった巫女は見たことがない。どこまで罪深ければ気がすむのだ」

ふと小俱那は心にうごめくものを感じた。そして、はじめて見る人のように皇子を見た。

「皇子はご存じないのです。五瀬で何があり、どうしてぼくがこれを持たされたか」

「つまりはおぬしが子だからだろう。斎のものにして母とは恐れいる。神もあってないようなものだ。汚れた、いやしむべき女だ」

「母のことをおとしめないでください」

小俱那は言ってから、口にしたその言葉に自分で驚いた。けれども、それは気づいてみると真実の感情だった。

「皇子に――あの人のことをけなしてほしくありません」

「それなら、その剣でわたしを討ってみせたらどうだ。わたしを斬って血の正統を示してみろ」

鋭い太刀さばきで大碓皇子は打ちかかった。その技は正確で力強く、小倶那がかろうじてかわしたのは三太刀までだった。皇子の攻撃は息もつかずに続き、四太刀めが小倶那の腕をかすめ、五太刀めが小倶那の胸をかすめた。衣が断ち切られ、ひらめく布きれにさっと血が飛んだ。よろめいた小倶那は柱に背中を打ちつけ、六太刀めには完全にとどめをさされるところだった。ところが皇子は待った。

「抜け。このわたしにひと太刀くらいは浴びせておきたいと思わぬのか」

体勢を立て直した小倶那は、思わず右手を柄頭へさまよわせた。痛みと血は、彼を今までとは別の次元へ連れて行ったのだった。もう、皇子にほめられたまま死ねばよかったとは考えなかった。皇子は皇子で、自分の利益のために彼をかわいがった。決して小倶那自身のためではなかった。それなら大王や宿禰とどれほどのちがいがあるというのだろう。役に立つより害になるとわかるやいなや、手のひらを返したように憎しみの対象にしかならなくなるというのであれば――

そのとき、小倶那は雷雲のきざしを自分の内部に聞いた。いつもおびえていたそのきざしにはっとなったものの、空のカミナリとちがって、それは逃げも隠れもできない小倶那自身の中にあるのだった。絶望的なまなざしで小倶那は皇子を見た。そして小声で言った。

「なぜあなたこそ、ぼくの目標となる人のままでぼくの前から去ってくれなかったのです。あなたに、はむかいたくなかった。ぼくはあなたに憎まれたくなかった——憎みたくもなかった」

「父と母をうらむがいい。おぬしは生まれてきてはならなかったのだ」

　皇子は言い、ついに剣をふりあげた。

「最後まで抜かぬならしかたない。これまでだな、小碓（おうす）」

　大碓皇子が小倶那のすべてを否定しきったことがわかったとき、小倶那の何かがはじけた。信じたからこそ、好きだったからこそ、逆流する激情は恐るべき力をもち、かけがねはとび、扉はくだけ散った。奔流の中で歯をくいしばり、小倶那はふりかかる刃（やいば）にこたえて自分の刃をうちあてた。

　そして炸裂する光を見た。

＊　＊　＊

　明姫（あかるひめ）は、鋤（す）き返した土の上に彼女の頭からぽとりと落ちたものに気がついた。見ると、しっかり髪にさしていたはずの、皇子に贈られた大事な櫛（くし）だった。あわてて拾い上げ、汚れを落とそうと袖でぬぐうと、とれた櫛の歯がぱらぱらと散った。がくぜんとして明姫はこわれた櫛を見つめた。

(あのかたの身に異変があった。逝ってしまわれた——?)

あたりが急にかげったような気がしたが、気のせいかもしれなかった。ふりあおぐとそれは、変わらぬ青い秋の終わりの空だった。しかしその青さの中を、幻の白い鳥が一羽、流れるように飛んで行くのが見えたように明姫は思った。死の予感は動かしようもなかったが、姫はなぜか騒ぎたてる気分にはなれなかった。これは前々からわかっていたことであり、今ついにその時その場所へ来たのだ、というように感じられた。だから、涙もこぼれはしなかった。それよりさらに深い、湖底に沈んだ石のような悲しみの中で明姫は考えた。

(あのかたはやはり天若日子(あめのわかひこ)だった。天から降りてわたくしのもとへ来てくれた。命令にそむいてまで、わたくしを愛してくださった。でも、それはたまゆらの幸せ、あのかたは逝ってしまう——逝ってしまう。そして何をもってもよみがえらない。たとえ鳥たちが八日八晩悲しみ嘆いても、あのかたは決してよみがえらない……)

明姫は櫛をふところにして引き返すと、だまって自分の部屋やもちものをきちんと片づけた。喪山(もやま)のとりでの人々は一人としてそれを知らず、明姫が出て行ったのに気づいた者もなかった。だが、夕星(ゆうづつ)の輝くころになっても姿の見えない姫を人々が捜しはじめたとき、どこにも見出すことはできなかった。そしてそれからのちも、二度と明姫を見た者はいなかった。

4

異常な光は島からほとばしり、空へ立ちのぼるやいなや、上空を夜のような青黒さに染め変えた。かと思うと池の水は隅から隅まで白く輝く紫の、異様な液状の光になって見えた。この世とは思えぬ光景の変化に宿禰は飛び上がり、命からがら橋を渡って逃げた。彼はなりゆきを見守ろうと島にひそんでいたのである。

逃げ出した彼の判断はまったく正しかった。なぜなら、宿禰が岸のこちら側にたどりついたのと時を同じくして、島の木々が音もなく発火したのである。最初輝くかに見えた木々は、たちまち炎を吹きだし、風が舞いおこって不気味なうなりをごうごうと上げはじめた。池はすぐさま炎の色を映しだす赤と金の鏡に様がわりしてのけた。岸辺にすわりこんだまま、腰も立たずに宿禰は燃えさかる炎を見つめた。一生のうちにこれほど度胆をぬかれたためしはなかった。

（なんという……）

ふるえながら、宿禰はがらにもなく謙虚になって考えた。

（なんという力だ。これほどのものとは思わなかった。これは人知を超える、あってはならない力ではないのか……）

燃え上がる島の中であずまやがくずれ、屋根が落ちるのを目にしたとき、宿禰は少し気になってきた。

（しかし、あの少年。どうなるのだ。本人もまた焼け死ぬ気か？）

彼に義理はないが、二人と現れぬかもしれない剣のふるい手が死ぬのは残念だ。また大王も、剣が目のあたりに発動したとあっては、ひと言いわずにはおかないだろう。決意した宿禰は水をかぶって衣をぬらすと、橋を引き返した。木々は炎を上げ、煙と熱とで息づまるようだったが、近づいて見れば通れるすきまもなくはない。彼は石段を飛び渡り、焼け落ちる枝をくぐって、くずれたあずまやにたどりついた。

傾いだ柱が屋根を支えたその陰に、小倶那はいた。皇子から負った傷以外は火傷もなく、命に別状なく見えたが、魂をぬかれたように地べたに座りこんで動きもしなかった。彼の見つめるその先に、大碓皇子がうつぶせに倒れていた。そばへ寄らなくても、こときれていることは明らかだった。その衣はこげて黒く変色していた。

恐るべき剣は、投げだされて小倶那のわきにある。ただの剣に見えたが、宿禰はどうしてもふれる気になれず、小倶那をゆさぶって言った。

「その剣をおさめなさい。ふぬけている場合ではないのですぞ」

　しかし反応がなかった。宿禰は二、三度小倶那の顔を思いきり平手でたたいて、同じ言葉をくり返した。すると小倶那はようやく剣を鞘におさめたが、言われたことしかできないようだった。かまわず宿禰は彼をひっぱり上げた。

「この島を出るのです。すぐにです」

　宿禰は小倶那をかばって脱出し、橋を渡った。橋はくすぶりはじめており、あやういところだった。

　宿禰はいくつかの小さな火傷を負ったわが身を調べて、思わず小倶那をののしった。

「自分さえ守れなくて、なんのための力なのだ？」

　だが小倶那には聞こえたようすはなかった。何かを見すえた表情のまま、夢を見ているようだった。舌打ちして宿禰は小倶那を馬に押し上げ、自分も乗ってたづなをとった。一刻も早く陣へもどることが先決だった。彼には小倶那のように衝撃にぼんやりするひまはない。島で見たものがいかに驚くべきことにせよ、当面心くだかなければならないことは、このあとの戦闘の指揮だった。

　戦なしにすませられるとは、大王も彼も、つゆほども考えに入れていなかったのだった。

　遠子は息せききって駆けていた。遠子のいた場所からは木立がさえぎって池の全景は見わたせなかったが、空に立ちのぼる異常な光と、その後に続く赤い炎の色は見えた。島のあたりで異変がおきたことはまちがいない。そして、とうとう木々がひらけ、遠子の目に飛びこんできたものは、島をなめつくし天をついて燃える炎だった。池の島はそこだけ目もくらむ色に輝いていた。

あっと叫んだ遠子がぼう立ちになり、信じられぬ思いで見つめたとき、こちらへ向かって全速で走ってくる黒っぽい馬に気づいた。とっさに気のまわった遠子は、木の後ろに身を隠した。

馬を操(あやつ)るのは、髪をなびかせた険しい顔つきの男だった。甲冑などはつけていない。通りすぎる姿をこわごわのぞいた遠子は、しかし、心臓がひとつ打ったまま止まってしまうのを感じた。馬には後ろにもう一人、若い男が乗っていた。

(小倶那?)

一瞬は皇子(みこ)に見えたが、それは小倶那の顔だった。青ざめているその表情は、蛇を見たときの彼を思わせた。しかし、見きわめる間もなく馬は駆けぬけた。遠子はわれを忘れて飛びだしたが、後ろ姿が見送られたきりだった。馬上の二人は彼女に気づかず、ふりかえることも止まることもなかった。

「小倶那……」

遠子はむだと知りつつ数歩あとを追った。

「遠子姫」

怒った声が後ろから響いた。角鹿だった。遠子がいないとわかると、馬に乗って追ってきたのだった。

「あなたはまったく性こりもなく、いつもいつも制止を無視して」

「小倶那がいたのよ、小倶那だったの。四年も待って、たったひと目だった。皇子様はどうなったの？　島で小倶那と話をするはずではなかったの？　あの火はいったいなに？」

答えるより先に、角鹿は遠子を鞍の上へひっぱり上げた。そして低く言った。

「皇子はあの島においででした。謀略にかけられたのです。もう……おもどりにはなれません」

「お助けしに行かなくては」

遠子は叫んだ。

「無理です。生きておられるはずがありません」

「そちらじゃないわ。いったいどこへ向かうつもりなの」

かまわず速度を上げながら角鹿は答えた。

「上つ里までもどるのです。わからないのですか、戦になるのですよ。皇子を失ったわれわれにもまだ守るべきものはあります」

「どうしたらいいの」

泣き声で遠子は言った。

「わたし、明ねえさまの上着をまだ渡していなかったのに」

馬を駆りたてながら、それどころではないと言おうとして、角鹿はうっかり舌をかんだ。

久々里は、またたくまに装具に身をかためた大王の兵士に踏みにじられた。津波のような軍勢だった。敗走する三野の手勢はさらにたたかれ、散りぢりとなって、上つ里へ逃げもどれた者もその一部でしかなかった。

そしてその中に、七掬の姿はついに見えなかった。あれほど大碓皇子に忠義をささげつくしていた彼が、後を追うことは考えられないことではなかったが、残った者にとって、皇子にひき続いて彼を失うのはたいそう手痛いことだった。しかし、悲しむ余裕も人々にはほとんど残されてはいなかった。軍勢はすでに上つ里のとりでへ寄せつつあった。

遠子も今は戦の意味が身にしみてわかるようになった。それは、興奮の熱い手と恐怖の冷たい手を交互にもつ熱にうかされたような日々だった。日常の規範は遠い隅に押しやられ、なにごともなかった穏やかな日々は、希薄なものとして忘れ去ることとさえできそうだった。今は生も死も、憎しみも喜びも、手をのばせばふれるはっきりした形をとって目の前にくり広げられている。労働はきびしかったが、この場に安楽を求める者もまたいなかった――めいめいの命が、どれだけ力を尽くすかにかかっているのだ。

不眠不休の日が続いた三日めの夜、手押し車に重い石を乗せて何度往復したかわからない遠子が、とうとう疲れはて、眠気に負けて長柄に体をもたせかけたままうとうとしていたときだった。だれかにそっと揺り起こされてはっとした。最初は母だと思ったが、眠気をはらってよく見ると、彼女の前に身をかがめていたのは、なんと明（あかる）姫（ひめ）だった。

「明ねえさま」

遠子が思わず大声で言うと、姫は静かにという身ぶりをした。そばのかがり火は消えかけており、もう真夜中をまわっているらしかった。明姫の姿は、深い闇を背にほの白く浮かびあがって見える。悲しげな細い姿だった。

「明ねえさま、皇子様は……」

遠子は涙がまぶたの裏を熱くこがすのを感じた。しかし姫は静かに首をふった。

「言わなくてもいいの。わたくしにはもうわかっているのよ」

あきらめきったさびしい声だった。

「わたくしが来たのは、ただね、あなたに持って行ってもらった上着がどうなったかしらと思って。それでちょっと寄ってみただけなのよ」

「ごめんなさい、まだ持っているの。遠子は間にあわなかったの」

遠子はすすりあげた。明姫から受けとった包みを、彼女は今も体にむすびつけていた。

「そう、うれしいわ。大事に持っていてくれて」

明姫はほっとしたように言った。

「では、わたくしにちょうだい。もう自分で渡しに行けるからいいの」

遠子は息をのみ、おびえた目で見上げた。

「ごめんなさいね。わがままなことをすると思うわ。けれども、わたくしたちはひとつだったの。離れて生きてはいけないのよ」

明姫の顔は静かで、月の光に似て清らかだった。そこに満ちていたはずの活力は、わずかも感じられなくなっていた。

「いやよ、そんなの、いや」

小さな子どもがじだんだを踏むように遠子は言った。

「この上明ねえさまを失うなんて耐えられない。皇子様が亡く、七掬どのもいないというのに、残されたわたしたちはどうしたらいいの」

「かわいそうな遠子」

明姫はそっと言い、遠子はそれを聞いてぞくりとした。明姫の口ぶりは、すでに黄泉への道を半ばにした人のように遠かったのだった。

「けれどもあなたは強いわ。悲しみを乗りこえて生きのびることができるわ。生きのびてちょうだい。そして、勾玉の光をとりもどして。橘を救って──わたくしには果たせなかったけれど」

「遠子はちっとも強くなんかないわ。巫女の修行もほったらかしているし、何もできない、なんの力もないのよ」

「いいえ、きっとできる。あなたに託せばわたくしは安心できる」

ほほえんで明姫は言った。

「さあ、上着を──包みをちょうだい」

「いや、行かないで」

衣を渡してしまったら、二度と明姫に会えなくなることはわかっていた。しかし、姫に勝てないこともわかっていた。これは皇子のための衣であり、明姫と皇子の二人しか持つことのならない神聖なものだった。とうとう包みをさし出しながら、それでも遠子は嘆願し続けていた。

「おいていかないで。わたしたちを見捨てないで」

明姫は遠子を心から悲しげに見つめた。しかし、包みを胸に抱きしめたその姿は遠ざかって行った。

「さようなら――ありがとう」

遠子はわっと泣きふし、泣きじゃくるうちに何もわからなくなった。

再び気がついたのは、もう朝の光が射しそめてからのことだった。目をこすった遠子は、皇子の衣の包みがどこにもないのをたしかめたが、そうでなければ夢を見たと思うところだった。しかし、それでも不思議なことはいろいろあった。だれに聞いても、一人として明姫を見かけた者はいないのだ。

(あれはもしかしたら、明ねえさまの魂だったのかもしれない。魂だけが皇子様の衣をとりにいらしたのかもしれない)

遠子は思い、一人ひそかに涙を流した。

5

戦況は、坂をころがり落ちるように悪化する一方だった。だれも何も言わなくても、救護する遠子(とおこ)たちにはそれがわかっていた。運びこまれる死にかけた者、死んだ者、負傷した者はきりもなく、館にも収めきれないほどだった。このままでいられるはずはなかった。大王の軍はあくまで攻撃の手をゆるめず、とりでを破壊するまで新手をくりだすつもりらしかった。

里長に呼びだされた遠子は、父が何を言うのか予想がつくような気がした。そこで、言われるより先に言った。

「だめなのですね？」

大根津彦は否定せずに娘を見つめた。その顔には疲労が濃く表れていた。彼はよく人々をまとめ、戦いを鼓舞し続けてきたが、それも力尽きかけているようだった。

「遠子、今からでも遅くはない、喪山へ逃れなさい。おまえにはほかにもすることがあるはずだ」

「いやです。この期に及んで、ここのみんなを見捨てて去ることなどできません」

遠子は叫んだ。

「おまえは女なのだ。とりでともに死ぬ必要はない」

「かあさまも女ではありませんか。でもここへ最後まで残る決心をされています。わたしも同じです」

里長は遠子の言葉にことさら感心したようには見えず、ため息をついて言った。

「かあさまとも話したのだよ。おまえは行くべきだ、と二人で同意したのだ。おまえは中の姫を助けて橘の血を守る義務をもっている。長の家の娘なら、それを捨ててはならないよ」

「かあさまに聞くわ」

遠子は強情に言うと、きびすを返そうとし、やってきた真刀野にぶつかった。顔を上げた遠子は母に向かって訴えた。

「遠子一人をやったりしないわよね。行くならかあさまもいっしょよね？」

真刀野は遠子を抱きとめた形のまま彼女を見つめた。そして落ちついた声で言った。

「かあさまには、この里にもたらされたものすべてに責任があるのです。わたくしは小倶那を拾い、この手で育てました。ですから、その小倶那が今、三野を滅ぼそうとしていることにも、責任があります。赤子を拾ったことが罪だったとは思いたくない——けれども、里を守って死んでいく人々に背を向けられるほど、わたくしは無関係ではいられないのです。わかってくれるわね？」

「それを言うなら、わたしだって」

遠子は叫んだ。

「わたしはここにいたい。みんなといっしょにいたい。死ぬなら——いっしょよ」

「いいえ」

やさしく言って真刀野は遠子のほおをなでた。

「おまえが一人行くのをつらいと思うのはわかります。けれども、だからこそ、おまえがそれをやらなくてはならないの。なぜならおまえは長の家の、橘の娘だから。一番の困難をも買って出なくてはならないの。生きのびることは勇気のいることです、とりでに残る以上に大変なことです。でもかあさまは、おまえには生きのびてほしいのよ」

遠子は思わず目を見はった。母と明姫に同じものが感じられたのだ。二人の姿が一瞬、二重うつしになって見えた。

「おまえなら、かあさまたちが死んでも、小倶那をうらまずにいることができるわね？　うらんではいけませんよ。小倶那一人にはどうにもならない、大きなさだめの力が働いたのでしょうからね。しかも悲しむべきゆがんださだめです。このゆがみをいつかはただせるものなのかどうか、おまえはそれに向かっていってちょうだい――橘の者として」

馬を引いてきてくれたのは角鹿だった。角鹿はどこで奮闘してきたのか泥まみれになっていた。かわいてこびりついた泥をそのままに歩いているので、動く埴輪か何かのようだ。しかし彼の瞳はくじけてはおらず、陽気ともいえた。

「ご心配いりません。このとりでは落ちませんよ。われわれが必ず守ります。泣いたりなさらないでください」

その言葉は、遠子をますます悲しくさせただけだった。いつもついてきてくれた彼も、もう遠子とともには来ない。この里を死守して果てるまで戦うつもりなのだ。

「角鹿……あなたにはいろいろ迷惑をかけたけれど、許してね」

「今にして思えば楽しかったです、なかなか」

彼は笑い、泥のこびりついたほおを手の甲でこすった。

「この次はもう少し危なくないところを歩きましょう。戦が終わったらまたおともさせてもらいますよ」

「ほんとう？　こりていない？」

遠子はつられた形でほほえんだ。

「もちろんですとも」

角鹿は裏門を開き、遠子を見送った。

角鹿の勇敢さに支えられて、しばらくは気丈に馬を進められた遠子だった。ふりかえらずにいることもできた。だが、力もなえるような絶望感はすぐまた襲ってきて遠子をとらえた。ふりきろうとして、遠子はがむしゃらに馬をとばした。

（皇子様。七掬どの。明ねえさま。かあさま。とうさま。角鹿。館のみんな。里のみんな。だれもかれもいなくなってしまうの？　そんなことがあっていいの？　どうしてこんなことになったの……）

目の前がくもってほとんど見えなかった。そのため馬が木の根にけつまずいたとき、遠子は簡単に放りだされていた。自分でもあきれるほど軽々と空を飛んだ遠子は、運よく笹やぶの茂みにすっぽりはまって事なきを得た。当たりが悪ければ首の骨を折っているところだ。驚いたのとこわかったのとで、遠子はすぐには起きあがる気にもならず、いくじなく泣きだした。落馬して泣くなどこっけいでばかみたいだと思ったが、こらえることができなかった。

（遠子はそんなに強くないわ。これらがだれのせいかと考えずにはいられない。だれかを責めずにはいられない。里も家族も大切な人々もすべて奪いとられて、うらみもせずにいることなんてできない。きっとうらむわ。いつまでもうらむわ。それが小倶那のせいなら——小倶那でも）

しかし、ひとしきり泣いてしまうと少しは落ちついた。やぶの中にいつまでもねころんでいるのは能もないと思えてきて、もぞもぞと立ち上がった。くじいたところはひとつもなく、小枝をひっかけた傷が少しあるだけだ。馬を呼びながら歩いて行くと、馬はさして遠くへは行っておらず、のんびりと草を物色していた。

「ごめんね。やりなおしよ、もう泣かないわ」

遠子は馬に話しかけた。

「泣いても何ひとつ変わらないのにね。今は喪山のとりでへ行く、それだけを考えることにするわ。次のことはとりでへ着いてからまた考えるの」

遠子が喪山へもどってきたのは、星が出てからのことだった。ものも食べずに来たのでへとへとになっていた。一番大きな、集会所となる建物だけが明かりをともしており、戸口のすきまから光がこぼれている。いやに静かだとは思ったが、疲れていた遠子は何も考えず、勢いをつけてむしろの帳をくぐった。すると、ぎょっとさせられたことに、何十ものまなざしがいっせいに遠子を射た。とりでの全員がその場に集まり、無言で座っていたのだ。そして人々の中央には、守の大巫女がいた。

「遠子か。よくもどったな」

ふりむいて大巫女が言った。遠子は驚いてしまった。大巫女が守の宮を出ることなど、考えられることではないのだ。

「なぜ、ここに……」

「それは、そなたのほうがよくわかっておろう。三野はおちる。上つ里が破られれば、あとはどこも同じことじゃ。わしは、三野の最後を告げに山を下りた。これはわしの最期でもある。かの者はついに悪しき力を発動させ、わしにはさだめを読むことはかなわなくなった。わしの力も、もう終わりじゃ」

遠子は小さな声でたずねた。

「かの者とは……小倶那のことですか」

「そうじゃ。あの忌むべき子どもじゃ。小倶那は三野を破滅におとしいれたばかりでなく、これからも行く先々で不幸と破壊をまねくだろう。かの力をとりおさえなければならぬ。わしにはもうその力がないが、わしらのほかにも橘はいる。橘は元来、五つの氏族の総称なのじゃ。象子」

突然呼ばれて、象子は縮みあがったようだった。

「はい。守のおんかた」

「そなたには教えたはずじゃ。わしら以外の橘はどこにおるか、申してみなさい」

象子はくちびるをしめしてから、暗唱するように言った。

「朝日ののぼる日高見の国、夕日の沈む日牟加の国、三野の国、伊津母の国、名の忘られた国、これら五つの国には勾玉があり、五つの橘がそれを守っております」

大巫女は、象子が早口に言った言葉をかみしめるかのように、しばらく目をつぶっていた。それからようやく言った。

「上代の世は遠くなった。占もおぼつかぬ今のわしらの世に、神々の力ははたしてどれだけ働くのであろう。五氏族の橘とて、今は互いを知ることもなく、どのような人々となっているか、わしにもわからぬ。それでも試みなければならぬ。象子、伊津母がもっともここから近い。そこへ行って橘の者を見出し、事態を告げて助力を得なさい。わしらの手もとにはすでに勾玉はないのだから、彼らにたよることしかできぬ。かの国の守(もり)の者に、戦士が必要だと告げなさい。『玉の御統(たまのみすまる)』を持ち、剣(つるぎ)の力に立ちむかえる勇者が必要だと」

象子はそれを聞いてあえいだ。

「伊津母――なんて遠い。わたくしに、そのようなところまでたどりつけるものでしょうか」

「一人でとは言わぬ。そなたを一人やるのはさすがにわしも心もとない。遠子、そなたがいっしょに行くがいい。そなたも橘の者じゃ。象子と助けあって、伊津母まで行きなさい」

遠子は思わず首をすくめ、ふりむいた象子といくらか気まずい視線を交わしあった。それから大巫女にたずねた。

「守のおんかたは、戦士が必要とおっしゃいましたね。それは、小倶那を倒すための戦士ということでしょうか」

「そうじゃ」

「伊津母の人の中に、小倶那を討つ人物をさがすということでしょうか」

「そうじゃ。かの剣をふるう者、これを生かしてはおけぬのじゃ。それは地上にあってはならぬ力だからじゃ。これを抑えるのは橘の、われわれのいにしえからの使命。そなたの心はわかる。だが、これは情けをかける余地のあることではないのじゃ」

大巫女はさらに言った。

「遠子、大碓皇子（おおうすのみこ）はタケルじゃった。小倶那もまたタケルじゃよ。タケルを殺せる者はタケルだけじゃ。その子の寿命もまた短い。それがそなたのなぐさめになるかどうかはわからぬが、橘の者が手を下さなくても、その子は長くは生きられぬのだよ。だが、その短いあいださえ許せぬほど、剣の力が邪悪なのじゃ。剣が発動するかぎり、調和にみちた豊葦原（とよあしはら）のもろもろのさだめはゆがみ続ける」

「守のおんかた」

いきなり叫ぶように遠子は言った。

「戦士を他国の人に求めることなどありません。わたしがそれになります。小倶那はわたしが殺します」

だれもが息をのんで遠子の顔を見守った。大巫女はしばらく遠子のまなざしを測るように受けとめていたが、遠子のそれがまったくゆるがぬのを知って言った。

「そなたは少なくとも勇気だけは、戦士になる資格をもっておるな。しかし、わしにはこのなりゆきの末がもうわからぬ。わしのもつ予知の力は失われてしまった。そなたが関与することで吉となると考えたいが、あるいは凶かもしれぬ。伊津母へ行かねばわからぬことじゃ。そこでともかくも勾玉を持つ者をさがし、『玉の御統』をそろえてからのことじゃ」

百襲姫は、小倶那を前に座らせ、長い祈りを唱え終わった。そして手にもつ榊の枝を振りたて、小倶那の肩を数回打った。するとそれまでうつろだった小倶那の表情が動き、しきりにまばたきをしはじめたが、すぐには目の焦点が合わないようだった。

「わらわがわかるか?」

彼をやさしくあおむかせて百襲姫はたずねた。

「なぜ、母上がここに?」

不思議そうに小倶那はつぶやいた。

「もう大丈夫のようじゃ」

ほっとして彼女はほほえみ、小倶那の髪や肩をなでた。

「わらわは飛んできたのだよ。ここは淡海の行宮じゃ。そなたは何日も何も見ず聞かず、口へ押しこまなくてはものも食べないというので、ここへ運ばれてきたのだよ」

小倶那はびっくりして見なれない部屋を見まわした。三野にいるとばかり思っていたのだった。

「そなた、大碓の死にとりつかれたね。死にゆく者をあまり見つめすぎるものではない。そのように心をとられることがあるのだよ」

ふいに小倶那は激しい動作で百襲姫の手をはらいのけ、後ずさった。見れば彼の顔は蒼白になっていた。小倶那は思い出したのだった――自分が何をしでかしたかを。

「さわらないでください。お願いだ、ふれないで」

百襲姫は目を丸くした。

「いきなり、どうしたというのじゃ」

体をふるわせながら小倶那は叫んだ。

「ぼくは化けものですか。なぜあんな力が働くんです。ぼくはいったいなにものなんです。なぜ剣をぼくに渡したりしたんです」

小きざみにふるえる指で吊り帯をほどくと、小倶那は剣を床に投げつけた。

「こんなおぞましいものは見たくない。いらない。どこかに消えて失せればいい」

剣は床に傷を残し、まわりながら部屋の隅へ飛んで行ったが、それだけだった。異変などはおきなかった。百襲姫はだまって目で追っていたが、やがて立って取りに行き、両手にささげてもどってきた。

「そなたのそれは、かんしゃくというものじゃ。剣にあたってもはじまらぬ。たとえこの剣を折ろうと溶かそうと、すでにそなたの一部であり、力はそなたと一体なのだよ」

「いやだ」

小倶那は剣と百襲姫とから顔をそむけてうずくまった。

「いやだ。ぼくは皇子を殺した。その剣で——そうじゃない、ぼくの心で殺したんだ。なぜあんなことができたんだろう。皇子のことが好きだったのに……」

小倶那は一度言葉をとぎらせてから、恐れに打たれたように言った。

「兄上だったのに……」

「大碓は死ぬべきだった。そなたがやらなくても、だれかが殺したであろう」

百襲姫の声はおだやかそのものだった。

「そうであれば、卑しい刃にかかるよりも、そなたが手にかけてやったことがまだしもの慈悲じゃ。天のさばきを受けたのじゃ」

「ぼくがさばいたとでも?」

「そうではないか」

「ちがう、やめてください。ぼくはそんなものではない。そんなものにはなりたくない」

小倶那は勢いこんで言ったが、ふと当惑して声を弱めた。

「強くなりたかったのは、そんな力がほしかったからじゃない……」

「だが、そなたはすでにそうなのだよ。鏡の剣をふるえる唯一の者。そなたはこの地上における最強の者じゃ」

「母上はなぜ恐ろしくないのです」

混乱した小倶那は百襲姫にくってかかった。

「なぜ、ぼくを産んだことが恐ろしくないのです。ぼくは恐ろしい。自分自身を何より恐れているというのに」

声をあららげていると、彼は止めようがなくなってきた。

「母上もぼくを恐れればいいんだ。憎めばいい。皇子だってそうだったのだから。ぼくははじめから憎まれているほうがましです——優しくしたあとで変わってしまわれるよりは」

百襲姫は目もとに心配そうなしわを寄せた。

「小碓、そなたはとり乱している。なぜそのように無用のことを言うのじゃ」

「無用ではありません。ぼくはあなたに——」

「わらわは恐れぬ。この世の最後の一人となろうとも、わらわがそなたを恐れたりしようか。そなたにはわかっておらぬな、母というものが」

「もしぼくがあなたを殺したらどうします。この力はどうなるものともしれませんよ」

「そなたに殺されてもかまわぬ」

晴れやかに百襲姫は言ってのけた。

「何を案じているのじゃ、つまらぬことを。わらわの命はそなたじゃ、そなたがだれを殺そうと、このわらわを殺そうと、わらわはそなたを思っている。そなたがいるだけでいい。そなたのためだけにしか生きぬ」

小倶那は一瞬ぽかんとして百襲姫を見つめた。返す言葉を失い、くちびるをかみしめているうちに、小倶那は思いもかけずせきあげてくるものを感じた。

「母上。母上……そのようにおっしゃってはいけません」

言葉と同時に涙があふれた。

「ご存じのはずです。ぼくが生まれたのは罪です。剣の力もたぶん、その証にちがいありません。赤子のぼくを河で殺そうとした人が、きっと一番正しかったのです」

おぼえあるかぎり人前で声を上げて泣いたことなどなかった小倶那だが、こうして泣けば焼けつくような苦しさがわずかにうすらぐことを、はじめて知ることになった。

泣きじゃくる小倶那を抱きしめ、百襲姫はささやいた。

「苦しむことはない。そなたが苦しむことはないのじゃ。罪はこの母にある。わらわにあずけるがよい、そなたは何もしておらぬ。生まれてきただけで、なぜとがめられねばならぬ？　自分を責めるのはおやめ、責められるのはわらわだけでよい」

小倶那はまだ泣きやむことができなかったものの、少しずつなぐさめのけだるさに包まれていくのを感じていた。泣くこと自体がなぐさめの一歩なのだった。

（百襲姫はまちがっている……けれどもぼくにはこの人の腕をふりほどく勇気がない。この人が、ぼくを受けとめてくれる最後の人だろうからだ。母だからだ……）

小倶那は、目の奥に焼きついている燃え上がる島の光景をもう一度浮かべた。もう何があっても三野へはもどれなかった。二度と再び、上(かみ)つ里の小倶那の顔はできなかった。

（遠子はどこにいたのだろう……今も無事だろうか）

死ぬつもりで遠子に別れを告げたこともあった。けれどもこうしてまだ生きていながら、そのとき以上に小倶那は彼女から遠くへだたってしまったのだった。もう会えない。今となっては、会いたいと思うことすら自分に許せないと、小倶那は痛みとともに考えた。

「大巫女様は、これからどうなさるおつもりなのかしら」

遠子は象子(きさこ)に向かって、たずねるともなく言った。

「宮へもどるとおっしゃったわ。占の炉はくずし、神の棚も燃やして、もう何も残ってはいないのだけど、離れられないのですって」

翌朝の日の出とともに、喪山のとりでにいた者たちはわずかな荷をまとめ、食料を分けて、それぞれにおちのびていった。だが、大巫女は自分自身の逃れる先を、とうとう決めはしなかった。

「つまりは同じね……かあさまたちと」

遠子はつぶやいた。象子と二人、年端もいかない彼女たちだけがとり残され、橘の女が背負う重荷のすべてをまかされて、予見もできない未来へ放りだされたことを、身にしみて感じていた。二人もすでにとりでを出発し、喪山の肩でふりかえって見下ろしているところだった。

足もとの木立に見え隠れして、今は小さくとりでが見える。遠子が結った垣根などが、小指でつぶせるもののようだ。この峠を越えれば二度と故郷(くに)は見えなくなるため、二人はさっきからそこでぐずぐずしていた。

「さあ、行こう。ここに根をはやしたってはじまらないわ」

ふりきるように遠子は言い、荷物を肩に揺すりあげた。

しかし、声をしのばせて泣いていた象子は、立ち上がることができなかった。

「だめよ、もう少し待って。これが最後なのよ。目に焼きつけておきたいのよ」

象子はすすり上げた。

「こんなにひどいことってないわ。胸がつぶれて、どうかなってしまいそうよ。三野が滅びて、このわたくしがあてどもなくさまよわなくてはならないなんて。なぜ、わたくしだけがこんな目にあうの」

　なぜよりにもよってこの象子とこれからの長旅をはじめなくてはならないのかと、遠子はげんなりして考えた。先ゆきが暗いというものだ。しかし、それは象子も同じ考えであるらしかった。

「遠子は薄情だわ。いっしょに悲しんでくれたっていいじゃないの。二人ともこれきり故郷(くに)をなくすというのに、そんなにせかすことないでしょう」

　うらめしげな象子の声に、遠子は耳をかさなかった。

「伊津母まで行くと大巫女様に約束したのよ。わたしならそのことだけ考えるわ。あなたにつきあっていると、ここで日が暮れかねないもの」

「ひどいわ。思いやりのかけらもないのね。わたくしは、今日はたくさん休みをとらなくては山登りなんてできないのよ。おなかは痛いし、頭は重いし、とっても具合が悪いんだから」

　遠子は思わず大声になった。

「だれだって元気はつらつとなどしていやしないわよ。きのうまで病(やまい)のやの字もなかった人が、どうしてそうなるの」

　その遠子に、象子はかみつくように言った。

「遠子って、だからがさつと言われるのよ。女ならだれだってすぐに察するはずよ。

月に一度は必ずこういう具合の悪い日にあたるんだから。あなた、その経験もないんでしょう」

さすがに遠子は顔を赤らめた。それを見た象子は、まるで勝ち誇るように言った。

「経験のない人には、このつらさをどう言ってもむだね。女にはこういうことがあるから、本当は旅になんて向かないのよ。もっといたわられていいはずなのよ」

むっとすることで気をとり直した遠子は、開きなおって言った。

「だったらわたしは、一生そんな経験はなくてけっこうよ。かえってごめんだわ。伊津母へ着いたら、わたしは戦士にしてもらうんだから」

「まだそれを言っているの?」

象子はあきれたようにたずねた。

「あなたのそれ、本気なの?」

「本気でなくて、こんなことをだれが言えるの。小倶那のところへ行くのはわたしよ。彼を討つのはわたし」

がんこな口調で遠子はくりかえした。戦士となる決意、これは今の遠子にとって唯一の心の支えでさえあるものだった。故郷(くに)に背を向け、足を踏みだしながら遠子は考えた。

(わたしはもうふりかえらないし、泣かない。これからは、遠子は男だと思うことにしよう。女の弱さはいらない。もう一度小倶那に会って、あの子を殺す日が来るまでは……）

小倶那が自分の手によって死んだそのときには、二人はもとの遠子と小倶那にもどれる。無邪気に笑って遊んだ二人に時をさかのぼり、かけねなしに彼をいとしく思うことができる。遠子はそう考えたのだった。

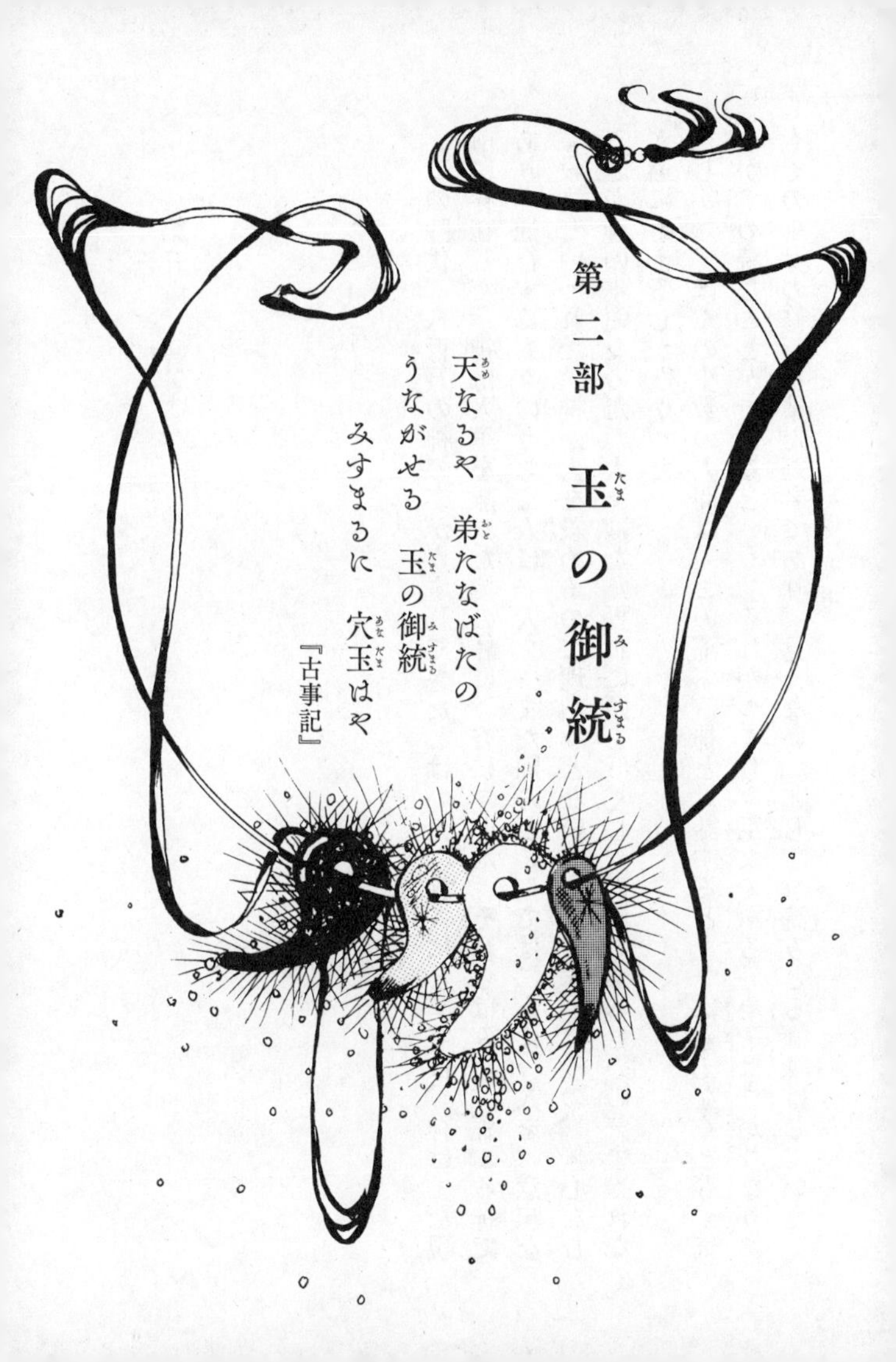

第二部　玉の御統

天なるや　弟たなばたの
うながせる　玉の御統
みすまるに　穴玉はや
『古事記』

第五章　菅流(すがる)

1

　この時代、八百万(やおよろず)の神の姿がうすれてきたとはいえ、旅人にとっては、神はまだ現前に存在した。神は人里を離れた境の峠(とうげ)に、谷に、いた。それらはみな、荒ぶる神であり、通行する人々のうち三人に一人を、また別のところでは二人に一人を、意味なく殺すといわれた。神が人を殺める(あやめる)のに理由などない――あてずっぽうの、無心なむごさが神の本領なのだ。人々はただ畏れ(おそれ)に頭を低くし、真に力あるものの気まぐれな人選に耐えるしかなかった。

　しかし、ほんの少数の人間は、この荒ぶる神と対話するとまでは言えなくとも、気をかすめ読むことができるという。それがつまり、巫女(みこ)である。象子(きさこ)はまがりなりにもその巫女の修行を積んだ者であり、見えない『兆し(きざし)』を読みとる訓練はしていた。

だから、遠子と象子のたよりなげな旅人は、雪山で一度失敗しかけたほかは、すべて生き残るほうに入ってのけた。大の男も恐れる難所といわれる道の数々を、無事通りぬけたのである。ただ、神様よりやっかいなのは人間だった。

祟る神のいる峠と恐れられるものの中には、人災のふりかかるものも少なくなかったのである。山賊だった。そんなとき、勘と勇気を発揮するのは遠子のほうだった。遠子は三野を発つ折に自分のものにした、剣には小さく懐剣には大きい小ぶりの太刀を腰にさしており、これは彼女の小さい手にぴったりあった。

いざというときがくると遠子はこれをためらいなくふるったし、それよりも多く弓矢を使った。あれやこれやの苦労の中で、二人の少女の足のまめはすっかり固くなり、少しのことでは痛まなくなった。それと同様にして、国を出たときには右も左もわからなかった二人のやわな心も鍛えられていった。

季節はきびしい冬であり、娘二人の旅であれば、道中はさまざまな人の情けにすがらずには進まない。その中でひどくわびしい思いもしたし、逆に思いもよらないあたたかさにも出会った。その最高のものだったのが、雪の峠で凍え死にしそうになったところを助けてくれた山人の親切だった。

北の山脈に分け入った、まだ旅もはじめのころである。先を急ぐあまり、まだこわいもの知らずだった二人は天候を甘く見て峠を越えようとし、激しく降ってきた雪に道を失った。そこへ雪ぐつをはいた狩りの山人が通りかかり、凍えた二人を雪から掘り出してくれたのだった。彼らは二人を山奥の温泉に運び、息を吹きかえさせてくれた。

険しい山中に住まい、決して里人とはなじまずに、狩りだけをして暮らす異人がいることは、遠子と象子も話に聞いていたものの、会ったのははじめてだった。たしかに熊の毛皮をまとった目に恐ろしげな人々だったが、少女たちに一番やさしかったのは彼らだった。二人が凍傷をなおすまで十日ほども、そのすばらしい温泉にかくまってくれた。

岩場の陰で湯にひたっていると、いろいろな獣が入りに来る。サルの親子、鹿にタヌキ、白いウサギ。粉雪の舞う中、あたたかく白い湯気につつまれて、みんなでおとなしく頭を並べているのは世離れしていておかしかった。遠子たちは荒ぶる神のもうひとつの顔を見たような思いがし、山人たちが里に下りないわけがなんとなくわかった。彼らは神が守っているものを知っている、巫女よりさらに神に親しい人々だった。

ともあれ、少しずつ利口になりながら遠子と象子はひたすら西へと向かい、ついに伊津母と名のつく国にまでたどりついた。三野を出てから、雪にはばまれはばまれ、三月近くもかかっていた。二人の足どりをちょうど逆にたどるようにして、冬は通りすぎようとしていた。遠子と象子が最初に目にした伊津母は、出発前の渡り鳥が集うように舟の集う、早春の港だったのである。

「――大きいのね」

意外そうな口ぶりで遠子は言った。

「三野より開けているみたいね」

象子も言った。二人とも、ふとどきだと言わんばかりの口調だったので、道づれになっていたひげの男が笑いながら言った。

「伊津母のはぶりのよさを知らないのかい。この国の舟ときたら、北は高志(こし)の国から南は海を渡った外国(とつくに)まで行っちまうんだぜ。まほろばの大王(おおきみ)ですら持てないものを持って帰ってくる。もう少し季節がよくなったら船出が見られるよ」

彼は近隣の里から荷馬を引いて、伊津母の市(いち)に品物を並べに来た人々の一人だった。自然、遠子たちは彼らにくっついて市に入り、改めて『はぶりのよさ』を目(ま)のあたりにすることになった。港の近くに道の集まる広大な広場ができており、そのいっぱいに人がいる。まほろばの都を知らない二人には、ここそが都ではないか、と思われるくらいのにぎやかさだった。

「さあ、おれは目的地に着いた。ここで店開きするんだが、かわいい巫女さんたちにはまだ先があるんだろ？」

「ええ、道づれになってくれてありがとう。さようなら」

二人は荷馬を引いた男に別れを告げたが、市のはなやかさにすぐに背を向けることは、ちょっと二人には難しすぎた。男も女も、そしてたくさんの若い娘たちも、目を輝かせて並んだ品物のあいだを歩いている。つらい旅のあいだじゅう味わうことのなかったときめきが、そこにはあった。

「ほんとうに大きな国だわ」

ため息まじりに象子が言った。

「こんな国の長ともなる人々は、わたくしたちなどとはけたちがいに強くて豊かな一族なんでしょうね……押しかけて行って、ほんとうに会ってもらえるかしら」

「会ってもらわなきゃ。助力をたのむのに何も気おくれすることないわ。わたしたちだって、ぼろは着てても正真の橘よ」

遠子は胸をはるようにして言ったが、彼女にも心配がないわけではなかった。

「ぼろは着てても……よね」

象子は悲しそうに色のあせきったはかまを見下ろした。

「ねえ、市で新しい着物を見ていかない？　大巫女様にいただいたメノウ玉がまだあるもの。交換できると思うわ」

「象子ったら、みえぼうね」

遠子が言うと、象子はむきになった。

「あなたはいいわよ。おつきの男の子でも通ってしまうんだもの。けれどもわたくしは、三野の長の娘として伊津母の国長どのの前に立たなくてはならないのよ。こんななりでは三野の恥だわ」

「なにがおつきの男の子よ」

遠子もむっとした。実際、旅のあいだは人々にそう思わせてもいたのだが、象子に言われるのとまたわけがちがう。

「あなたが新しい衣を着るなら、わたしだって着ますからね」

二人は同じ数だけメノウ玉をわけあうと市へ乗りこんだ。そして彼女たちのしかめっ面はまたたくまに飛び去った。二人はいさかいなど忘れて袖を引きあい、指さしあい、歓声を上げたのである。上ぐすりのかかった壺や色あざやかな織物、見たことのない楽器。海を渡ったと思われるものが、ここにはたしかにあった。そしてありがちなことだが、二人はお互いからはぐれてしまった。遠子がふと気づいて顔を上げたときには、人波の中に象子はいなかったのである。

（あれれ……）

あわててきょろきょろしていると、遠子に話しかけてきた者があった。若々しく、いきのよい声だ。

「そこのおちびちゃん、いい短剣を持っているなあ。おれの勾玉と交換しないかい」

勾玉という言葉にぎょっとした遠子が声の主を捜すと、通りのわきで品物を広げている一人の若者だった。すね当てをつけたひょろ長い足をあぐらに組んでにこにこしている。その姿には、どこか人目をさっとひきつけるものがあった。何もしていないのに目立つのである。やけに赤くてくしゃくしゃな髪のせいかもしれない。

彼の笑顔は人なつっこくいや味のないものだったが、遠子の見たところ、いくらかがらが悪かった。少なくともよい家の若者ではない。

警戒の目で見た遠子に、かさねて彼は言った。

「おれは剣にはちょっとした目ききなんだよ。柄でわかる。このあたりの作じゃないね。しかも技ものだ。どこのだい？」

「三野よ」

やや誇らしくなって遠子は答えた。

「三野の匠は腕がいいし、鉄もいいのよ」

「そうか、三野の鉄はたしかに有名だよ」

若者は急に笑い声を上げた。

「なんだ、そんな格好をしてあんた、女の子なんだね。それじゃますます剣などより、首飾りのほうが似あうよ。ごらん、ほしいのはないかい」

赤っ毛の若者が麻布をしいて広げている品は、小さな緑や赤の玉を色糸に貫いたものだった。けれどもそばへ寄って見てみると、どれも安っぽいとわかる。若い娘でなければ身につけはしないだろう。

「勾玉なんてないじゃないの」

遠子が言うと、若者は意味ありげに目くばせして見せた。

「勾玉をそこらにころがしておきはしないよ。こいつはとっておき、なにせまじないがかかるからね」

ふところから大事そうに鹿皮のふくろを取りだして、彼はその中から三つの玉を遠子に見せた。緑色をして、くの字にまがった特徴ある形ももっている――たしかに勾玉だ。けれども遠子には、それがまじないにきくほどの品にはとても見えなかった。自分の持っているメノウ玉のほうがまだ質がいい。

「これのどこがとっておきなの。冗談はやめて」

遠子はにべもなく言った。

「わたしが捜しているのはほんものの勾玉よ」

若者は驚いたようだったが、おもしろがるように遠子を見た。

「こりゃ、まずい人にもちかけたな。もしかして玉造り師の娘かい？」

「そんなのじゃないわ」

遠子が言いも終わらないうちに、別の二人づれの娘たちがわりこんできた。顔を赤らめてくすくす笑いながら言う。

「首飾りをちょうだい。あたしたちに一番似あうのを」

若者はあっというまに遠子を見かぎって、彼女たちに笑顔をふりむけた。

「いいとも、べっぴんさんたち。きみたちみたいにきれいな子には、とっておきのを見たててあげる。勾玉はどう？　勾玉にはまじないがかかるんだよ……」

「まじないって、どんな？」

「それはもちろん、恋のね」

娘たちは笑いさざめいた。

（ばかばかしい……）

遠子はあきれて肩をすくめ、その場をぬけ出した。

象子(きさこ)を捜さないといけない。しかし遠子は、市(いち)ではぐれた人物を捜すのがこれほど大変なこととは知らなかった。象子が行きそうなところを行きつもどりつしたが、いつまでたっても見つからない。見知らぬ顔ばかりの人ごみの中で、遠子はだんだん心細くなり、象子の身に何かあったのではないかとあせり出していた。通りすぎる人々の顔がみなあざ笑っているように見えてくる。どうしよう、と泣きたい気もちで見渡したとき、足の長い若者がやあ、と手をあげた。さっきの勾玉売りである。

「やっといた。なかなか見つからないものだな」

「なにか用？」

遠子はあやしむように見上げた。立っていると彼は人垣より頭ひとつぬきん出ている。

「なにか用はないだろう、話が途中だったじゃないか。おれの持っている勾玉がちゃちなのは認めるよ。これはただのこづかいかせぎなんだ。けれども、村へ帰ればほんものがある。おれの村は玉造りの一族なんだ。高志から取り寄せたヒスイを磨くんだぜ。ほんものとなら交換してくれるかい。おれ、あんたの剣を見こんじまったんだよ」

「だめ」

遠子は顔を見ずに言った。

「これは必要な品なんだから、手離したりできないの。これでわたしとわたしの連れの二人の命を守ってきたんだから」

赤毛の若者はくすりと笑った。遠子の言葉を大げさと受けとったらしい。

「え、あんたが？」

「関係ないでしょう」

いらいらしていた遠子はくってかかった。

「わたしは今、連れを捜しているんだから、よけいなことを言ってじゃましないで」

「なんだ、それで落ちつかないのか」

若者はうなずくと申し出た。

「よく見えないんだろう。肩ぐるましてやろうか？」

「なぐられたいの」というのが、遠子の返答だった。しかし若者は上機嫌に笑っていた。

「それなら、いっしょに捜してやるよ。お連れさんの人相は？」

遠子はややためらいはしたが答えた。

「女の子よ。赤いひもの編みがさをかぶって、茜の、色のさめたはかまをはいている」

「顔は？」

「……まあ美人」

「わかった、必ず見つけよう」

彼は急に意欲を見せた。

若者と連れだって市の中央を歩いて行くと、やたらに人々から声をかけられた。彼はずいぶんと顔が広いらしい。遠子は知らん顔をしていたが、声をかけてくる人々の大半が女性であることはどこかでちゃんと観察していた。彼女たちは、遠子が居心地の悪くなるようなまなざしを若者に送ってよこす。

「どこにいたの、菅流」

「首飾りは売れたの？」

「どこへ行くの、菅流」

「菅流、その子だれ？」

若者はそのいちいちに愛想よく答えてから、するりとかわすのだった。

「またね、今、赤いはかまをはいた美人の女の子を捜しているんだ」

最後に娘たちの集団に呼びかけられたとき、彼が同じせりふをいうと、中の一人が声を上げた。

「あら、編みがさをかぶった赤いはかまの女の子なら、わたし、見たわよ。さっき、隣の郡の男の子たちに連れられて松林の方へ行ったわ」

聞くなり遠子は胸がつぶれる思いがした。

（象子ときたら、どうしようもない……自分の立場がわかってないの？）

三野の橘の、たった一人の大巫女の後継ぎにしては、象子は自覚がなさすぎる。もっとも、旅に出るまでは長のやしきの奥と守の宮しか知らなかった娘ではあり、世間知らずは簡単には直らないのはたしかだった。巫女の身がどんなに汚れやすいか知ろうともしないのだ。

血相を変えて駆けだした遠子を見て、菅流はあとに続こうとしたが、何本もの手に服のはしをつかまれて動けなくなってしまった。

「説明してよ。美人の女の子を捜しているなんて、聞き捨てならないわ、わたしたち」


広場が果て、海岸に近い黒松林のそばまで来て、遠子はやっと象子を見出した。彼女は五、六人の若者にとり囲まれて木のもとに立ちすくみ、どうやら泣いているようだった。状況をひと目見てかっとなった遠子は、後先をかえりみず彼らの中にわりこんで象子の腕をつかんだ。

「ばかね、なんでこんなところにいるの」

小声でしかりつけると、目を赤くした象子は、遠子を見てほっとしたらしく、また泣きだした。

「だって——勾玉を見せるって言われて——わたくし——」

やれやれと遠子は肩で息をついた。

「どうやらこの国には勾玉があふれ返っているのね。つられたわたしたちがもの知らずだったんだわ」

とり巻いている若者の一人が遠子に言った。

「どけ、今はうちの大将がくどいている最中だ。がきは遠慮しな」

かっかとしていた遠子は言い返した。

「ふざけるんじゃない。伊津母には巫女をくどくようなひまなばかがいるのか。ガマでもくどいたほうがよっぽどお似あいだよ」

ひと言多かったかなと思ったが、あとのまつりだった。正面にいる大将らしき若者は、目と目のあいだが離れていて、本当にガマに似ていなくもない……のだった。もしかしたら『ガマ』は禁句だったのかもしれない。

大きな目をぎょろぎょろさせて大将が言った。

「このおれさまに、そんな口をきくやつはちびでも容赦しない。わかってるだろうな」

象子は顔を覆った。

（遠子ときたらどうしようもない……自分の身がわかってないの？）

遠子も悔やんではいた。こんなところでばかげたけんかはできない。けれども相手は六人おり、無事にこの場を去ることはできそうにはなかった。いやいやながら、遠子の手が短剣にのびたときだった。とり囲む若者たちの背後から、調子っぱずれに楽しげな声が響いた。

「ずいぶんいい度胸をしているじゃないか、このおれのシマに入りこんで女にちょっかいを出そうとは。となりの郡の——」

髪を風にあそばせて菅流が立っていた。彼はちょっと口をつぐむと、組んでいた腕をほどいて鼻の頭をかいた。

「なんて名だったか、忘れちまったよ。ガマ男だったっけか」

大将はまっ赤に憤激して菅流に向きなおった。

「笑わせるんじゃねえ、伊津母一大きいこの市を自分で仕切っているつもりかよ。でかい口をたたくな」

「おれのだよ」

菅流はきっぱりと言いきった。

「この市へ来る女の子たちは全部、おれのものだから、手が出したかったらまずこのおれに断ってからにしてもらおう」

聞いていた遠子はあいた口がふさがらなくなったが、集まってきたやじうまの中にいた少女たちが、「がんばって」と黄色い声で叫んだのにはさらにあきれかえった。

彼女たちに手をふってから、表情を改めて菅流は言った。

「声援があるとおれは燃えるんだ。はなばなしいところを見せなくちゃならん。相手になってやるぜ」

棒きれを無造作に拾い上げて菅流は身がまえた。身の幅のあるガマ男に対峙すると彼は抜き身の剣のように見える。よく伸びた長い手足は強そうで、危険な火花を秘めているのがよくわかった。何より彼の顔からは、うれしくてたまらないような笑みが消えない。まるで、あばれる口実ができて心から喜んでいるようなのだ。

「菅流は一人だ。たたんじまえ」

大将は配下の五人に命じた。

「だめだよ、こいつは――」

若者の一人がかすれ声で言った。

「子分がムカデの足のようにいるんだ。おれたち、里へ帰りつけなくなる」

結局彼らは、わずかのあいだ汗を浮かべてにらみあっただけで退却を決めこんだ。林間にばらばらと逃げいる彼らを見送った菅流は、棒で自分の肩をたたきながら不満そうな声を上げた。

「失礼なやつらだな、おれは人手をかりたりしないぜ。せっかくかっこいい見せ場になったものを」

しかし彼は、泣き顔の象子(きさこ)をのぞきこんで、急にぶつぶつ言うのをやめた。そしてその目にはまじり気のない賛嘆が浮かんだ。

「こいつは驚いた。半分本気にしていなかったよ。きみ、美人だなあ。べっぴんとはどういうものか、今まで知らなかったような気がするくらいだ」

これほどあけっぴろげなほめ言葉を聞いたことはなく、象子は赤らめた顔を袖で隠した。

「きみのようなべっぴんは、一人でうろうろしたりしちゃいけないよ。あんなろくでもないのにひっかかるなんて、もってのほかだ。もっと自分が美人だと自覚しなさいね」

「わたくし、ひっかかったんじゃありません」

象子は声に抗議をこめたが、それでも消えいりそうな口ぶりだった。

「わたくしは巫女ですもの。男のかたとそういうお話はいたしません」

「そうなのかい？ それでもあんたは、まなざしひとつで伊津母の男の半分を引き寄せるよ。きっと」

「よけいな話を象子にしないで」

遠子はあいだに割って入った。菅流は大将にとってかわっただけであり、象子の気をひこうとするところ、ガマ男以上にあぶないやつだという気がしたのである。

「ろくでもないのを追いはらってくれて助かったけれど、あなたも同じよ。伊津母の人には巫女をうやまう気もちがないの？」

菅流には、遠子の非難がわからないらしかった。

「うやまうさ。こんなに器量よしの巫女さんならね。その証に、護衛になって送ってあげよう。どこまで行くんだい」

国の長の館まで行きたいのだと聞くと、菅流はすぐに仲間と馬を集めに行った。彼が行ってしまうと、象子はほてったほおを両手で押さえて遠子を見た。

「ねえ、遠子……わたくし、そんなに美人かしら」

「あいつは、そこら中の女の子のだれにでも、べっぴんだと言ってまわったわよ」

遠子は水をさしたが、象子は感じていないようで、彼の駆け去った方向にほほえみかけた。

「菅流というのね……いい名前ね」

どこが、と遠子は考えた。

しばらくののち、遠子はさらに腹を立てていた。菅流はつきあいのいい四、五人と馬の一頭を連れてもどってきた。そして、象子を馬の背に乗せると、遠子は自分たちといっしょに歩かせたのである。その差別を言うと、菅流（すがる）は平気で答えた。

「おれは女性だけ特別に扱うんだ。子どもにおべっかをつかっても、見返りがないものな」

「わたしは象子と同い年よ」

「でも、子どもだろう。おれにはすぐわかるんだ」

「どうして」

菅流はまじめな顔をして言った。

「おれにほれないじゃないか」

「わたしは、恥ずかしげもなく女の子をちやほやする男は大きらいよ。自分がもてると思っている男はもっときらい」

心外だというように、菅流は言った。

「もてると思っているわけじゃない。ただ、事実なんだ。しかたないだろう」

これ以上言ってもむだだと思い、遠子はだまることにした。通りすぎる彼らを見送る娘たちの視線がちくちくと痛く、菅流に嘘だと言えないところがまた腹立たしかった。

やがて彼らは菅流に導かれて、国造と呼ばれる長のやしきにやってきた。周囲にめぐらした生け垣が青々と茂る、予想にたがわぬ壮大なやしきである。菅流はおやしきの人々にも顔がきくからと道々吹聴していたが、まんざら嘘ではなかったらしく、彼が前に立つと取りつぎもすんなり通り、遠子たちはじきに、この国の大巫女にあたる女性に対面させてもらえることになった。

「じっちゃんが痛風を病んでからは、おれが造様のもとへ玉を納めにくるからね」

得意げに笑って菅流は言った。

「この次は玉造りの村へおいでよ。ほんものがあることを証明してやるよ——あんたが短剣を手離したくなるほどのね」

　それから、態度をまるきり変えて象子に言った。

「そちらもぜひ来てほしいな。きみには交換とは言わない。贈りものにさせてもらうよ。きみにしか似あわない宝石があるはずだ……」

　遠子は足を踏んでやろうかと思ったが、我慢した。

「いろいろありがとう。お礼は言わなくてはならないけれど、もう一度だけはっきり念を押すわ。象子に色目を使ってもむだよ。この子は神に仕える三野の最後の一人なんですからね」

「高嶺（たかね）の花だと言いたいのかい」

　菅流は若者たちに見せたような不敵な顔をした。

「おれは、どちらかというと、障害のある恋のほうが燃えるなあ」

　そう言って、彼は機嫌よく笑いながら去って行った。

「なんていけすかないやつなの。ああいうへらへらした男は最低ね」

　遠子はいきまいたが、象子からははかばかしい返事がかえってこなかった。そして、うつむきかげんにだまりこんだ象子がやけにきれいに見えるのに、遠子はびっくりした。

　もともと、明姫（あかるひめ）とくらべるからだれも言わないだけで、象子も並以上の美人であることは遠子も認めていた。けれども、美しいと面と向かって言われたはずみに、象子は本当に美人になってしまったようなのだ。どうしてそういうことになるのか、遠子としては今ひとつよくわからなかった。

2

門を通された遠子たちを、案内の老婆は敷地の奥へ奥へと導いて行った。

母屋と回廊のある中庭のあたりまでは、人の姿も多く見られてにぎやかだったが、そこからさらに奥へ進むと急にしんとしてきて、古びた樹木ばかりが目立つようになる。池があり、冬枯れの柳が嘆く女のようにほとりにたたずんでいる。そんな離れた場所まで来て、老婆はようやく、ここですと言った。木々の陰にひっそりと殿が建っていた。聞こえるか聞こえないかのかすかに、つまびくものの音がする。かぼそく単調なその調べは、一弦琴だろうと思われた。

「おかたさまは、すすんで人に会われるかたではございません。お目が不自由な上に大変お疲れになりやすいのです。あなたがたに会おうとおっしゃったのは、ごく異例のことと思ってくださらなければなりません」

老婆はいかめしくさとすように二人に言いきかせた。

「お話は、静かに手みじかになさってください。決して声を大きくはなさらないように。ささやくだけで充分にお耳にとどきますからね」

二人はうなずくと、視線を交わしあった。どこの大巫女でも対面には気難しいものだと思ったのである。薄暗い室内に入るとすぐには目が慣れなかったが、かぼそげな人が琴を押しやったのはわかった。そして、遠子たちが床に伏せておじぎをし、緊張したあいさつをのべると、彼女たちが小声と思っていた声よりなお小さい、蛾のはばたきのようにはかない声がかえってきた。

「よくぞ伊津母まで来られました。わたくしは国造の妹、豊青姫と申します。三野の戦に関しては聞き及んでおりました。さぞやご心痛のことでしょう」

このかたはいくつくらいなんだろうと思いながら、遠子は前に座る人を見つめた。青白い小さな手。そして青白い小さな顔。決して日にはあたらずに生きている人のように見える。その瞳は閉じられ、眠っている人のように表情によりどころがなかった。見ようによっては十五にも、五十にもふさわしい気がするのだ。薄闇に浮かぶ姿とかすかな声とだけでは、遠子には判断がつかなかった。

三野の娘たちは、二人でおぎないあって守の大巫女の言葉を伝えた。そして、象子がしめくくって言った。

「……ですからわたくしたちは、あえてこの地までおちのびてまいりました。おかたさまのお知恵とお力をかしていただくために。橘の一氏族として、剣もつ者を倒すことのできる戦士と玉の御統を見出すために。どうぞ、わたくしたちをお導きください」

「そうですか……」

じっと聞き入っていた豊青姫は、ため息ともとれる声で言った。それから少し考え、やがて静かに話しだした。

「橘の血をひくかたがたにお会いできて、こんなにうれしいことはありません。わたくしは目が見えませぬが、そのぶん人より耳さとく生まれました。人々が見るより多くのことを、わたくしは声から知るのです。お二人がわたくしにはわかります。象子どの、あなたは春にさえずる小鳥の声のよう。そのように喜ばしく、人の心をひきつける。お姿もかわいらしくていらっしゃるのでしょう」

象子は思わずもじもじし、赤くなったようだった。

「遠子どの、あなたは清水のわくせせらぎの声のよう。あなたの清さは人にふれ、人を変えずにはおかないでしょう。清さは強さなのです。お二人とも、芽ぶく若木のようにすこやかな力をおもちですね。橘の巫女とは、そのようにあるべきだとつねづね思っておりました。……残念なことをお話ししなくてはなりません。これをあなたがたにお伝えするのはつらいのですが。わたくしは、実は、橘の血の者ではありません。

伊津母の長の家に、橘の血はもはや流れていないのです」

「な——」

なんですって、と言おうとして遠子はあわてて口をおさえた。大声になってしまいそうだったのだ。

「——橘は、では、どこへ行ってしまったのです？」

「どこへも。時の中に絶えてしまったのです」

気の毒そうに豊青姫はささやいた。

「伊津母はあなたがたのふるさとのような、山に守られた国ではありません。多くの舟がこぎ来り、こぎ去る国だったのです。争いが何度もありました。戦も、また。今の伊津母に、国を動かす巫女はおりません。わたくしはたまたまこの家に生まれ、たまたま体が不自由で、神に親しむと言われているだけなのです。あなたがたを導くほどの力は、この手にはありませぬ」

遠子たちはしばらく言葉もなかった。力がぬけて、へたりこんでしまいそうだった。このような結果をだれが予想できたろう。同じ血の氏族のもとへたどりつきさえすれば何もかも打開できると、そう信じて歯をくいしばり、命がけでやってきたのだ。二人を送りだした大巫女ですら、まさか同族の人々が消え去っているとは考え及ばなかったにちがいない。

「だれも――何ひとつ橘のものは残っていないのですか。守ってきたはずの勾玉も、なくしてしまったのですか」

必死でくいさがるように遠子はたずねた。

「いいえ」

かすかな声で豊青姫は言った。

「いいえ、そうではないと思います。さだかではありませぬが、わたくしの耳が知っていることがあります」

小首を傾げて何かをたしかめるようなそぶりをしながら、姫は語りだした。

「昔、橘にかわって伊津母を治めだした一族が、長のしるしとして彼らの勾玉を奪い取ったときのことです。その勾玉は実はほんものではなく、櫛明彦という橘の器用者がこしらえたまがいものだ、という評判がたちました。長は当然ながら彼を責め、ほんものをさし出さなければ八頭の馬で八つ裂きにする、とおどしました。一年ののち、櫛明彦は観念して玉をさし出しました。宝にふさわしいみごとな玉でした。しかし、それもまたまがいものだという評判がたちました。櫛明彦は、長に問いつめられて、また玉をさし出しました。前よりさらにみごとな勾玉でした。またさらに何度かこれがくりかえされ、そのつどに、櫛明彦は前より輝く勾玉をさし出しました。ついには長も八つ裂きとは言わなくなり、彼を召しかかえて毎年玉を作らせることにしたということです。この櫛明彦が、今の玉造村に住む玉造り師たちの祖先なのです」

奇妙な話だった。三野では思いも及ばない。しかし、そのような過去があると聞けば、市のちまたにまで勾玉のまがいものが出まわる伊津母の状況も、うなずけないことはなかった。遠子はあれ、とつぶやいた。

「玉造村ですって……そうすると、あの菅流って人は……」

聞きつけて豊青姫が言った。

「菅流に会われたのは、さいわいでしたね。彼は玉造りの長の孫にあたります。櫛明彦の末裔の血をひく若者ということになります」

「あんなにがらが悪くてケイハクな人が、橘の血をひいているんですって」

遠子は隣の象子に向かってささやいたが、象子はというと、見向きもしなかった。

「そうでしたの。わたくしは道理であのかたには、ほかの人とはちがうところがあると思っておりました」

遠子は気どっている象子をひじでこづいてやったが、そうすると象子も、豊青姫にはわからないと思ってこづき返してきた。いくらかおかしそうに豊青姫は言った。

「伊津母で菅流の名を知らぬものはおりません。特に、娘たちの中でその名が語られない日は一日もないようです。彼の声には――火花がありますものね」

「玉造村へ行けば、橘の勾玉が見つかるかもしれませんのね。それをうかがえただけでも救いになります。わたくしは実はいまだに勾玉を知りませんの。三野の勾玉は奪われてしまいましたし、本来姉がゆずりうけたものでしたから」

象子が言うと、豊青姫はたずねた。

「玉の御統については、どれだけのことをご存じですか」

象子はこまったように肩をすくめた。

「ただ剣もつ者を倒すために必要、としか。守のおんかたは多くを語ってはくださらなかったのです。あの――伊津母でお教えいただければよいと思っていたのですけれど」

「そうですね――」

少し間をおいてから豊青姫は言った。

「わたくしは過去の風に耳を傾けることしかできない、しがない存在ですが、勾玉の由来をあなたがたに語ってあげることだけはできそうです。なぜなら、勾玉の言い伝えはこの伊津母にこそ残っているのです。この地で女神は五氏族に勾玉を分け与えられたのですから――それはご存じでした？」

「いいえ」

少女たちはいっしょにかぶりをふった。

「闇の女神様が、火の神をお産みになり、重い火傷をおっておかくれになったときのことです。黄泉の坂をくだる途中で女神様は立ち止まられ、『ああ、自分は上の国に心悪しき子を残したまま、地下の国へ来てしまったものだ』とお考えになりました。そして引き返し、心悪しき子の心が荒ぶるときにそれを鎮める力をもつ子どもたちを、さらに産み送ってから再び地下へくだられました。

そのときの神の子たちが橘の氏族の始祖であり、女神様がしるしとしてお与えになったお胸の首飾りの玉をひとつずつ持っているのです。首飾りには、もとは八つの勾玉が連なっておりました。明・暗・幽・顕・生・嬰・輝・闇の八つといわれます。女神様は首飾りをこわされたとき、ひとつをご自分に、ひとつを背の君の輝の大御神におとりおきになり、残り六つを子らに分け与えられたのでした。そしてそのうちのひとつ、幽の玉は、かつて水の乙女が風の若子を見出したときに彼に贈られ、彼の体となりました。あとには五つ。五つの玉は、今もこの地上のどこかに守られているはずなのです」

遠子たちも、水の乙女の伝説ならばよく知っていた。その乙女と若子が、まほろばの大王の始祖となり、三野の橘はそれを見守り続けてきたのだから。しかし、そのような遠い昔がたりの中で乙女と若子を結びあわせた勾玉と、自分たちが捜すべき勾玉が同様のものであると聞くと、なんだか夢のような気がした。二人がいくらかぼうっとしていると、豊青姫は静かに続けた。

「玉の御統(みすまる)とは、この女神様の最初の首飾りをさす言葉なのです。ひいてはひとつひとつにされた勾玉をもう一度集めたものをさします。わたくしの聞き及ぶところでは、勾玉はひとつでも不思議な力をもちますが、集めればとほうもなく強力になり、火の神の呪いの剣(つるぎ)と同等か、それ以上に危険になるということです。四つを集めればなにものにも死を、五つを集めればなにものにもよみがえりをもたらす、といわれます」

遠子はそっと息の中で言った。

「四つを集めれば、なにものにも死を……。だから大巫女様は、それを戦士のもちものとお考えになったのね」

象子はしばらく考えていたが、やがてたずねた。

「わたくしは守のおんかたから、五氏族の居場所を教わりました。豊葦原(とよあしはら)の果てと果てに散っているはずです。玉の御統(みすまる)を手に入れるとは、それらの国をめぐり歩いてひとつずつそろえなくてはならない、ということでしょうか」

「そういうことになりますね」

「そんなことが——だれにできるのです」

あっけにとられて象子は言った。象子は三野から伊津母に来ただけで、一生分の旅をした気でいたのだった。

「わたしがやります」

ふいに遠子が言った。

「勾玉を四つ集めればいいのね。集めた人が戦士なのね。それならわたしが捜してみせる」

「遠子どの」

驚いたようすで豊青姫はたずねた。

「あなたの声は喜んでいる。なぜなのです」

「あの子とわたしはいっしょに育ったのです。だからわたしが行くんです」

遠子はきっぱりと言った。

「あの子――小碓命をあの子と呼びますの？　わたくしは、剣もつ者とは彼のことだと思っていましたが」

「その名は聞いたことがありません」

「兄を殺し、三野の国を焼いた大王の皇子の名は、たしかそう耳にしています」

遠子は思わずため息をついた。

「ええ――彼です。剣をもつのも彼です」

豊青姫もため息をもらした。彼女は疲れはじめたようだった。お気の毒です、と、聞こえないような声でつぶやいたが、再び声をはげまして言った。

「剣もつ者を止めるおつもりならば、急がなくてはなりません。剣は破壊を広げはじめています。小碓命は、あなたがたが思っているよりそばにいるのですよ。彼がまほろばを出て西へ向かったことを、あなたがたはたぶんご存じないでしょう」

遠子と象子はもちろんびっくりした。

「ほんとうですか？」

「あなたがたにひと月ほど遅れて、彼もまた旅立ちました。ただし、あなたがたとはちがって内海沿いに、西へ。そして今は、ここよりさらに西にいます。まほろばの大王は小碓命に、クマソの制圧を命令なさったのです」

「クマソ」

遠子はうなった。西のさいはてにそういう名の部族がいると、聞いたことがある気がする。豊青姫は、苦しげに眉を寄せて続けた。

「伴まわりが少数と聞いて、彼を討ちに向かった者が、伊津母にもいました。伊津母には、大碓皇子様にお味方した者たちがいたのです。かたき討ちに出かけた彼らは、一人としてもどりません。人の話では、やはり雷光と炎が見られたそうです。そしてあとは一面の焼け野原となって、何ひとつ残らなかったと——」

せきこみ、豊青姫は語るのをやめた。遠子は、青白い閃光が目によみがえるようで、身ぶるいをおさえられなかった。

そのとき、帳の向こうで、先ほどの老婆がたまりかねたように言うのが聞こえた。

「おかたさま、もうおやめなさいませ。そのように無理をなさって、お床につくだけではすまなくなったらどうなさいます」

「だまっておいでなさい、白女」

豊青姫はやさしく老婆をたしなめてから、遠子たちに言った。

「わたくしがいつも熱を出すもので、あれが心配しておりますの。これほど長い話をしたのははじめてなものですから。でも、わたくしは今日という日を待っていたのかもしれません。あなたがたに語る日のために、わたくしはここにいたのかも……」

豊青姫ははじめてちらりとほほえみを浮かべた。しかしそれは人に向けた笑顔ではなく、見る者をかえって悲しくさせた。対話が彼女を熱を出すほどに疲れさせることを知ってしまったからには、遠子たちはこれ以上ぐずぐずできなかった。

「わたくしたちは玉造りの村へ行きます。そこでまず勾玉を捜してみます。いろいろとありがとうございました」

二人は部屋を出ようとした。立ち去るまぎわになって、豊青姫は気力をしぼったように言った。

「お急ぎなさい、遠子どの。クマソの国の名をあなたはご存じですか?」

「いいえ」

口調に驚いた遠子があわてて答えると、豊青姫は言った。

「夕日の沈む日牟加の国です」

3

白女は、あつかましくも長居した少女たちにひどく腹を立てていたので、遠子たちは豊青姫の命じた馬の用意などしてくれないのではないかと気をもんだが、そこは良家の仕え人であり、貸してくれた馬は元気で毛並みもよかった。二人はありがたくそれに乗り、やしきをあとに、玉造りの村へ向かった。

教えられた道は川筋に沿って南へのび、すそを連ねる山々のふところへ向かっている。しかし道は広く平らかであり、馬を進めるには驚くほど楽だった。彼女たちはむだ口もきかずに急いだ。豊青姫から聞いた話で頭がいっぱいで、お互いに口をきく余裕がなかったのである。

遠子の心を一番乱したのは、なんといっても小倶那が西へ旅をしていると聞いたことだった。青く浮かぶ山脈を前に見ながら、遠子は、山の向こうを彼もまたもくもくと馬で歩んでいるのだろうかと考えた。少人数だという話だったが、大王のつかわした将であるからには、甲冑に身をかため、威風あたりをはらうようすであるにちがいない。腰には例の、禍々しい剣をさし――

けれども、旅の苦労はどうあっても大差ないものだと遠子は思った。今日も、明日も、あさっても、同じ光景は二度と見ず、同じ安らぎは二度と来ない漂泊の身のわびしさ。風に吹かれ、雨に打たれ、なおも前へ進むことしか許されない。遠子の身にしみたそのつらさを、彼もまた味わっているのかと思うと、なぜか胸が騒ぐのだった。

このまままっすぐ山を乗りこえて、ただちに彼を追いかけたい気もちにかられたが、さすがにそれはばかげているとうち消した。雷光と炎――伊津母(いづも)の男たちの話を聞いたばかりではないか。今はまだ、小倶那の前に立つわけにはいかなかった。彼と対等な者になってみせないといけない、と遠子は考えた。彼とわたりあえるだけの力をもつ玉(たま)の御統(みすまる)を、自分のものにしなくては。

(急がなくちゃいけないんだわ――ほんとうに)

川沿いにあるいくつかの村を、心ここにあらずのままに行きすぎ、遠子たちは山のふもとへやってきた。奥のせばまった谷あいにまたひとつ村があり、どうやらここが玉造(たまつくり)村だった。なぜわかったかというと、村の入り口の橋の渡しに菅流(すがる)と数人の若者が立っていて、二人を待ちかねていたように出迎えたのである。

「やあ、よく来たね」

菅流は進み出、象子(きさこ)の馬の鼻づらをとった。

「ようこそ。思ったより早かったじゃないか」

「どうしてご存じでしたの？」

象子は面くらってたずねた。

「もちろん、おれには必ず来ることはわかっていたのさ。ただ、今日のうちということなら、もっと値をつりあげるんだった」

象子も遠子も目をぱちくりしていると、別の若者が仲間に向かって、がっかりした口ぶりで言った。

「もう、萱流と女の子がらみのことで賭けちゃだめだぜ。こいつにかかってなびかないやつは本当にいないんだから」

あとの者たちもそれぞれにぼやいた。

「ばかばかしい。また損した」

「だれだよ、請けあったのは」

（賭けをしていた？　わたしたちをだしにして――）

あきれかえる遠子たちを尻目に、萱流はほくほくと、仲間から賭け分の玉をとりたててまわった。

「それじゃ、行こう。おれの家は一番川上だよ」

「何か誤解しているんじゃありませんの」

遠子は冷たい声で言った。

「わたしたちは豊青姫様に教えてもらって来たのであって、べつにあなたを追って来たわけじゃないのよ」

「おれの家の客になりに来たんだろう？　だったら同じことさ」

菅流は気にとめず、そのまま馬を引いて橋を渡りはじめたので、遠子たちはついていくしかなかった。ほかの若者たちも興味しんしんの顔でついてくる。

村は、玉造りという変わった工人の村だけあって、遠子たちの目には見慣れなく映るものが多かった。大きな館があるので長のものかと聞くと、そうではなく工房だと言われたりする。ところどころに置かれた石が意味もなく四角だったり、模様が刻まれていたりする。並んだ家々は工房以外は変化がなく、菅流が案内した長の家も、とりたてて大きいわけではなかった。ただ、ここが最奥であるために、庭はこんもり茂る森に続いている。そして森に分け入る小道の先に、小さな鳥居とほこらが建つのが見えた。象子は遠子の袖をひっぱって小声で言った。

「鳥居のところ、橘(たちばな)の木があるわ」

よく見ればそのとおりだった。冬にも枯れず、青々とした葉を茂らせるその木は、守(もり)の宮の斎庭(ゆにわ)にあった老木と同じものだ。葉の陰には小さな黄色い実がなっており、そばを通れば今もつんと香るはずである。そう思ったとたん香ってくるような気がして、遠子の胸はふいに痛んだ。その香りは三野のもの、大切な三野の思い出だった。

守の宮をいとおしく思う日が来るとは思いもよらないことだったが、今となっては、失われた故郷の一部となって遠子の中にあった。

「じっちゃん、お客が来たよ」

菅流は大声で言いながら裏の戸口を入って行ったが、またすぐに出てきた。

「伊良さん、じっちゃんを知らないか?」

薪を運んでいた中年の女性が立ち止まった。

「さあ。寄り合いがあるとおっしゃっていたけれど、もう――」

そして言葉を切って笑いだした。

「後ろにいらっしゃいますよ」

菅流と遠子たちはぎょっとしてふりかえった。どうしたものか、背後にこつぜんと老人が立っていた。やせてはいるが骨組みの頑丈そうなところ、菅流と同じ血を思わせる。はげあがった額が秀で、白髪の眉は逆立って険しい。おせじにも柔和な顔とは言いがたかった。

「いってえ」

老人はいきなり持っていた杖をふり上げ、菅流の頭をごんとたたいた。

当然ながら、菅流は頭をおさえて叫んだ。

「このうかれ者が。三日と工房にいつかずにふらふらばかりしおって。市で遊んでいるだけでも長の家の恥さらしになっておったものを、玉を売り歩くとはなにごとじゃ。おまえというやつは、くだらぬ騒ぎをおこさずにいられたためしが一度もない。とんでもないあほたれじゃ」

「あ、もう聞いてきたの?」

菅流は急に小さくなった。

「寄り合いはその話でもちきりじゃ。顔から火が出るこのわしの身にもなってみろ。作ったものを人さまの目にさらすなど、おまえには十年早いんじゃ。そんなクズを玉造り師の名で持ちまわられては、村全体の信用にかかわる。ご先祖様に顔向けもできんことをしでかしおって。この面よごし」

菅流はますます小さくなった。

「だけど、じっちゃん……」

「だけどもくそもない。わしにものを言うのは、それだけのものを作ってみせてからにしろ。加えて今度はなんのまねじゃ。女子(おなご)を何人も連れこみおって。わしの目の黒いうちはそんなふとどきなまねは、いっさいさせんぞ」

「そうじゃないよ、この人たちは巫女(みこ)さんなんだ。遠い三野から旅をしてきた人たちなんだよ」

「もっともらしい話を——」

「うそじゃないって」

大汗をかいて説明し、平あやまりでたのんでいる菅流の姿を、仲間たちはとばっちりをうけないように避難しながら、楽しげに見物していた。

「いつ見ても気が晴れるなあ」

「じいさまだけだぜ、菅流をぐうの音も出なくさせるのは。女だってけんかだって賭けごとだって、負け知らずのやつなんだから」

「しかしほんと、よく性こりもなく毎回どなられてるよ」

「見てろよ、あれで、じいさまが行ったとたんにけろりと忘れるんだぜ」

思わず遠子が見守っていると、どなり疲れた老人が背を向けるや、菅流の神妙な表情は本当に霧をはらったように消えてしまった。

「東の棟に泊まるといいよ。伊良さんにたのんで食事を運んでもらおう」

「わたくしたち、もっときちんと申し開きをしなくては、泊めていただくわけにいきませんわ。長どのがあんなにご立腹では」

象子は心配そうに言った。

「じっちゃんのあれは、かんしゃくなんだよ。もう歳でね——怒ると見さかいがないんだ」

そう言ってから、ふいに菅流は身内を弁護する気になったらしく、続けた。

「けれどもじっちゃんは、今でも伊津母一の玉造り師だよ。苦労もしているんだ――おやじもおふくろも死んで、孫のおれっきり残らなかったからね」

それなら、もっといいつけをよくきいて、どなられないようにするべきなのではないか、と遠子が思っていると、菅流はそれがわかったように笑った。

「だけどおれは不肖の孫で、工人には向いていないのさ。一年もかけて同じ玉を磨いたりするのは性に合わない」

別の若者が得意そうな表情で遠子たちに教えた。

「おれたちはね、舟を持つ計画なんだ。国造様のところのでなく、おれたちの舟を。そいつでヒスイを採りに行くのさ」

彼らはお互いのあいだで舟の話をしはじめた。その熱気が、遠子たちには何か不思議なものに思えた。彼女たちの故郷、三野では、年寄りの言うことが絶対であり、若者はそれに従うことしか考えなかったはずだった。ここではちがう。若々しい顔だけを並べて行動に出ようとしている……

意気のあがった彼らが、そのままひとかたまりになって行ってしまいそうだったので、遠子はあわてて菅流を呼び止めた。

「待ってよ、わたしたち、あなたに話したいことが」

菅流は目くばせして答えた。

「伊良さんが世話してくれるよ。ゆっくりしていなよ。そういう話は、明るいうちはやぼだろう」

「冗談じゃないわよ」

遠子は眉を逆立てかけたが、気もちをしずめてたずねた。

「それじゃ、先にひとつだけ教えておいて。あのほこらは、何を祀(まつ)ったものなの？」

遠子が森を指さすと、菅流は言った。

「ああ、村の守り神か。ご先祖様の櫛明彦(くしあかひこ)どのだ」

「ご神体はなに？」

「知らないな、守(もり)をしているじっちゃんならわかるかもしれないけれど」

菅流はさっぱり役に立たないまま、仲間といっしょに行ってしまった。彼らの後ろ姿を見送ってから、象子は遠子にささやいた。

「あなたの考えていること、わかるわよ。あのほこらに勾玉(まがたま)が置いてあると思うんでしょう」

「象子はどう思うの？」

「わたくしも同じよ」

象子は答えた。

「橘は、衰退しているのだわ。三野の守の宮が滅びたことは、ほかの四氏族においても無縁ではないのよ。わたくしたちの一族は、今にこの世のどこにもいなくなるのかもしれない。そんな気がする」

象子はぽつりともらした。二人が部屋に通され、伊良さんという気のいい女性に給仕をしてもらって、ようやくくつろいだときだった。

「まだ三野と伊津母を知っただけじゃないの。決めつけるのは早いわ」

遠子は言ったが、あまり口調に力は入らなかった。二人とも、伊津母へ来るまでは、自分たちを伝令のようなものと考えていたのだった。強力な大巫女から大巫女へ言葉を伝えれば肩の荷が下り、あとは賢い人物が判断と指示をしてくれるものと思っていた。

戦士になりたい遠子でさえ、漠然とだれかに任命してもらうつもりだったのだ。ところが現実には、豊青姫に伝えを残しただけで伊津母の大巫女は消えてしまっている。自分たちの身のふり方さえわからないという不安は、深くつきまとっていた。

象子はさらに言った。

「大巫女様のいないこの地で、わたくしは何をすればいいの。修行を続ける手だてさえない。人々は巫女に対する尊敬を知りもしない。はるばる来て、こんな目を見るとは思わなかったわ」

「象子が新たに尊敬を教えていくのよ。真の巫女をうやまわない人はいないわ。知らないだけなのよ」

遠子は言ってみた。

「無理よ。わたくしはまだ半人前だったんだもの、一人で大巫女になることはできない。せめて勾玉の秘儀を受けていたらね……でも、それはおねえさまだったのだもの。本来は、おねえさまのすることだったんだもの。わたくしはただの間に合わせよ」

「明ねえさまのことは、もう言わないことにしたら?」

その人のことを考えると悲しくなるので、遠子は低い声で言った。

「遠子にはわからないでしょうよ。橘の血を絶やさないことが、生まれついての使命のように言われて育ったのよ、わたくし。それが、おねえさまにさだめが下りたとたんに逆になって、一生身を清める巫女になれと言う。それでは巫女になろうと思ったら、見習うべき人がどこにもいなくなっている。もう、どうしたらいいのかわからないわ」

象子はひざをかかえこんだ。もっともだと思った遠子は話題をそらすことにし、もっと目の前の問題に切りかえた。

「とにかく豊青姫様のおっしゃったことに照らし合わせれば、勾玉は、ご先祖のものだというあのほこらにあっておかしくないのよ。ぐずぐずしないでたしかめないといけないわ」

「あのご老人に、願いでてみる？　ご神体を見せてください、って」

思わず二人は顔を見あわせた。二人とも、長の第一印象にはかなりおじけづいたのだった。

「……杖でなぐられるかしら」

「わけを聞いてくれたりしないでしょうね。わたくしが考えても、ご神体をあばくなんてもってのほかのことだもの」

二人は口実をいくつかひねり出したが、どれもできがよくなかった。とうとう遠子は言った。

「みんなが寝しずまったら、わたしがほこらをのぞいてくるわ。悪いけど、それしかないもの」

「それで勾玉を見つけたら、あなたは盗ってくる気？」

象子に言われて、遠子はうなった。

「うーん……それはあとから考える。まずは、本当にあるかどうかが問題でしょう」

言ってから、ふと気がついた。

「けれど、ほんものの勾玉って、実際はどうやって見分ければいいの？」

象子は頭をおさえた。

「それはわたくしにも教えられないんだってば。でも……橘の勾玉は輝くものだと聞いたことはあるわ。主にふさわしい人のためには輝くのですって。それから……」

言いさして象子は考えていたが、ふいにあきらめた。

「しかたないわね。わたくしも行くわ」

夜ふけ、中空の細い月が沈みかけるころになって、遠子と象子はうしろめたさを抱きながら外へしのび出た。春は近いものの、夜の底冷えがはげしく、吸う息が胸を刺す。寒さに思わず身をすくめながら、星の冴えわたる夜空の下を、少女たちはつまさきだって歩いた。

ところがとんでもないことに、同じ時刻にしのんで家に帰ってこようとする人物と、木戸ではちあわせしてしまったのである。菅流だった。

「今時分帰ってくるなんて、どうかしているわ」

遠子は立場も忘れて小声でなじった。

「そうか、きみらはおれに会うのが待ちきれなかったのか。出向かせて悪かったね」

「どこに自分から出向いて夜中に会いに行く女の子がいるのよ」

「おれはたくさん知っているよ」

ことなげに菅流は答えた。

「話があるというのは、ふつうそういう意味だぜ、ちがうの?」

　遠子が怒って声を大きくしてしまいそうだったので、象子は袖をひき、かわりに進み出て言った。

「わたくしたちの話は、そういうことではないのです。あなたのご先祖とわたくしたちのご先祖が、同じさだめを負っているという話なのです。まじめになってくださらなくてはいけません」

　菅流は目を細めたようだった。

「星明かりで見ると、きみはいっそうきれいだね。今夜の月もきみには負ける」

　象子はごく簡単に勾玉のいきさつをのべた。その程度の話で菅流にのみこめたことはひとつもないだろうと思えたが、彼はあっさりうなずいた。

「そういうことなら、おれが行ってほこらの扉を開けてやる。そんなに特別な勾玉ならおれだって見てみたい。見たら目がつぶれるとじっちゃんが言うのは、うそっぱちだとは思っていた。だから逆に、大したものじゃないと思っていたんだよ」

「かまわないの?」

　遠子がかえって信じられないようにたずねると、菅流は笑いかけた。

「じっちゃんが死んだときには、いやでもおれが守(もり)になるんだ。おれにだって少しは権限があるだろうさ」

森へやってくると、あやめもわからぬ暗闇だった。もし菅流がいなければ明かりなしでは来られなかったにちがいなかった。菅流はつまずきやすい木の根がどこにあるかまで承知していちいち教え、二人をほこらのもとにたどりつかせたのだった。扉に手をかけて菅流は言った。

「さて、もしおれの目がつぶれたら、だれか家まで連れ帰っておくれね」

これっぽっちも恐れていないことは口調に表れていた。しかし扉はかたく閉じつけられていたらしく、彼はそれからしばらく、ゆすぶったりたたいたりしなくてはならなかった。森のしめった寒さに足踏みしながら、遠子は象子にたずねた。

「火打ち石、持ってきた?」

象子は持っていないと答えた。菅流にたずねても同じ答えだった。

「ねえ、わたしたちったら、そろいもそろってばかなことをしているんだわ。この暗がりに明かりもなしで、何をどうやって見るというの?」

「きみらはともかく、おれはばかじゃない」

菅流はひときわ大きな音をさせてから言った。

「明かりはあるさ。来てみなよ、開いたから……この扉をもう一度とりつけるのは大変だぞ」

菅流の手もとで何かが輝きはじめ、彼の顔を照らした。その顔と明かりをほこらの中にさしこんで菅流はさらに言った。

「ごらん、やっぱり勾玉だ――見事なものだ。伊津母の勾玉は、みんなこの型をお手本に作られているにちがいないね」

「菅流、あなたのその明かりはいったいなに？」

ふるえる声で象子は言った。よほど驚いたのだろう、とりすました言葉づかいを忘れている。

「これかい、おふくろにもらったものだよ。光るってことはひとには秘密なんだが、ときには重宝していてね」

「それは橘の勾玉よ」

「え？　これはちがうだろう、じっちゃんもそうは言わなかったぜ」

「それでもそれが橘の勾玉なの……わかるのよ」

象子はさらにふるえる声で言った。

4

菅流の骨ばった指の長い手のひらにのる、きゃしゃな輝く品を見ようとして、少女たちは顔を寄せ合った。たしかにそのものの形は、勾玉のふくらみに少し欠けていて、どこか獣の牙に似ているようだった。しかし、まばゆいその色は心を奪う美しさだ。光の中心はみずみずしい青葉を思わせた。五月の太陽が若葉を透きとおらすあの輝きである。玉ではないというのもうなずける。どんな極上のヒスイであっても、石にこの色は宿らないだろうと思われた。

「おれの家では、こいつを単にミドリと呼んでいる。驚いたな、本当に巫女さんのものなのかい」

菅流の顔は、少女たちに負けずに意外そうだった。

「だって、おれたちはこれを嫁さんに渡すために持っているんだぜ。ミドリというのは、子宝のお守りなんだ。そして男の子が生まれると、今度はその子のものになる。じっちゃんもおやじも、そうやって引き継いできたんだ。たしかに伝来の品ではあるけどね」

「わたくしに持たせてみてくれない？」

象子はたのんだ。菅流が気軽に手渡すと、ミドリは少しのあいだ象子の手の上でも輝いていたが、やがて何かがしぼむようにすうっと色がうすれていき、あたりはもとのまっ暗闇になってしまった。寒気がいちだんと冷えびえ襲ってきた。

「なぜなの、象子は修行を積んでいるのに」

思わず遠子が言うと、象子は気落ちしたようすで答えた。

「三野(みの)の血ではむりなのよ。この勾玉の主(ぬし)は伊津母(いづも)の一族でなくてはならないんだわ」

もしかしたらという望みをこめて、遠子も同じことをしてみた。しかし、若葉に似た輝きは遠子の手の上でも急速にうすれ、わびしい残像を残すばかりだった。

「どうして——どうしてなの。なぜ萱流みたいな人にわたしたちより力があるの？」

見せつけるように生きいきと輝きだす橘の勾玉を手に、萱流は肩をすくめた。

「おれに聞かれてもこまるなあ。別にこれが光るからといって、大したことはないだろう。何がもらえるわけじゃないし」

「大ありよ。その勾玉は必要なんだから。玉(たま)の御統(みすまる)に連ねるのに必要なんだから。それがないと剣(つるぎ)もつ者と戦うことができないのよ」

遠子がいきりたって言うと、萱流は頭をかいた。

「子宝のお守りが、なぜ戦いに必要なのかわかんねえな。だけどつまり、あんたはこれがほしいんだね？　それならそうと早く言えばいいのに」

「ええ、ほしいの」

まるでいどむように遠子は言った。

「短剣をあげるから、交換してちょうだい。ほかのものでもいい。持っているものならなんでもあげるから、わたしにちょうだい」

「だめよ、遠子」

　象子がささやいた。

「輝かない勾玉は力をもたないのよ。大王のもとにある三野の勾玉と同じよ」

　思わず遠子がだまりこむと、菅流はほほえんだ。

「お二人さん、そんなに深刻になっちゃいけないよ。ミドリをゆずることなんて、ごく簡単なんだから。つまりさ、おれの子を産む人になればいいわけだ。ミドリはその人のためなら、精いっぱい輝くはずだよ——なんなら、試してみる？」

　遠子にはそれがこの上なく悪意のある言葉に聞こえたのも、無理はなかった。怒りのあまり、凍えていた体がたちまちたぎるように熱くなった。だが、遠子にしてはめずらしいことに、それを菅流にぶつけることをせず、口もきかずにその場を去ることを選んだ。

「待ってよ、遠子」

　象子はあわて、暗がりに足を踏みならして去る遠子を追って行った。あとには勾玉に照らされて、ちょっぴり後悔した顔の菅流がとり残された。なぜなら彼は、こじあけたほこらの扉を一人で直さなければならなかったのである。

　まんじりともしなかった遠子は、うすら明かりに照らされた天井を見つめたまま、盛んにさえずる小鳥の声を聞いていた。やがて、おもてのほうで人の気配がしたので戸を細く開くと、母屋を出てきた長の老人が、ゆっくりと霜を踏みしめほこらの森へ向かうのが見えた。ふりかえると象子は、気づきもせずに寝息をたてている。遠子は象子の眠りをじゃましないよう、静かに身づくろいをして外へ出た。

菅流の寝床が知りたければ、機転をきかせればわけないことだった。妻戸のある木戸に近い隅にちがいない。遠子のつけた見当ははずれようもなく、のぞきこんだ戸口の間近で倒れこんだようなうつぶせで寝こんでいた。遠子はさすがに少しためらったが、決心して中に入り、戸を閉めた。

「菅流」

小声で呼んだが目をさまさない。ゆすぶっても目をさまさない。最後に品よく足でけると、ようやく菅流は薄目をあけた。

「……だれだ」

「わたし、遠子よ。さっきはごめんなさい。もう一度話をしに来たの」

「おちびちゃんか」

うなり声を上げて寝返りをうつと、彼はあおむけになった。

「鶏が鳴いたあとに男の寝こみを襲ったりするのは、あんたくらいのものだよ。かんべんしてくれよ、どうしてそんなにせっかちなんだ」

「だって、時間がないの。小碓命が日牟加へ向かっているの」

「小碓命……聞いたことがあるな」

「兄の大碓皇子を殺し、三野を焼け野原にした大王の皇子よ」

「そうだったな。知ってる」

菅流はけんめいに寝ぼけた頭を働かそうとした。

「おれの知り合いにも大碓皇子に加担したやつがいて、かたきを討つと出かけて行ったが、あいつ、死んだんだっけな――」

「剣のせいよ。小碓命が忌むべきものなのは、ふるってはならない剣の力をふるえるせいなの。彼を殺さなくてはならない。けれども剣もつ者にまさるには、勾玉を集めることしか残されていないの。お願い、菅流。わたしに力をかして」

母の真刀野がよくそうしたように、ひざをただして遠子は言った。

「あなたの勾玉はあなたしか輝かせられない。だから、わたしといっしょに行ってほしいの――日牟加の国へ。わたしといっしょに、御統を持つ戦士になってほしいの」

「どこへ行くって？」

「日牟加よ」

「それって、まさか西の果ての」

「そうよ」

「だめだな」

目を閉じたまま菅流は無造作に言った。

「おれはむしろ、こいつを早く人にゆずりたいんだ。つまりさ、早くこれを渡す嫁さんを見つけたいんだ。わかるだろう、長の家にはもうおれしかいないんだ。おれはこんなだけどさ、家を安泰にしてじっちゃんを少しは喜ばせなくちゃならん。戦士だなんだと出かけるより、そちらのほうがずっと大事だろう？」

破天荒な菅流が、このときにかぎってあまりにまっとうなことを言うので、遠子は腹が立った。

「舟だなんだと騒いでいたくせに」

「あれは事業のうち。それに舟で出かけるのは高志の国で、日牟加とは逆向きだぜ」

半身を起こすと、菅流は座っている遠子の顔をまともにのぞきこんだ。どうやら目はすっかりさめたらしい。近くで見ると、菅流の瞳は髪と同じにいくらか淡く、まなざしがぬけるように澄んだ茶色に見えた。

「やめちまいなよ、戦いだなんて出かけて行くのは。あんたには、これっぽっちも似合っていないよ。なぜそんなにきりきりしているんだい。殺すなんて言葉を、その口から聞きたくないね。女の子はやさしいのが一番だ。あんただって、もうちょっとたてばいい女になりそうなんだし——」

「あいにくと、女はやめたの。特にあなたの気にいるような女はね。だから、殺すって言えるわ。何度でもね」

菅流を見返して遠子は言った。

「小確命を殺すことはわたしには何より大切なの。自分自身より大切なの。毎夜くりかえし考えるの――目先の何かにまぎれてしまわないように。彼を倒してはじめて、きっとわたしはわたしにもどるのよ。小倶那をとりもどして……」

声がつまって、ふいに遠子はくちびるをかんだ。自分でも気づかないうちに、感情が波立って、あふれそうになっているのには驚いた。

「いったい小倶那ってだれだい？」

遠子がおしだまっていると、菅流はかさねてたずねた。

「好きな人なのかい」

「ちがう……」

遠子はかぶりをふった。

「好きな人のことは好きだとお言い。びっくりするほど気もちが楽になるよ」

まるでさとすように菅流は言った。

小倶那がつまり小確命なのだと、だれよりも好きな人が、だれよりも憎む人であるためにぬきさしならないのだと、そのとき遠子は言えなかった。言えば彼も納得してくれるかもしれないのに、説明する言葉をもたなかった。ただこらえきれない涙がぽろぽろころがり落ちてきた。

「おいおい、たのむから、朝っぱらから泣かないでくれ」

菅流はあわてふためいて起き直った。

「今日一日めげるじゃないか。おれは、がきを泣かすといたたまれなくなるんだ――女はよく泣かすけれど。泣くなってば、悪かったよ」

小さな子どもにしてやるように涙をふこうとする菅流の手をさけながら、遠子はもう一度だけ言った。

「どうしても日牟加へ行ってはくれないの？」

菅流はやさしいがきっぱりした声で言った。

「悪いね、おちびちゃん。おれには嫁とりが大事なんだ」

ぼんやりしているうちに午前はすぎた。久しぶりに泣くと頭がずきずきして、遠子は冴えない顔で村のはずれを歩いていた。象子(きさこ)に根ほり葉ほり聞かれるのもいやで、ぶらぶらしていたのである。

橋の近くで十数人の連れだった娘たちを見かけたが、気にはとめずに行きすぎようとした。ところが、彼女たちのほうはそうはいかなかった。遠子はわっとばかりにおしつつまれ、いつのまにか川沿いの木立の陰に連れこまれて詰問されていた。

「あなた、菅流のおしかけ女房になろうとしている女の連れの人でしょう。いったいどういう了見なのか、あたしたちに教えてくれない？」

「お、おしかけ女房？」

遠子の語彙にはなかった言葉だった。しかも彼女たちのけんまくがあまりにすごいため、思わずつっかえてしまった。

「そうよ。あなたたちが菅流を追いかけて玉造(たまつくり)村へ行ったことは、付近の村中の評判なのよ。市(いち)であったことだって全員が知っているわ。だからあたしたち、代表として言いに来たの」

「あなたたち他国の人に勝手をされるいわれはないのよ。菅流はみんなの菅流なのに。あなたたちのしたことはぬけがけじゃないの」

ほかにも四、五人、同時にしゃべりはじめたが、遠子の耳には聞きとれなかった。

「待ってよ。大勢でしゃべるのはやめて」

ついにどなって騒ぎをしずめてから遠子は言った。

「つまりはこういうことなのね。菅流が象子をちやほやしていたから、あなたがたは心配になったのね。それに象子が美人だから、嫁入りしてしまうかもしれないと思ったのね。そんな心配はいっさいご無用よ。象子は巫女なの。結婚しないで神に仕える人なのよ」

「そんなこと、証にならないわ。いつだって気を変えられるもの。家に泊まりこんだりして、いいと言っているようなものじゃない」

（これだから、巫女を知らない国はいやだわ……）

げんなりしながら遠子は言った。

「それほど菅流をとられたくないなら、なぜ早くあなたたちのだれかがつかまえておかないの。あの人は嫁とりのことばかり考えているというのに」

最初にしゃべった娘が答えた。

「菅流はね、豊葦原一の女性しか妻にしないって、いつも断言しているの。あたしたちは身のほどを知っているから、やさしくしてもらうだけでいいの。妻になんて考えないわ。けれども、あなたの連れが豊葦原一だなんて、ぜったいに、ぜったいに、認めませんからね。もしもそのつもりなら、あたしたちは力ずくでもやめさせますからね」

遠子はますます力がぬけてきた。

「そういうことは、菅流に言うのが一番いいと思うけど」

「言われるまでもないことよ。今、菅流を捜している最中なんだから」

集団がまた土けむりをあげるようにして去って行くと、遠子は首をすくめ、また出くわさないように気をくばりながら、こそこそ帰った。

長の家にもどってみると、象子は何もせずに部屋にいた。そしてご機嫌ななめだった。

「村の女の子が、大勢たずねて来はしなかった?」

遠子がたずねると、そっけない答えが返ってきた。

「知らないわ。なんのことなの?」

何かしらぴりぴりしている。あの日が狂ったのかしら、と遠子は首をひねった。しばらくのあいだ気まずくだまりこくってから、象子がようやく言いだした。

「遠子ったら、けさからずっと変だわ。わたくしのこと、避けたりして。相談したいことがあったのに、あなたがそんなじゃ、話もできない。一番話し相手になってほしいときにかぎって見捨てるのね」

遠子はようやくすまない気もちがしてきた。

「ごめんね――その、頭を冷やさなくちゃならなかったの。昨晩(ゆうべ)のことをいろいろ考えて、つい」

「わたくしも昨晩のことを考えたの。くりかえしいろいろ。相談したかったのも、そのことなのよ。あのね――」

少し言いよどんでから象子は話しだした。

「わたくしには、もう大巫女になる道がないのがわかったの。あの勾玉を見たでしょう。伊津母の地には伊津母のやり方で伝えられていく玉がある。どんな巫女修行もむだでしかなかったの。それとね、豊青姫様の前で、遠子が玉の御統を自分で捜すとはっきり言えるのを見たとき、気がついたの。わたくしには無理だって。もう旅はいやなのよ。わかって、わたくしには落ちつく場所と静けさが必要なのよ」

象子の言おうとすることがだんだんのみこめてきた遠子は、口の中が乾くような気がした。

「わたしだって、落ちつきたいし、静かに暮らしたいわよ」

「それでも遠子はべつよ。あなたは飛んで行ける、風のようにためらいがないの。わたくしはだめ。伊津母にたどりつけたらもう、たくさんなの……伊津母で暮らすとなれば、この土地にならわなくてはならないわ。わたくしは、ならおうと思うの」

「巫女を捨てる気なのね。そう言っているんでしょう」

思わず遠子は彼女につめよった。そして恐る恐る口にした。

「勾玉を――ゆずりうけるつもりなの？　まさか萱流の言うとおりに――」

ぱっと朱をちらしたように象子はほおを染めたが、それでも臆せずに言った。

「勾玉が問題なのではないの……いいえ、やっぱり同じことかもしれない。わたくしは最初の教えにもどるのよ。血を絶やすな、という。三野の橘も、伊津母の橘も、今は細々としたものになってしまったけれども、その二つを合わせれば、またちがった流れが生みだせるかもしれないのよ」

遠子は、この美しい自分と同年のいとこを今まででもっともつくづくと見た。これほど近しい者ながら、自分とはまったくちがう世界に生きている。これほどへだたりを見せつけられたことはなく、度胆をぬかれる思いだった。

象子に、そうしたらわたしはどうなるの、と言ってもみたかったが、横やりであるような気がしてやめた。象子のほうが正しいのだと思えた――少なくとも、菅流の持つ勾玉の求め方においては正しいのだ。勾玉の持ち主もそれを望むのだし、思い思われて双方がめでたい。

「あなたがそうしたければ、そうすれば？」

先ほどの集団に聞かれたら八つ裂きにあうと思いながら、遠子は言った。だが、ほかに何が言えるというのだろう。それを聞くと、象子は晴ればれとした笑顔になった。

「よかった、反対しないのね。あなたに話しておきたかったの――あなたに悪いようで」

「悪くなどないわ。あなたはあなただもの。あなたに一番いいことをしてちょうだい」

沈む気もちをおさえて遠子はほほえんだが、次に聞いたひと言からはうまく立ち直れなかった。象子はまた耳まで赤くなって、言ったのだ。

「それでね——だから——今夜のことだけど、わたくしたち、部屋を別々に寝ましょうね」

「どうかしたのかい。ずいぶんしょんぼり歩いて」

たそがれどきに、遠子が声をかけられてふりむくと、いつも菅流と連れだっている若者たちだった。相変わらず五、六人寄りかたまっているが、その中に菅流の姿はない。

「菅流はね、こわい女の子たちから身を隠している最中なんだ。今夜あいつが無事に家へたどりつくかどうかは見ものだぜ。まあ、自分のまいた種だからね」

ほかの一人が、好奇心いっぱいの顔で遠子に話しかけた。

「ねえきみ、菅流にいっしょに西の果てへ行ってくれとたのんだんだって？」

あの男もおしゃべりだと思いながら、嘘をつく元気もない遠子は率直に答えた。

「ええ、そうよ。すぐにことわられたけれど」

「菅流は昼すぎまでなやんでいたよ。そのあとはそれどころじゃなくなったが」

「うそよ」

遠子はちょっとびっくりした。

「嫁とりが大事だって、二度もはっきり言ったわ」

若者は笑い声をたてた。

「あいつは、いつだってそう言うんだ。だめだよ、がんばらなくちゃ。おれはきみのほうに賭けたんだからね。おれたち、菅流が行くか行かないかで、ひと山はっているんだ」

本当にこりない人たちだ、と遠子は考えた。

「損をしたくなかったら、賭け直したほうがいいわ。菅流は今度こそ言葉どおりにするでしょうよ。象子は巫女になるのをやめてもいいつもりなの」

若者たちは顔を見あわせた。

「こりゃあ分(ぶ)が変わるぞ」

「しかし、女たちがだまっちゃいまい」

波紋はさまざまな中で、遠子に賭けたと言った若者だけが動じなかった。自信ありげに彼は遠子に言った。

「おれの予測は変わらないな。菅流がなぜ伊津母一有名な男なのか、知っているかい。あいつほど、けんかと女に強くて、そのくせ年寄りと子どもに弱いやつはどこにもいないからさ。見ていてごらん」

彼はあとおしをしてくれたものの、遠子にはまるっきり信じられなかった。萱流との会話を思い返せば思い返すほど、象子を選ぶだろうという確信が強まるばかりだった。遠子が見てさえ、象子のほうが魅力がある。何より、象子は申し出とともにさし出すもの、与えるものをたくさんもっていた。くらべて遠子にできるのは、ただ要求することのみなのだ。

（わたしには小碓命を追うことが至上のことに思えるけれど、だれもがみなそうだと思ってはならないんだわ。あたりまえよね。この世は、わたしだけのために回っているわけじゃないもの）

あきらめの味は苦かったが、あきらめは同時に、次善の策へと動きだす出発点でもあった。もちまえの潔さで、遠子は失望を新たな行動にふりむけた。だれがどうあろうとも、遠子だけはどんな道のりをものともせずに、勾玉を捜しに行くことができるのだ。剣もつ者を追うことができるのだ。それなら一人で行けばいいではないか。遠子は、はじめからだれに言われたのでもなく自分で決めたし、これからもそうなのだから。

（少なくとも、ひとつはたしかに見つけたのよ。それでよしとしなくちゃ。手もとに置けないからといってくよくよすることはない。この上は一刻も早く日牟加へ行こう。なんとかなるわ）

顔を上げ、遠子はようやくすっきりした気分になった。それで、長の家へ帰ってまずは眠ることにした。昨夜も一睡もしていなかったのである。新たな旅立ちのために力をたくわえる必要があった。

再び目がさめたのは、かなりおそくなってからだ。遠子が外へ踏みだしたのは、ほとんど前夜と同じ夜ふけだった。きのうの晩ほど冷えこみはきびしくない。けれども遠子の心のもちようがちがうので、闇の深さをひしひしと感じた。家も木も黒々とうずくまる姿がよそよそしい。とにかく元気を出して海沿いの街道まで出ることだと思い、遠子は歩きだした。

「だまって行ってしまうつもりなのね、遠子ったら」

ふいに背中で言われて、遠子は地面から飛び上がった。ふりむくと象子が立っていた。

「象子、どうしてここにいるの？」

「あなたが出て行くなら、いっしょに行くわ。この家にはいたくないもの」

ついと歩み寄ってきて象子は言った。遠子はますます驚いた。

「いったいどうしたというの。あなたは、たしか菅流と――」

「菅流なら、ぶってきたわ。三回――往復ともうひとつよ。あの人はぬけぬけとわたくしのことを、五本の指に入ると言うんですもの」

遠子がわけがわからずにいると、象子は声にさらに憤りをこめた。

「妻の候補の五本の指という意味よ。ばかにしているわ。あんな人、二度と許さない。わたくしはやっぱり巫女になるわ。結婚なんて、だれともするものですか。ほんの少し気もちがぐらついたわたくしがばかだったのよ」

遠子のあいた口がふさがらないうちに、象子は勢いこんで、さあ行きましょう、とうながした。

「ほんとうにいいの？　象子は、もう旅はいやだと言ったじゃないの。わたしは日牟加を目ざすし、その先もどこまで行くことになるかわからないのよ。それにあなたは、なんの支度もしていないままだわ」

「いいのよ、わたくしは菅流のいるこの村を出たいだけ。伊津母のどこかに住むところを見つけるわ。それは一人で捜す——捜せると思うの」

象子は言い、遠子を見て、星明かりの中でほほえんだ。

「あなたがたった一人でも日牟加へ行こうと決心するのにくらべれば、たやすいことよね。あなたは強いわ……だから、わたくしも甘えるのをやめて、一人になるわ」

「ほんとうにそれでいいの、象子」

「ええ、いいの」

きっぱりと象子は言いきった。ふいに遠子は、このいとこを残していくことが、実はとてもつらい自分に気がついた。

そのときだった。闇が語るような不思議な低い声がした。

「さしでがましいようですが、もしよろしければわたくしに、象子姫を国造どののおやしきへお招きさせていただけないでしょうか」

「だれ？」

目をこらしても見えず、二人がいよいよ不気味に思いはじめたとき、ぼんやりと男の姿が現れた。よく見えないのは黒っぽい服装のせいらしいが、身のこなしも声も、洗練されて感じられる。

「わたくしは豊青姫様の『耳』です。おんかたが、あなた様がたお二人が玉造村でどのようになさるか、知りたいとおおせになったので、昨日から出向いておりました」

「耳……ですか」

遠子と象子は仰天して彼を見つめたが、そう年寄りではないらしいこの男は、ごく生まじめだった。

「もし象子様が落ちつき先を求めるならば、お招きしたいとのおおせでした。象子様を三野の巫女の最後に連なるおかたとして、風をきくお人であられるおんかたは、互いに教え、気づくことがらも多いのではないかと……」

「まあ、光栄な。願ってもないことですわ」

象子は声を明るくした。

「豊青姫様のもとでしたら、わたくしも修行を続けられるかもしれません。それに、お世話してさしあげることもできると思います。わたくしは気難しい三野のおんかたの下で何年も仕えましたから」

「おんかたもさぞお喜びになるでしょう」

『耳』はうれしそうに言った。よい人だな、と遠子は思い、気もちが急に軽くなるのを感じた。これなら象子も大丈夫だろう。豊青姫のもとへ行くのなら、遠子が心配することは何もない。

「よかった……」

遠子が心から言うと、『耳』は今度は遠子に向けて言った。

「遠子姫、あなた様がためらわず日牟加へ向かうことを、おんかたはご承知でおられました。そしてあなた様には、次のことを伝えるよう言いつかりました——困難を恐れず、日牟加にある勾玉を捜し、その守り主を味方につけるように。聞くところではかの地の女性こそ、豊葦原（とよあしはら）に二人とはいない、上代（かみ）からの記憶をすべて持ち続ける偉大な巫女であるから、と」

東西にのびる街道で象子と『耳』に別れを告げたとき、太陽はすでに昇っていた。遠子が一人さらに道を進むと、松林が絶えて朝日に輝く海原が目に飛びこんできた。弓なりにのびた岬の先へ、追い風を受けた漁の小舟がこぎだしてゆく。まばゆくすがすがしい朝の港の光景だ。海の色に目を細めたとき、遠子はその青さを背にしてたたずむ三人の若者に気がついた。まん中の一人は、菅流である。わきに立つ小柄な若者は、笑って手をふって言った。

「おれ、賭けに勝ったよ。言ったとおりだったろう」

遠子のほうに賭けると言っていた若者だった。

「おれもだよ。おれたち、二人で山わけしたの」

もう一人のやや小太りの若者も言った。遠子はどういう顔をしてよいかわからないような気がしたが、彼らの前まで来て、菅流を見上げた。

「あきれはてた人ね。象子は二度と許さないと言っていたわよ」

こたえたようすもなく菅流は言った。

「おれとしては、嘘いつわりのない気もちをのべたんだがね。けれども見解の相違はしかたがない。おれはあんたと日牟加へ行くよ」

遠子は眉をひそめた。

「男のくせに、簡単に言ったことをひるがえさないでよ。おじいさまの孝行はどうするの、嫁とりは」

「西には西の美人がいるだろうさ。豊葦原一の嫁をとる身としては、広く知っておかなくてはならない。伊津母に限定することはないんだよな」

　もっともらしい口ぶりで菅流は言った。

「あなたみたいな人、わたしにはとても、道づれとして信用できない気がするわ」

　菅流は髪をかきあげて笑った。

「ちがいないや。けれどもおれには舟が操（あやつ）れる。どうだい？　港づたいに渡れば、日牟加までの道のりは半分か三分の一になるよ。それでも一人で山道越えて行くかい」

　舟――思いもよらないその提案に、遠子の胸はわれ知らずときめいた。

「舟を出せるの？　ほんとうに？」

「ふつう舟に女は乗せないんだ。海神（かいじん）の怒りをまねくというからね。けれどもおちびちゃん、あんたなら――」

「ええ、わたしは舟に乗れるわ。海神様だって止めやしないわ」

　勢いこんで遠子は言った。希望が急にわきあがってきた。舟で行く――なんてよい考えなのだろう。三野からここまで来たときのように、はてしなく山を越えて幾月もついやさずにすむ。

「乗せてちょうだい。いっしょに行くわ。少しでも早く行きつけるなら、わたしはほんとうに恩にきるわ」

「海だって、危険にかけては甘くはないよ。賭けみたいなものさ。それでも尻ごみしないね？」

「しないわ」

小柄な若者がほがらかに言った。

「大丈夫だよ、おれたちも菅流についているからね。行きたいやつはもっと大勢いたんだが、賭けに勝ったおれたちに権利があったのさ。おれの名は扶鋤(たすき)。こっちのやつは今盾(いまたて)という名だ。なあに、この三人がいれば、どんな荒海もへっちゃらだよ」

遠子は息をすいこんだ。

「かまわないの？　まさか、あなたたちまで美人を捜すのではないでしょうに」

「ばかだね」

扶鋤(たすき)は笑った。

「男ならだれだって美人を捜すさ。美人ばかりじゃない、腕だめしの機会がころがっていれば、いつだって飛びつくのさ。見知らぬ国へこぎだす口実を見すごすようなやつは、おれたちの仲間にはいないね」

5

舟を波打際へ押しだすために、せっせところをしきながら、扶鋤がおだやかでないことを言いだした。

「だけど菅流、こんなに明るい中で舟をもちだして平気かい。おれたち、まだ舟主ってわけじゃないだろう」

「気をまわすなよ。話はついている。今日からこいつはおれたちのものさ、浮かそうと沈めようと」

菅流の返事は無造作だった。今盾がたずねた。

「手まわしがいいなあ。どうやって話をつけたんだい？」

「なんでもないさ、代価を支払ったってことだ。だれにも文句が言えないような立派な玉でね。今ごろ国造どののもとに届いているはずだよ」

遠子はいやな予感にとらわれた。

「……まさか、あなたが支払った玉というのは、あのほこらの……」

菅流は遠子を見てにやにや笑った。

「あんたはほこらの中を見たのかい？　見ていないだろう。おれも見ていないなあ。

だいたい、だれ一人見ない扉の中に何かがあったって、なくたって、おんなじことだと思うよ」

遠子はしばらく返す言葉がなかった。こわいもの知らずにもほどがある。この若者がどういう神経をしているのか、遠子にはまったくのなぞだった。こういう人間が大悪党になれるのではないかと、ひそかに思いたくなる。

「……おじいさまがお知りになったら、今度こそただではすまないでしょう」

「そのときはそのときだ」

菅流は舟を押す腕に力をこめた。

「おれはべつに、悪いことをしたとは思っちゃいない。あのほこらは、ほんものの勾玉から目をそらさせるためにあったものだろう。ご先祖様がにせものを作ったのだって、そもそもはそのためだ。けれどもこうして、ほんものの勾玉が国を出て行く以上、もうあの村に守の必要はないってことだよ。にせものにも有効な使い道があって、よかったじゃないか」

彼に自信たっぷりに言われると、遠子もそんな気がしなくもなかった。菅流のうすく汗ばんだえりもとが開いて、首にかけた紫のひもが見えている。そのひもに吊った小袋に、彼は母からもらった勾玉を入れて肌身離さず持っているのだ。それを見ながら、遠子は、菅流の自信は勾玉の主の自信なのだと考えた。そして、自分自身はそうでないことが残念で、いくらかさびしく感じた。

遠子は今の話を忘れることにして、注意を舟にふりむけた。樟(くすのき)づくりのがっしりしたもので、八人まで乗れるという。へさきが形のよい曲線を描いてあがり、足が速そうに見えた。舟ばたには赤い色でうずを巻いた文様がしるしてあり、海神の守護を願っている。ほめるとはなむけによいのではないかと思い、遠子は乗りこみながらおおいにほめた。

「よい舟ね。形も大きさも、とてもいい。きっとこれなら無事に行けるわ。舟に名前はあるの?」

「あるよ。オグナ丸というんだ」

目をぱちくりして遠子は見つめた。

「からかってるの?」

扶鋤(たすき)が口をはさんだ。

「どうしてだい。おれたちにふさわしい命名だろう」

遠子は突然一人で笑い出した。

「わたし、オグナ丸に乗って海に乗り出すのね。おかしな話。故郷(くに)のやしきにいたころ、わたしと小倶那(おぐな)は海を見たことなどなかったのだけど、木ぎれで舟を作って遊ぶのが好きで、トオコ丸とオグナ丸を作って近くの小川に流したのよ。その舟は流れ続けて海へ出て行くと信じていたの。思い出すわ……小倶那はとてもこり性で、とっぴな舟ばかり作るの。だから、最初のうちはいつもわたしのほうが舟のできがよかったんだけれど、いつのまにか気づいたら、オグナ丸のほうがつりあいがよくて水をかぶらなくなっていたわ。わたしには不思議でしかたなかった」

ふふっと遠子は笑った。

「あの子は、だれにも教わらないのに舟のあるべき形をさぐりあてていたのね。わたしはそれを見て、おもしろくなくなって、舟作りはもうやめた、って言ったの」

舟ばたに寄せる波に目をやって、遠子は考えた。今日はあの日の続きでもあるのだ。二人して小川の草むらにしゃがんで、目を皿にして木ぎれの舟を見送った夢の続きなのだ。

「あんたのそういう顔をはじめて見るな。いい顔だよ」

かいを操(あやつ)りながら菅流は言った。

「小倶那というのは、おさななじみだったんだね」

「……うん」

はっとした遠子は、きまりわるくなって口ごもった。

陽気な声で扶鋤が言った。

「おさななじみほどくされ縁が続くものはないね。おれと菅流みたいにさ。なんたって人間、背が伸びても中身はあんまり変わらないからな」

「変わる人もいるけれどね……」

ぽつりと言って遠子は口をつぐんだ。風になびく髪をおさえて航跡を見やると、岸辺はみるみる遠ざかっていく。オグナ丸はついに海原へと乗りだしたのだった。

（下巻に続く）

本書は2010年7月に刊行された徳間文庫の新装版です。

徳間文庫

白鳥異伝(はくちょういでん)㊤
〈新装版〉

2024年12月15日 初刷

著者 荻原規子(おぎわらのりこ)
発行者 小宮英行
発行所 株式会社徳間書店
東京都品川区上大崎三－一－一
目黒セントラルスクエア 〒141－8202
電話 編集〇三(五四〇三)四三四九
販売〇四九(二九三)五五二一
振替 〇〇一四〇－〇－四四三九二
印刷
製本 株式会社広済堂ネクスト

ISBN978-4-19-894984-6 (乱丁、落丁本はお取りかえいたします)

徳間文庫の好評既刊

荻原規子

空色勾玉

輝(かぐ)の大御神(おおみかみ)の双子の御子(みこ)と闇の氏族とが烈(はげ)しく争う戦乱の世。輝の御子に憧れる十五歳の村娘狭也(さや)は、闇の氏族に空色の勾玉を手渡される。それは鎮(しず)めの玉、狭也が闇の巫女姫(みこひめ)であるしるし。自分の運命を受け入れられず〈輝の宮〉に身を寄せた狭也を待っていたのは、不思議な出会いだった。宮の奥深くに縛められていた少年稚羽矢(ちはや)は、すべてのものを滅ぼすという〈大蛇(おろち)の剣(つるぎ)〉の主だったのだ。

徳間文庫の好評既刊

荻原規子

白鳥異伝 下

嬰の勾玉の主・菅流に助けられ、各地で勾玉を守っていた〈橘〉の一族から次々に勾玉を譲り受けた遠子は、ついに嬰・生・暗・顕の四つの勾玉を連ねた、なにものにも死をもたらすという〈玉の御統〉の主となった。だが、呪われた剣を手にした小俱那と再会したとき、遠子の身に起こったことは…？　ヤマトタケル伝説を下敷きに織り上げられた壮大なファンタジー！　〈解説　神宮輝夫〉